宴の前

堂場瞬一

集英社文庫

目次

宴の前

第一部　出馬宣言

1

「そろそろはっきりさせた方がよろしいかと思いますが」

またその話か……安川《やすかわ》美智夫《みちお》は返事をせずに顔を背け、車外に視線を向けた。知事公用車の後部座席。隣に座った知事室長の森《もり》野《の》守《まもる》が、遠慮なく迫ってくる。

「臆測が飛ぶばかりで、周囲にいい影響を与えませんよ。だいたい、誰が出るかは四年前からコンセンサスができていることです。そもそものために、三顧の礼で迎え入れたんですから……あとは、知事ご本人が正式に口にすれば終了です」

「今回は選挙にならんだろうなぁ」安川はうんざりした口調で答え、目を閉じた。「有力な対抗馬がおらん。だから別に、焦る必要もないだろう」

「それは分かりますが、選挙は水物ですよ。出遅れるとろくなことがありません」

「何か、新しい情報でもあるのか」

安川はゆっくりと目を開けた。森野を見ることはない。子飼いの知事室長として実によくやってくれているが、最近、知事選の話題について少しだけしつこいのが気にくわない。もちろんこの男にすれば、次の知事が誰になるかは大問題なのだろうが……新しい主人はどんな尻尾の振り方が好きなのか、把握しておきたいのだろう。

左側には、悠々たる重山川《おもやまがわ》の流れ……最近、気候変動のせいか、全国各地で水害が多発しているが、重山川は、昭和五十年代に治水対策が完了して以来、一度も溢水《いっすい》していない。

引退を決めている安川にとって、重山川と「暮らす」のは楽しみの一つだった。既に、川のすぐ近くの一等地に、こぢんまりとしたマンションを手に入れている。朝に夕に重山川を眺めながら暮らすのは、ずっと待ち望んでいた生活である。知事公舎は、この街の最高級の住宅街にあるのだが、残念ながら川も海も見えない。川か海——江戸時代からの港町であるこの街で、まず見るべき価値があるのはその二つなのに。

「どうするんですか？　民自党県連の連中も、陰でぶつぶつ言ってますよ」

「どうせ文句を言ってるのは、徳山《とくやま》辺りだろう？　あいつはいつもそうなんだから、放っておけばいい」

徳山は二区選出の衆院議員で、安川とは古くからの顔見知りだ。とにかく心配性で、いつも愚痴ばかり零《こぼ》している。その傾向は、還暦を過ぎてからますます加速したようだった。

知事公用車は左折して、一乃橋《いちのはし》を渡った。市内で一番新しい一乃橋は、朝夕慢性的に渋滞しており、今日も巻きこまれてしまう。この辺の問題は棚上げになったままで、次の知事にきちんと申し送りしなければならない。

「今日の会合はいい機会じゃないんですか」森野が言った。

「徳山と話すのは気が進まんのだよ」愚痴っぽいこの代議士は、衆院議員六期目で、民自党県連の前会長――県政界の「ボス」の一人である。「文句ばかり言ってしつこいからな。いつも話がまとまらん」

「そんなに難しいことじゃないでしょう。必要なことだけさっさと決めて、あとは野球の話でもしていればよろしいんです」

「時間の無駄だ」安川は唇を捻《ね》じ曲げた。何というか……森野も既に、俺を見ていないようだ。とにかく次へ、次へ――そう考えるとむかつく。森野を引き上げてやったのは、他ならぬ俺なのに。五十歳という比較的若い年齢で知事室長という要職に就いているのは、俺の引きがあってこそである。その恩を忘れるとは何事か。

おっと、いちいち怒っていてはきりがない。最近血圧が高めだから、ストレスは絶対に避けなければならない。だいたい森野は、自分の息子のような年齢なのだ。いい歳《とし》をした息子を叱ってどうする？

「今夜は、白井《しらい》はどうしてる？」

「副知事は、どなたかと会食予定と聞いていますが」

「会食ね……ずいぶん余裕があるな」

「知事……」森野が溜息《ためいき》をついた。「ご自分の後継者になる方ですよ？　揶揄《やゆ》するような言い方はいかがかと思いますが」

「ああ、分かってる、分かってる」

歳取った父親が暴言を吐くのを、息子が諫《いさ》めているようではないか。本当の息子はずっと海外勤務で日本に帰って来る気配はないし、息子のように大事に扱ってきた子飼いの部下は人を年寄り扱いしやがる……実際、安川は七十六歳なのだから、冗談にも「若い」とは言えないのだが、体調的にはまったく問題がなく、人間ドックでも「五十代の体だ」と太鼓判を押されている。しかし周囲は、そうは見ない。見た目——特に剃《そ》り上げた頭は、完全に年寄りなわけだし。

徳山との会合場所は、「水亀亭《すいきてい》」にセッティングされていた。江戸時代から続く料亭で、今でも県内の政財界御用達《ごようたし》の店である。県都であるこの市が、江戸時代から港町として栄えてきた名残りで、独特の料亭文化は昭和の半ばまで隆盛だった。県内の勤め人は、「料亭に上がれるようになって初めて一人前」と言われたものだ。しかし今、料亭は数軒にまで減り、日本海側随一と言われた繁華街の夜も、昔に比べればずっと暗くなっている。

自分が知事であった十六年間、その賑《にぎ》わいが戻ることはなかった。必死でなんとか現状維持の十六年間だったな、とつくづく思う。

車が「水亀亭」のすぐ前に停《と》まる。森野がさっと車を降りて、ドアを開けてくれた。

「お帰りはどうしますか」

「自分で何とかする。遅くまでご苦労」

「お迎えに上がりますが……」

「必要ない。これは県庁職員の仕事とは関係ないことだ」

「不可分の関係ですよ」

「職員は選挙には関わらない――それが基本だぞ」

「表向きは、ですね」

「あまり余計なことを言うな」安川は口の前で人差し指を立てた。

「では、失礼します」

さっと一礼して、森野が繁華街――あまり明るくない繁華街に消えていった。公務の時間はこれで終わり、と安川はほっとした。

「水亀亭」は複雑な造りで、百人が入れる大宴会場もあれば、数人で一杯になってしまう小さな洋室も用意されている。最近は畳に座るのが面倒になってきており、人と会う時は、この洋室を使う機会が多くなっていた。

徳山は既に到着し、テーブルについてお茶を飲んでいた。安川の個人秘書である宮下《みやした》も一緒……宮下はいかにも居心地悪そうにしていた。地元の国立大を優秀な成績で卒業した男で、実際頭はいいのだが、なにぶんにもまだ二十六歳で圧倒的に経験が足りない。しかも徳山は海千山千の男で、相手の話を聞くよりも自分で演説を打ちたがるタイプだから、一緒にいる人間はつい巻きこまれてしまう。宮下もその災難からは逃れられなかったようだ。何を聞かされていたのか分からないが、安川が部屋に入って来た瞬間にほっとした表情を浮かべる。

「ああ、知事。お忙しいところどうも」徳山が如才なく言って立ち上がった。小柄だが精力的な男で、ただ座っているだけで独特の精気を発散している。政治家としては、やはり喋《しゃべ》りの上手《うま》さが最大の武器だ。どんな内容であっても、独特のリズムとよく通る声質で聞かされてしまう感じなのだが——中身はあまりない。話し終えた瞬間、何の話だったかと首を傾《かし》げてしまう類の話術だ。二世政治家で、父親は民自党の幹事長まで務めたのだが、本人の政治家としての実績は、そこまでは遠く及ばない。

やはり、心がないからか。

「こちらこそ」

安川は徳山の向かいに座った。すぐに宮下が立ち上がり、部屋の片隅に置かれた受話器を取り上げる。「お願いします」と短く言って、電話を切った。

料理が頻繁に運ばれて来るので、集中して話をするのは難しそうだが、そこはこちらも店も慣れた同士である。ここでの話は、絶対に表には出ない。

ビールの最初の一口を呑《の》んだ瞬間、徳山が切り出す。

「知事、白井副知事の名前はいつお出しになるんですか」

「それはなかなか、タイミングが難しいのでねえ……」安川は顎を撫《な》でた。

「しかし、二月定例会で引退を表明されてから、もう五ヶ月も経《た》ちますよ。選挙の告示は十月四日です。あと二ヶ月しかないじゃないですか」

「その通りだね」

「白井副知事ご本人の準備もありますし、そろそろはっきり宣言されないと……この状態では、白井副知事も動けないでしょう」

今日の徳山は、普段にも増してずけずけと突っこんでくる。安川は答えず、ワイシャツの胸元を引っ張って空気を導き入れた。八月一日……今日は今年最高の気温で、一日中県庁内にいた安川も、かなり暑い思いをした。気づいた宮下がすかさず立ち上がり、エアコンのリモコンをいじる。顔を撫でる風が、少しだけ冷たくなった。

「知事、まさか引退撤回などということはないでしょうな」徳山が目を細めながら訊《たず》ねる。

「何を馬鹿なことを」安川は笑い飛ばした。「私はもう七十六だよ。今度の選挙に当選したら、引退する時は八十歳だ。その時まで生きていられるかどうかも分からん」

「私よりもよほどお元気そうですがねえ」徳山が恨めしそうに言った。

「年齢もそうだが、もう四期目だ。あまり長く続けると弊害も出てくる。知事を四期は、ちょうどいいぐらいではないかな。長期タームで取り組む仕事はある程度目処《めど》をつけることができたし、これぐらいで辞めれば、長期政権批判も出てこない」

「それはそうですが……あまりにも後継指名が遅れると、変な臆測をする人も出てきますよ」

「徳山さんとか？」

「いや、私は……まさか」徳山が声を上げて笑う。ひどくわざとらしい笑い方だった。

「有力な対抗馬がいないんだから。告示日にいきなり手を挙げても勝てますよ」

「しかし、やはり事前の準備は必要でしょう。選挙に絶対安全ということはありませんから」

「選挙に強い徳山さんがそんな風に言っても、説得力はありませんな」

「強いというのは、あくまで結果的に、という意味です。今まで、水面下でどれだけ努力してきたか……」

「まったく、選挙というのは大変なものですな」

うなずき、安川はビールを一口呑んだ。最近は酒もあまり美味《うま》くない……本当は、美味い焼酎をちびちび呑むぐらいでいいのだ。昔は、夏と言えば思い切り冷えたビールの大ジョッキを一気に空にし、喉が痛いほど冷たくなる感触が楽しみだったものだが、あれは若さ故だろう。

「白井さんとはお話しされてますか？」

「公務に関してはね。選挙の話を庁舎内でするわけにはいかん」

「白井さん、だいぶ気を揉《も》んでおられるようですよ。この状態だと選挙準備にかかるわけにもいかない、と」

「ほう」

「いや、知事、そんな他人事《ひとごと》のように言われても」徳山が真剣な表情で抗議した。

「折を見て話しますよ。そんなに心配することはないでしょう」

「我々は、もう動いてよろしいんですか？　副知事にも、しっかりとした選挙スタッフをつけねばなりませんし」

「選挙は人ですからな」安川はうなずいた。

「参謀役を誰にするかも難しいところです。民自党本部との関係もありますので。それに政友党との調整も必要です」

「今回も相乗りになるでしょうな」自分がそうだったように。県知事は政治的にどちらかに傾くのではなく、中道路線で広く支持を受けるのがベストだ。

「いや、現段階ではその保証はないですな。政友党が低空飛行している状況を見ると、次の知事選では民自党の単独推薦になるかもしれません」

「政友党はそんなに状況が悪いですか」安川も当然知ってはいたが、一応聞いてみた。

「今後は解党、その後の新党結成も視野に入ってくるかもしれません。そうなったら、また野党再編です。『日本の絆《きずな》』側の動きがポイントでしょう」

安川は腕組みをして「うむ」と唸《うな》った。いわゆる「五十五年体制」が世紀末に崩壊した後、中央政界は大揺れに揺れた。新党ブーム、大連立、民自党の政権からの転落と政友党政権樹立、そして東日本大震災を経ての再度の政権交代。その後の政友党は党勢が落ちる一方で、民自党の安定政権が続いている。追いこまれた政友党は、活路を開くために、新党「日本の絆」との合併を模索し始めた。

「次の選挙で、政友党は実質的に『日本の絆』と合併ですか」

「このまま離党ドミノが続いたら、そうなるでしょう。現実味がない話ではないですよ。最終的に、次の選挙に公認で出る現職議員は、四十人程度にまで減ってしまいそうですから」

安川はまた唸った。次々と議員が離党する政友党は、有権者から見れば、もはやまったく求心力のない存在である。選挙は――民主主義は、少数者が勝てない世界なのだ。

「いずれにせよ、民自党の対抗勢力が育つには、まだ時間がかかるでしょう」自分を納得させるように、徳山が言った。「日本で二大政党制は無理があるんですよ。だいたい民自党自体が、いくつもの政党を内包しているようなものだし」

「右から左まで振り幅が広いですからな」安川は同意した。

「いずれにせよ、次の知事選では、政友党との相乗りは実現しない可能性もある……民自党にも向こうと組むメリットがありません。安川知事のこれまでの戦いとは、まったく別の様相になるでしょうな」

「大変なことだが、私が駆けずり回るわけではないからね。引退する人間に何か期待されても困る」

「知事、もう少し気を遣っていただいても」徳山がずけずけと文句を言った。「本当に、選挙の実務は大変なんですよ」

「私がそれを知らないとでも？」

「――失礼しました」徳山がさっと頭を下げる。「しかし、しっかりした後継指名だけは、できるだけ早くお願いします。現段階でも下準備は進めていますが、やはり知事のはっきりした宣言がないと、表立っては動きにくい」

「そんなものでしょうなあ」

「とにかく明日、この件で副知事と会いますから。話をしてみて、いろいろ決めますよ」

「知事……」

「そうですか……」

徳山が溜息をつく。二月の定例県議会で、正式に引退は表明した。あとは後継者を指名して、表舞台から静かに引く準備を整える——選挙を取り仕切る一人である徳山が、そういうシナリオを書いているのは間違いない。そして、後継者としては総務省出身の副知事、白井しかいないのも確かなのだ。実際、後継者含みで副知事として引っ張ってきたのだし。

この県にはまだ、様々な問題がある。そういう問題を遅滞なく解決していくためには、自分の路線をしっかり継いでくれる後継者が必要だ。現段階では、やはり白井が一番適しているのだが……今ひとつ納得していないことを、どうやって徳山に説明すればいいだろう。四年間、副知事としてやってもらったのに、ピンとくるものがないのだ。優秀だがリーダーシップがない。結局、知事の器ではないのでは……納得できぬまま時間だけが経ち、後継指名もせぬまま告示日が迫っている。自分の判断ミスだと分かっているが故に、今日は酒も料理も美味くなかった。

安川は、高校までこの県で育った。県内の公立高校ではトップクラスの第一高校を卒業して、現役で東大に合格。卒業後はキャリア官僚として自治省に勤めた。自治省時代は、当然のように地方での勤務もこなし、自然に地方自治に対する興味と責任を強く持つようになった。それ故、民自党県連に誘われるまま、定年間近に自治省を辞め、副知事を経て知事選に出馬したのは当然の流れだったと言っていい。二十一世紀になって初めての知事選に出馬し、民自党、政友党両方の推薦を受けて楽々当選、以来四期十六年にわたってこの県の舵取《かじと》りをしてきた。四期目の任期は今年十一月まで。これで引退することは、かなり前から決めていた……だから二月定例会で宣言してしまったのだが、今になって迷いが出ている。

タクシーの後部座席で、安川はどんよりとした気分を味わっていた。

「知事、明日の副知事との会合ですが……場所は本当によろしいんですか？」宮下が遠慮がちに切り出す。

「ああ、場所は『なし』だ」

選挙の話を県庁内でするのは気が引ける。かといって、今日のように料亭というのも……ああいう場所では、知り合いにばったり会うことがあるのだ。それ故明日の夜、安川は宮下の車の中で白井に会うことにしていた。雪国に住む若者らしく、宮下のマイカーは大きなSUVで、後部座席はゆったりしている。白井には申し訳ないが、目立たぬよう話すにはこれが一番なのだ。

「では、十九時に公舎へお迎えに上がるということでよろしいですか」タブレット端末をいじりながら宮下が言った。

「結構だ。何か問題が起きたら連絡する」

必ずしも予定通りには動けないのが、県知事の辛《つら》いところだ。特に心配なのが災害である。地震や台風などで大きな被害が出た時に、知事が県庁から遠く離れたところにいたら話にならない。知事になってから十六年、安川は夏冬の休暇でも県外に出ることはまずなかったし、長期の出張もできるだけ避けてきた。会議や陳情などで東京へ行くことは多いのだが、その場合もできる限り日帰り。新幹線が通っているからこそできることだ。

しかし……本当にこれでいいのだろうか。安川は両手で顔を擦《こす》り、小さく溜息をついた。今後の県政を任せる相手が、白井で構わないのか？

県知事公舎は年季の入った建物だが、さすがに造りはしっかりしており、しかも広い。そこに住んでいるのは安川の他に、妻の仁絵《ひとえ》と姪《めい》――弟の娘――の玲香《れいか》だけだ。玲香がいるから何とかちゃんと暮らしてこられたものの、彼女がいなかったら、手伝いの人を入れなくてはならなかっただろう。それぐらい公舎は広い――玲香には感謝しきりだったが、同時に申し訳なくも思う。十六年前、安川が知事公舎に入った時には、玲香は地元の短大を出たばかりの二十歳だった。それから十六年、独り身のまま安川たちの手伝いを続けて、三十六歳になってしまった。手伝いに出してくれた弟の保次《やすじ》にも頭が上がらない。こんなことをしていなければ、とっくに嫁に行って、今頃は保次も孫を抱いていただろうに。

公舎で出迎えてくれたのは、その玲香だった。仁絵の姿はない……いつものことだが、やはり眉根が寄るのを感じた。昔から病気がちな仁絵は、最近床についていることが多い。この一年で、何度か入院もしていた。おそらくこのままゆっくりと……安川は首を横に振り、嫌な想像を頭から追い出した。

「伯父さん、ご飯は？」

「ちゃんと食べた。大丈夫だ」

「またお酒呑んで誤魔化したんじゃないの？」

「この歳になって、そんなにたくさんは食べられんよ」苦笑しながら安川は腹を撫でた。そもそも昔から、あまりしっかり食べる方ではない。「取り敢《あ》えず、お茶を一杯もらえないか」

「ちょっと待っててね」

ダイニングルームも広々していて――広々と言うと聞こえがいいが、広過ぎて殺風景な感じさえする。この他にも、数十人でパーティができるぐらいの広い部屋があり、三人暮らしでは完全に持て余してしまう。今――真夏はいいのだが、冬の寒さが特に辛い。あまりにも広過ぎるので、家全体を暖めようとすると、暖房費がとんでもなく高額になる。それは、最初の冬にさっそく学んでいた。

広いテーブルに二人でつき、静かにお茶を飲む。このところずっと、静かだ。以前は夜になっても部下たち、それに民自党の関係者が訪ねて来ることがよくあったのだが、二月に引退宣言して以来、夜の訪問者はめっきり減った。レイムダック（死に体）状態――引退が決まっている人間に頼ろうとする人はいない。

「お前、十一月からどうする？」

「どうしようかな」玲香が呑気《のんき》な口調で言った。子どもの頃からおっとりしているのだが、それは三十代半ばになっても変わらない。

「俺は、河原町《かわらまち》の例のマンションに移る。一部屋空いているから、お前が一緒に来ても全然問題ないんだが」

「でも、いつまでも伯父さんたちのお世話になってるわけにはいかないでしょう」

「逆だろう。こっちが世話してもらってるんだよ」安川は苦笑した。「お前がいてくれると助かるんだが……仁絵のこともあるからな」

「伯母さん、体調がどうのこうのというより、気持ち――精神的に元気がないわよね」

玲香が声を潜めて言った。

「これだけ入退院を繰り返していると、さすがに滅入《めい》るだろうよ。体力もだいぶ落ちてきているし」

「私、やっぱり一緒にいた方がいいんじゃないかしら」玲香が湯呑みを両手で包みこむ。

「伯母さんのお世話なら、今まで通りにできるし」

「いや……いい機会だから、お前も今後のことをよく考えてくれ。いくら何でも、そろそろ嫁に行かないとまずいだろう」

「もう手遅れよ」玲香が苦笑した。

「何言ってる。最近は四十代で初産の人も少なくないし、三十六で結婚は全然遅くないぞ。嫁入りの費用は全部出してやる」

「相手もいないのに……これから探しても、すぐに結婚できる保証はないわよ」

「結婚できなくて苦しんでるのは男の方だぞ。女性は、その気になればすぐに結婚できるはずだ」

「何だか、私を追い出したがってるみたいに聞こえるけど」玲香が唇を尖《とが》らせる。

「そんなことはない……」

　安川としては、申し訳ないという気持ちしかなかった。家のこと、選挙のこと、あれこれ手伝わせてしまった結果、玲香は婚期を逃してしまったのだから……それもこれも、うちの子どもたちのせいとも言える。息子は現在アメリカ勤務、二十三歳で嫁いだ娘は福岡在住だ。自分たちの人生最優先――しかし、それぞれの生活を放り出しても知事の仕事を手伝え、とは言えない。そもそもこういうのは、向こうで気を遣って手を貸してくれるものだと思うが……子どもとの距離感は難しいとつくづく思う。

「別に、結婚する気がないわけじゃないけど、こういう生活ももう十六年になるでしょう？　他の生活パターンが考えられないのよ」

「分かるが、変える時期――変えた方がいい時期だと思うぞ」

「そうね。考えてはみるけど、どうなるか、分からないわ」

「お前は相変わらず呑気だなあ」

「私がかりかりしてもしょうがないでしょう……伯父さん、携帯、鳴ってるわよ」

「ああ」

普段のんびりしている割に、玲香はやけに鋭いところがある。マナーモードにしてあったスマートフォンが振動するのを、安川は聞き逃していた。ゆっくり立ち上がり、ダイニングテーブルの端に置いてあったスマートフォンを取り上げる。先ほど別れたばかりの宮下だった。

「白井さんが倒れました」

宮下が、前置き抜きでいきなり切り出した。倒れた？　慌てるべき事態だと理解するのに少し時間がかかった。

「何だと？」聞き返す声が震えてしまった。

「白井さんが倒れられました」宮下が繰り返す。「どうやらくも膜下出血らしいんですが……」

「何だと？」繰り返すしかできなかった。白井とは、午後に会って仕事の打ち合わせをしたばかりである。あの時はまったく元気で、倒れるような様子はなかった。「無事なのか？」

「残念ながら、非常に危ない状態だそうです。私も今、一報を受けたばかりなので、詳しいことは分からないのですが」

「すぐに病院へ行く。どこだ？」

「県立中央病院ですが、知事は動かない方がよろしいかと。騒ぎになります」

「しかし……」

「自宅待機でお願いします」宮下がぴしりと言った。「何かあれば、すぐにお知らせしますので。知事は動かないで下さい」

「おい――」

「失礼します」

電話が切れた。

何ということだ……くも膜下出血で、無事に生還できる確率はどれぐらいだろう。もしも白井が死ぬようなことになったら、選挙に関する予定は全て狂ってしまう。

長い夏になるな、と安川は覚悟した。

2

「そうですね、最近、県出身の選手は少し元気がないようで……もっと奮起を期待したいですね」

中司《なかつかさ》涼子《りようこ》は鼻に皺《しわ》を寄せた。こういう話になると、ついむきになってしまう。このところ北海道勢、長野県勢が国内の大会で好成績を収めているのに対して、県出身のアルペン選手の成績が奮わないのは気がかりだった。

今日は、JOCの強化委員として、そして元五輪メダリストとしてインタビューを受けている。相手は、地元紙・民報運動部の沢居《さわい》明奈《あきな》という女性記者。女性で運動部記者というのは珍しい……しかしインタビューはスムーズに進んだ。かなり優秀な記者であることは、インタビューが始まってすぐに分かった。涼子はこれまで、数え切れないほど多くのインタビューを受けてきたが、だいたい五分話すと、相手ができるかどうかは分かる。優秀な記者は、最初の五分間のうちに必ず、「こちらが話したいこと」を話題に出すのだ。今日も気分よく話せる、と気持ちを乗せるために——実際、気持ちよく話ができたが、「県出身の後輩たちに一言」と求められると、つい厳しい話になってしまう。

涼子が冬のオリンピックで銅メダルを獲得したのは、もう十六年も前である。大回転で三位——アルペンスキーの日本人女子選手としては、今のところ唯一の五輪メダリストだ。「唯一の」という看板は大きく、今でも冬季五輪ではテレビのスポーツ番組などに引っ張りだこになる。ＪＯＣで後輩たちのために活動できているのも、あの時の頑張りがあってこそだ。

今は充実している。だけど人生には、いくつもの段階があっていい。今がまさに、新しいステージに進む時——四十二歳になった今が、新しい一歩を踏み出す最高のタイミングだと思う。

涼子は、自分の湯呑みにお茶を注《つ》ぎ足した。急須を掲げて示したが、明奈は首を横に振る。せっかく淹《い》れたお茶にはまったく手をつけていない。

「いいんですか？」涼子は訊ねた。

「インタビュー中は、飲み物はいただかないようにしているんです」笑みを浮かべながら明奈が言った。「何だか、集中力がなくなるような感じがして」

「偉いわね……でも、何となく分かるわ。私もレースの三十分前からは、何も飲まないようにしていたから」

「何か、科学的な理由ですか？」

「ジンクス」涼子は微笑《ほほえ》んだ。「本当は、適切な水分補給は必要なんだけど」

場の雰囲気が解《ほぐ》れてきた。

今回、涼子が生まれ故郷を訪ねて来たのは、高校での講演を頼まれたからだ。山深い中部地域にある母校の高安《たかやす》高校ではなく、県都にある一番の進学校、第一高校。講演を終えてホテルに戻り、ほっと一息――そこへ、前からの約束で明奈が訪ねて来てインタビューという段取りだった。

これがいいタイミングかもしれない、とふと思いつく。問題は、相手が運動部の記者だということだ。今、自分が明かそうとしている話は、地元紙の民報なら、政治を担当する報道部の記者が取材するべきものだ。しかし明奈は頭の回転が速そうだし、記事を書くのに苦労することはないだろう。それに雑談の中で、運動部に配属される前は、県政記者クラブにいたことも分かっている。

よし、話してしまおう。もしも彼女の方で記事にする自信がないというなら、専門の記者を呼んでもらえばいい。今回は珍しく日程に余裕のある出張で、今夜は空いているのだ。高校時代の友人と会う約束はあるが、それは何とでも調整できる。

いずれにせよ、まだ午後四時だ。時間はたっぷりある。

「今の話と関係ないことなんだけど……ちょっと聞いてもらえますか？」

「はい」明奈が背中をすっと伸ばした。

「今年、知事選よね」

「そうですね。十一月に任期満了で——」

「たぶん、十月二十一日に投開票ね」

「ええ」

明奈が目を細める。変に思っているな、とすぐに分かった。普通の人は、知事選の投開票日など気にしないものだ。ましてや涼子は現在、東京に住んでいる。いかに出身地のこととはいえ、知っているのが意外なのだろう。

「私、知事選に出ようと思います」

「本当ですか？」一転して、明奈が目を見開いた。

「本当です。準備はこれから——あまり時間はないですけどね」投開票まで三ヶ月を切っている。

「これまでも何度か、選挙に出る噂《うわさ》がありましたよね」

「ああ——そうね」やはり彼女は優秀だ。ちょっとした噂もよく覚えているようだ——そしてこれは、噂ではなく事実である。前回の衆院選、その前の参院選で、民自党から非公式に出馬要請はあった。

「過去の話については——」

「実際に話はあったけど、お断りしました」

「今回も、民自党の出馬要請ですか？」

「いえ」涼子は短く否定した。「私が自分で判断して決めたことです」

「つまりこれが――」

「正式な立候補表明と考えていただいていいわ」涼子は笑みを浮かべた。「やっぱり、最初は地元紙に書いて欲しいし」

「代議士と知事では、難しさがだいぶ違いますよ。一年生代議士なら、勉強しながら仕事をしていけばいい。でも知事は、最初から判断力と実行力を試されます」

「もちろん分かっています」涼子はうなずいた。「でもどんなにベテランの知事さんでも、最初は新人でしょう？」

「それはそうですが……」どこか不満そうに言って、明奈が湯呑みに手を伸ばした。インタビュー中は飲まないと言っていたのに、お茶を一気に飲み干してしまう。

緊張した様子を見て、話す相手を間違ったかもしれないと涼子は不安になった。民報は、現知事の安川と非常に近い関係にあるはずだ。というより、現知事べったり。安川はもう引退を表明しているとはいえ、今でも民報との濃厚な関係は続いているはず――しかも、副知事が後継者と目されている。自分はそういう構図に迷いこんだ間抜けな存在で、民報としても扱いに困るのではないだろうか。

もしかしたら、東京で記者会見を開いた方がよかったかもしれない。自分が知事選に出馬すると表明したら、全国紙も取り上げるだろう。ただし、地元——実際に投票してくれる有権者がいる地元への影響力は、やはり民報の方がはるかに大きい。

まあ、しょうがない。一度口にしてしまった言葉は取り消せないのだから。

涼子は立ち上がり、窓辺に寄った。駅から少し離れたバスターミナル近くのホテル……この街では最近、駅前や昔からの繁華街である新町《しんまち》ではなく、バスターミナル付近の開発が進んで賑わっている。若者たちが行き交う様を見ていると、何だか嬉《うれ》しくなってきた。この若者たちの力を、県のために生かしたい。自分は、この若者たちの代表になりたいのだ。

「中司さん」

呼ばれて振り返る。明奈は明らかに緊張した面持ちだった。

「民自党ですか？　政友党ですか？」

「無所属です。完全無所属」

「誘いが来たらどうしますか？　中司さんが出ると言えば、民自党も政友党も放っておかないでしょう」

「誘いは来ないと思いますよ。各政党は、安川さんの後継候補を相乗りで推すんじゃないかしら」

涼子には、地元のネタ元——元同級生たちが何人もいる。県庁に勤める人間もいるので、この辺の情報はほぼリアルタイムで入ってくるのだ。

それにしても馬鹿馬鹿しい。安川も、後継候補とされる副知事も自治省——総務省の出身である。まるで中央官庁に地方が支配されているようではないか。安川も副知事もこの県の出身ではあるが、何だか釈然としない。

「私は、地元出身の人間として、多くの人の助けを借りたいと思います」

「それは確かに、中司さんの知名度は抜群ですけど……」

まさか、遊びだと思っている？　冗談じゃないわ。私は本気。本気で、この県の知事になりたいと思っている。そのために準備も進めてきた。

「公約はどうなりますか？」

「まず、オリンピック招致に本腰を入れたいと思います」

「冬季オリンピックですか？」明奈が突っこむ。

「ええ。大きなスポーツの大会がもたらす波及効果には、計り知れないものがありますよね？　オリンピックの経済効果で、この県を何とか浮上させたいんです」

「今はあまり……景気はよくないですよね」明奈が真顔でうなずいた。「それはつまり、安川さんの負の遺産を払拭したいということですか？」

「安川さんの十六年の実績は大変なものだと思います。負の遺産と言うのはどうでしょう」涼子は笑みを浮かべてやんわり批判した。そういう対立軸を作って知事選を戦うつもりはない。そもそも安川は引退を表明しているのだし。「これまでのご活躍には敬意を表します……そろそろ新しい風が吹いてもいいですよね？」

さらに大きな笑みを浮かべる。これはバージョン2の笑顔……涼子の最大の得意技は、笑顔の使い分けだ。バージョン1は、オリンピックの表彰台に立った時の笑顔。まさに満面の笑みで、周りに光を投げかけるものだ。バージョン2は、試合前、自分をリラックスさせるための落ち着いた笑顔である。表情筋をコントロールすることで、気持ちも自在に動かせる。

「正式表明は、近々行います。たぶん、記者会見を開くことになると思います」

「後援会組織はどうするんですか？」

「私には、この県に知り合いがたくさんいますからね。そういう人たちに助けてもらうことになると思います」

「となると知事選は、組織対無党派の戦いになることも考えられます。勝算はあるんですか？」

「勝てるかどうかは、その時々の条件にもよります。でも、勝つために十分な準備をすることこそ、大事じゃないでしょうか。ろくな準備もしないで、運を天に任せるようなことは、私はしません」

「ちょっと――ちょっと待ってもらえますか?」明奈が慌てて立ち上がる。「電話を一本かけさせて下さい。それと……他の記者も取材に来るかもしれないので、もう少し時間をいただけませんか?」

涼子は左腕を持ち上げ、腕時計で時間を確認するふりをした。本当は、ベッドサイドのデジタル時計がすぐ正面にあるので、時刻は分かっているのだが。

「あと一時間ぐらいなら大丈夫です。その後には、大事な会合があるので」

トートバッグからスマートフォンを取り出した明奈の動きが止まった。

「それは、支援者との会合という意味ですか?」

「会合は会合です」涼子は薄い笑みを浮かべ、人差し指を立てた。「一時間。それなら余裕があります」

明奈が慌てて部屋を飛び出して行った。ドアがゆっくりと閉まるのを見届け、涼子はまた立ち上がって窓辺に寄った。八月の夕方、まだ日差しは強く、外は茹《う》だるような暑さだろう。夏は昔から嫌いだった……アルペンスキーの選手は、練習も試合も冬が本番。夏は地味なトレーニングで体づくりをする時期で、とにかくきつい思いをした記憶しかない。この県は特に、冬は寒くて大量の雪が降るのに、夏はその反動のように極端に暑くなる。しかも湿気が多い。汗が空気中の水蒸気と混じり合い、そのうち自分が溶けて大気と一体化してしまうのではないかと感じたものだ。

こうやって上から見ていると若者が多く、街は元気で景気がいいように見える。しかしそれは、あくまで上辺だけだ。景気動向指数、小売店の売上動向などの各種経済データを見る限り、この県が緩やかに沈没しつつあるのは明らかである。しばらく前に、「人口減少で消滅する自治体」が話題になったが、この県の多くの自治体も、その条件に当てはまる。何とかしないと……目先のことだけでなく、十年、二十年先を見据えて、若者や子どもの数を増やしていかないといけないのだ。人生の先輩たちには、そういうビジョンがない。口先では危機を訴えるかもしれないが、解決のための具体的なアイディアがないのだ。

そろそろ、全てが変わってもいいと思う。

私が、その起爆剤になる。

「お待たせ」

居酒屋の個室に入ると、涼子はまたバージョン2の笑顔を浮かべた。古馴染《ふるなじ》みの友だちが相手だから、コントロールした笑顔を見せる必要はないのだが、何となくこれも癖になってしまっている。

「遅れるなんて珍しいな」古屋学《ふるやまなぶ》が腕時計を覗《のぞ》きこんだ。眼鏡の奥の目が険しい。

「取材が長引いて」言い訳しながら、涼子は椅子を引いた。

「さっきも電話で聞いたけど、選挙の件、話したんだって？　上手くいったかい？」

「何とかね。予定外だったけど、いいタイミングに思えたから」涼子は肩をすくめた。

「あと十分でもう一人来ることになってるから。それまでに、今日の話をざっと聞かせてくれ」古屋が話を進めた。

「相変わらずせっかちね」涼子は苦笑した。

「スピードが全てなんだよ、金儲《かねもう》けも政治も」

古屋が言うと説得力がある。この男は、地元の複数のプロスポーツチームを運営する「S&Cコンプレックス」の社長だ。涼子とは高校の同級生で、当時は野球部のキャプテン——高校生の頃は気づかなかったが、実は非常に野心に富み、かつ「人たらし」の男だった。東京の大学を卒業すると地元に舞い戻り、家業の造り酒屋を手伝いながら様々なビジネスに手を出し、三十五歳の時に、サッカー、バスケットボールなどのプロスポーツチームを運営する「S&Cコンプレックス」を立ち上げた。今では、アルペンスキーのチームも持っていて、その設立には涼子も手を貸した。ただし、スキーのチームはまだ実績を上げていない。本当なら、涼子が専属のコーチになって面倒を見たいぐらいだ。

涼子は、民報の記者との会談をざっと説明した。明奈に打ち明けた後、彼女は報道部の記者を呼び、結局同じような話をさせられたことまで含めて……非常に面倒臭かったが、地元紙である民報とはいい関係を保っていかねばならない。できれば、安川べったり――おそらく安川の後継者とも続くであろう密接な関係を崩し、最終的にはこちらの味方につけたかった。最初に民報に情報を提供したことには、そういう狙いもある。

「まあ、いいんじゃないかな」古屋がうなずく。

「向こうは、無所属での出馬がずいぶん引っかかったみたいだけど」

「特定の政党と距離が近くなるのは、あまりよくないと思う。安川知事も、民自党と近過ぎる……それをよく思っていない人間は、少なくないよ」

「元々私は、つながりがないし」涼子は肩をすくめた。つながりがないというか、丁寧にお断りした……。

「まあ、取材に関しては、合格点をあげていいと思うよ」

「あなた、これからもずっと暗躍する気？」

「暗躍？　あまりありがたい言葉じゃないな」古屋が噴き出した。「表に出るのが性に合わないだけだ。他の人間を応援するのが一番なんだよ」

それは高校時代の経験からきているのだろうか、と涼子は訝《いぶか》った。古屋は野球部の主将で人望は厚かったのだが、レギュラーポジションを獲得するほどの実力はなかった。試合中の彼の役目は三塁ベースコーチと伝令。いわば「裏方」であり、そこに早々と自分の生きる道を見つけていたのかもしれない。

「そのうち、きちんとスタッフをつけるよ」

「あなたのところの人？」

「ああ。うちは、広報部門が充実してるからね。プロスポーツチームは、マスコミ対策が何より大事だし……代理店から引き抜いてきた人間が何人かいるから、優秀な奴《やつ》を広報担当者に推薦するよ」

「スポーツの広報と政治の広報では、勝手が違うんじゃない？」

「代理店の出身者は、いい意味でも悪い意味でもプロだぜ？」古屋が苦笑した。「何でもこなせるよ」

ドアをノックする音が響き、古屋が反応して立ち上がった。現れたのは、緊張した面持ちの女性――小林《こばやし》結子《ゆうこ》。涼子はバージョン2の笑顔を浮かべて立ち上がり、彼女にすっと近づいた。ハグするような状況ではないので、相手の腕にそっと手をかける。

「久しぶり。元気だった？」

「何年ぶり？」結子の緊張はすぐに解れたようだった。

「この前、同窓会で会った時以来だから、四年ぶりじゃない？」

「嘘《うそ》、そんなに経つ？」

高校の同窓会は、卒業後、五年ごとの切りのいいタイミングで開かれていた。あれから四年ということは……涼子は頭の中で状況を確認した。

「綾《あや》ちゃん、来年大学受験じゃない？」綾は結子の長女だ。四年前の同窓会で話を聞いた時には、反抗期の中学生で困っている、と散々愚痴を零された。

「そうなのよ」結子の顔がいきなり暗くなる。「地元の予備校に通ってるんだけど、今からカリカリしてるの。元々神経質な子なんだけど、見てるだけでこっちも参っちゃうわ」

「でも、受験で大変なのなんて、半年ぐらいのことじゃない。東京へ出て来るの？」

「地元の国立狙いだって」

「若い人が地元に残ってくれるのはいいことよね」ただし、就職先は限られてしまうのだが……自治体の職員か教員。全国的に名前が知られた大手企業もあるが、地元の大学の卒業生を全て吸収できるほどの募集はない。もちろんマッチングの問題もあるわけで、地元の大学を卒業後に東京や大阪へ出てしまう若者も少なくなかった。この状況は昔から変わらない。

「お嬢さんがた、座ったら？」古屋が呆《あき》れたように言った。

「お嬢さんね……その台詞《せりふ》はセクハラぎりぎりよ」涼子は抗議した。

「失礼」古屋が咳払《せきばら》いする。「取り敢えず座ろうよ。本筋の話に入らないと」

三人で席に着き、古屋がビールと料理を頼んだ。軽く乾杯すると、古屋が話を切り出す。まず、結子に頭を下げた。

「悪かったね、家族持ちにこんな時間に来てもらって」

「あなただって家族持ちじゃない」

「うちは夫婦二人だから関係ないよ。お互い好き勝手にやってる」

「そう言えば奥さんの店、景気はどう？」涼子は訊ねた。古屋の妻は、フランス料理の店を経営していると聞いている。

「あまりよくないね。この辺の人は、フランス料理を食べる習慣があまりないし、今はフレンチよりもイタリアンの方が一般的に受けがいいから」

「だったら最初から、イタリアンの店にすればよかったのに」

「読み違えたかな……まあ、ぎりぎりで何とか、という感じかな」

「今日も、奥さんのお店に集まればよかったわね」

「あのね」結子が口を挟んだ。「あそこはお高いの。一人一万円……ワインは別で」

「メニューを検討して、値段を下げるべきね」涼子は即座に言った。「どんなことでも、見直しは大事じゃない？　自分がやっていることにこだわり過ぎると、失敗が見えなくなるのよね」

「お前は昔からそうだよな。弱点を見つける、すぐに修正する、次のレースに生かす」古屋が指摘した。

「そうそう……試合と選挙は違うけどね」

だいたい、選挙は間隔が長い。知事選は四年に一度。落選して、その原因を分析して修正しているうちに、存在自体を忘れられてしまうだろう。

ビールと地元の料理で食事が始まる。県境に近い山岳地の出身である涼子には、新鮮な魚が嬉しかった。

「山菜、今年のね」結子がお通しのおひたしをつまみながら言った。「冷凍物を出さないんだから、結構いい店ね」

「山菜は好きになれないなあ」古屋が言った。「飽き飽きしてるんだよ。腹にも溜《た》まらないし」

「でも、故郷の味でしょう」涼子はありがたくいただいた。子どもの頃はそんなに美味《おい》しいと思わなかったが、四十歳を過ぎて、かすかな滋味や苦味が旨味《うまみ》に感じられるようになった。

「涼子、今更聞くことじゃないけど、ご家族は大丈夫なの？」結子が訊ねる。

「まだ話してないわ」涼子はぐっとビールを呑んだ。「反対はしないと思うけど」

「昔から涼子は、言い出したら聞かないからな」古屋が馬鹿にしたように言った。「そうじゃないと、メダルなんか取れないだろうけど」

「民宿の方、今もご両親がやってるんでしょう？」結子が訊ねる。

「うん。まだ元気だし、そっちは心配いらないわ。それに、気にしてもしょうがないでしょう……明治から続く老舗ってわけじゃないから」

両親が経営する民宿は、冬はスキー客、夏場は大学のサークルなどの合宿を受け入れていて、基本的には夏冬の稼ぎだけで一年を過ごす感じだ。呑気な商売とも言えるが、この家業のおかげで涼子はスキー選手になれたとも言える。父親はスキーのインストラクターでもあり、涼子は歩き始めるのと同じぐらいにスキーを履いたのだ。もちろん、父親が語る想《おも》い出話は、かなり盛ったものだと思うが。証拠になるような写真やビデオが残っていないので、真相は不明である。涼子の記憶も曖昧だ。

「さて、それで問題は、今後の組織作りだ」古屋が実務的な話に入った。「完全無所属での出馬と言っても、選挙のための組織は必要だからな。高安高校の関係者が手弁当で参加してくれるにしても、誰が音頭を取るか、動きを指示するか、きちんと決めておかなくちゃいけない」

「表立っては、あなたが後援会長になってくれるんでしょう？」曖昧だが、そういう話も出ていた。

「いや、後援会の会長には、もっと適任者がいる。箔《はく》をつける必要もあるからな。それに選挙を戦うためには、その道のプロが必要だ……それも目処をつけてあるから、すぐに引きあわせるよ」

「そんな人、どこで見つけてくるの？」

「こっちは全国を相手に仕事してるんだから、伝手《つて》もコネもできるさ。お前は心配しないで神輿《みこし》に乗っててくれ」

「あらかじめ言っておくけど、私はただのお飾りじゃないからね」涼子は真顔で反論した。「あなたたちが担ぎ出してくれるのは嬉しいけど、戦うのはあくまで私だから。私自身、知事としてやりたいことがあるのよ」

一瞬真顔になった後、古屋が表情を緩める。日焼けした顔、目尻に皺が寄った。結局この男は、ずっとアウトドアで生きてきた人間なのだ。

「結構、結構。そのためには、しっかり勉強して自分の意志を持たないと……それで問題は、対抗馬だ」

古屋が結子を見やる。結子はにわかに緊張して、身を強張《こわば》らせた。

この場に結子が呼ばれた理由——彼女が県庁の知事室に勤務しているからだ。知事のスケジュールは全て把握しているし、裏の情報にも精通している。直接選挙を手伝ってもらうわけにはいかないが、結子は「情報提供ぐらいは大丈夫」と言っている。

「後任の候補は、副知事の白井さんなんでしょう？」涼子は訊ねた。

「そう言われているし、もう観測記事も出てるわ。民自党もその線で動いているけど、知事がまだ明言していないから、完全に決まりとは言えないのよ」

「何で？　二月には議会で引退を明言してるでしょう？　それから半年近く経つのに後

継指名がないって、ちょっと異常じゃない？」涼子は疑問をぶつけた。これが今のところ、一番の不安要素なのだ。戦う相手が分からない試合など存在しない。もちろん不戦勝ということもあり得るのだが……。

「安川知事って、なかなか本音を言わない人なのよ。ちょっと怖いところもあるし」結子が遠慮がちに言った。

「そう？　確かに見た目は怖いけど」

痩身、禿頭《とくとう》。子どもが暗闇で見ると、泣き出してしまうかもしれない。禿頭は、自分でわざと剃っているらしいのだが……調べてみると、初めて出馬した十六年前から、髪の毛は一本もなかった。

「とにかく、周りもやきもきしているみたい。一番困ってるのは、副知事の白井さんだと思うけど」

「そうよね」涼子はうなずいた。「準備は進めたいんでしょうけど、途中で安川さんが『ちょっと待て』とでも言い出したら、全部ひっくり返るかもしれないし」

「まあ、現段階では白井さんを仮想敵にしておけばいいんじゃないかな」古屋が軽い口調で言った。「民自党には、他にタマはいないんだから。落下傘で有名人を県外から持ってくる可能性もゼロじゃないけど、もう時間がない。白井さんが相手なら……知名度は涼子の方が圧倒的に上だ」

「どうも……白井さんって、どんな人なの？」涼子は結子に訊ねた。

「ソツはないけど、面白くもない人ね。優秀な官僚っていう感じ？」結子の声には、少し馬鹿にしたような響きがあった。

「スキーはできるのか？」古屋が唐突に訊ねた。

「どうかしら。この県の出身だから、全然滑れないっていうことはないと思うけど、何でそんなこと聞くの？」結子が首を傾げる。

「いや、もしも涼子とスキー対決になったら、こっちが絶対に勝てるな、と思って」

「何よ、それ」

結子が笑ったが、涼子は選挙が十月ではなく真冬だったら、とふと思った。スキー場での選挙活動もあるだろうから、そこで滑って見せる手はあったはずだ。デモンストレーションとしては最高だろう。集票につながるかどうかは分からないが。

スマートフォンが鳴り出した。結子が「ちょっとごめん」と言ってハンドバッグに手を突っこむ。画面を確認すると、眉間に皺が寄った。

「ちょっと……ちょっと出ないとまずい電話だから」

結子はそそくさと部屋を出て行ってしまった。あまりにも慌てた態度に、涼子は心配になった。家族に事故でもあったのではないか……しかし古屋はまったく気にする様子もなく、今後の予定について話した。

「明日の民報の朝刊には、出馬の記事が出るだろうな」

「そうね」

「となると、他の新聞やテレビも追いかけると思う。取材が殺到するぞ。昼——午後ぐらいまではそれで潰れるんじゃないかな」

「会見を開いて、一度で終わらせた方が楽だけど」

「正式な出馬会見は、まだ必要ない。それに関しては、ちゃんとした場所と時間を用意する。それで明日だけど、とにかくホテルに籠もっていてくれ。うちの広報担当をつけるから、そいつらに上手く差配させて……余計なことを喋っていると、いつまで経っても身動きが取れないから、必要最低限、出馬を認めるだけにしよう。『正式には後日会見を開く』ということにして、とにかく話は短く」

「オリンピック招致の話もしたいけど……」

「それは会見の場で話せばいいよ。その辺の話を本格的に始めたら、いつまで経っても終わらないぜ」

「まあね……」箇条書きで説明できればいいのだが、自分の中でもまだそこまでまとまっていない。

「マスコミには、そんなにサービスしてやる必要はないんだ。取り敢えず、民報を味方に引き入れられれば、それでいい。知事選に勝つためには、全国紙じゃなくて地元紙の方がはるかに大事だから。部数だって、民報の方がはるかに多いし」

「そうね。それで午後は——」

いきなり音を立てて引き戸が開き、結子が血相を変えて入って来た。ただならぬ様子に、涼子は慌てて立ち上がった。

「白井さんが倒れたって」

何、それ？　倒れたって、病気で？　それが本当なら、選挙の構図もすっかり変わってしまうかもしれない。どう考えたらいい？　どう対策したらいい？

何も思い浮かばない。

自分は選挙に関しては完全に素人だ、と認めざるを得なかった。

3

白井が死んだ。

午前六時、安川は宮下からの電話でその事実を知らされた。直後、知事室長の森野からも電話がかかってくる。

「今、聞いたばかりだ」

「病院に運ばれた時には、手の施しようがなかったそうです」

「くも膜下出血ね……あいつはそういうことには縁がなさそうだったが」

「こういう病気は分からないものです」森野の口調は淡々としていた。「どうしますか？」

「ご遺体は？」

「間もなく、病院から自宅へ戻られる予定です。そちらに行かれますか？」

「そうしよう。車を回してくれ」

電話を切り、溜息をつく。昨夜のうちに覚悟はしていたが、実際に「亡くなった」と聞くと、事の重大さが身に染みる。これで全てがゼロに戻る。全部やり直しだ。

玲香がリビングルームに入って来た。着替えてはいるが、化粧っ気はまだない。

「伯父さん、何か……」

「副知事が亡くなった」

「ああ……」玲香の顔が暗くなる。「どうするの？　お葬式とか？」

「それはまだ分からんが、まず家にお悔やみに行かないとな」

「朝ごはん、どうする？」

「すぐ迎えが来るから、食べてる暇はないだろう」

「じゃあ、すぐに着替えてきて。野菜ジュースぐらい飲んでいってね」

「すまんな」

寝室にそっと入って、着替え始める。妻の仁絵はまだ静かに寝ていた。最近、ベッドで横になっている姿しか見ていない気がする。今も、昔と同じように一言かけてから出かけたいのだが、起こすのは忍びなかった。

濃いグレーのスーツを選び、濃紺の無地のネクタイを合わせる。クールビズが定着してからは、この時期にネクタイを締めることはなくなったので、妙に暑苦しい。だが、亡くなった副知事の家を訪ねるのに、ネクタイなしはあまりにも無礼だろう。

インタフォンが鳴る。玲香が応答して、すぐに「迎えの車が来たわよ」と安川に告げた。安川はうなずき、ゆっくり立ち上がった。玲香の前に立つと、すぐに服装チェック……問題なし。玲香が「はい、大丈夫」と太鼓判を押した。

こういうのも昔は、仁絵の仕事だった。安川は身なりに構わないというか、細かいところに気が回らないというか、朝食の米粒がスーツについているようなことがよくあった。食べ方が下手なだけかもしれないが……結婚してすぐそれに気づいた仁絵は、毎朝玄関先で服装をチェックするようになった。今はそれも玲香の役目になっている。

知事の公用車が玄関先まで迎えに来ていた。まだ午前六時半。遺族を訪ねるにしても早過ぎる時刻だが、この後は忙しくなる一方だろう。白井と別れの挨拶を交わすには、この時間しかない。

森野が助手席から降り立ち、後部ドアを開けてくれた。シートに滑りこむと、安川は森野に、「横に座ってくれ」と声をかけた。森野がドアを閉めると、公用車はすぐに走り出す。

知事だけでなく、副知事にも公舎が用意されているのだが、場所はかなり離れている。これもトラブル対策――仮に大災害などが起きた場合、公舎が隣同士だったりすると、共倒れになってしまう可能性もある――で、知事公舎は市内随一の高級住宅街である浜《はま》南町《みなみちょう》に、副知事公舎はより県庁に近い池端町《いけはたちょう》にある。車で十分ほども離れているだろうか。

「葬儀の用意は頼むぞ」

「ご心配なく。手配しています」森野が如才なく言った。

「ご遺族は大変だと思うが……息子さんは東京か？」

「そうですね」

「連絡は？」

「昨夜からこちらに来られています」

「つまり、倒れた時から絶望的だったわけか……」家族を呼んで下さい、という医師の判断だったのだろう。「最期には立ち会えたのか？」

「確認していませんが、間に合ったと思います」

「そうか……」

安川はふと外を見た。浜南町はいかにも高級住宅地らしく、大きなお屋敷が建ち並んだ街である。北側には松林……防風林だ。海からはごく近いのだが、防風林のせいで一種隔絶された雰囲気になっており、それも街の高級感に拍車をかけている。

こんなことがなければ、白井は十一月には副知事公舎から知事公舎のある静かな街へ引っ越してきたはずだ。

午前六時台、街はまだ目覚めたばかりで、車も少ない。この県は基本的に自動車社会で、公共交通機関が比較的充実している県都でも、通勤は車が基本だ。七時を過ぎると一気に車の量が増え、あちこちで渋滞が起きるのは経験上分かっている。慢性的な渋滞の原因の一つが、市内を南北に貫く重山川の存在だ。この川によって市街地は東西に分断され、橋が何本もかかっているせいで、車にとっては必ずしも優しくない道路環境になっている。橋というのは必ず坂道を伴うもので、渋滞の起点になってしまうのだ。

「白井は、何か持病はあったのか？　高血圧とか」

「治療が必要な病気はなかったはずです。それは、こちらに来ていただいた時の身体検査でもはっきりしているでしょう」

「サイレントキラーか……」

「怖いですね」

さほど怖そうな様子もなく、森野が言った。この男は五十歳になってもまったく贅肉《ぜいにく》のない体型で、健康診断の結果も常にオールクリアだと聞いている。かなり摂生しているのは間違いないようだ。そう言えば……総務省から白井を迎え入れる時、安川は文字どおり「身体検査」を命じた。人間ドックでの二日間に及ぶ徹底的な健康チェック。それを終えて初めて県庁に顔を出した白井は、いかにも嬉しそうに「お陰様で、完全に健康体だと分かりました」と笑ったものだ。

あれからわずか四年弱。

人の命など、呆気《あっけ》ないものだ。

普通につき合っている限りでは、まったく異常が感じられなかった。煙草《たばこ》は吸わないし、酒もほどほど……安川はふと、今まで死んでいった数多くの知り合いの顔を思い出した。自分は七十六まで大きな病気もせずに生きて、まだ仕事をしている。引退を表明したことで、自分を「レイムダック」と揶揄する人間がいることは分かっているが、これでまた新しい仕事ができたではないか。

「申し訳ないことをした」

「知事の責任ではありませんよ」

「ストレスになっていたかもしれん。もっと早く、進路を決めてやればよかった」

「ご本人も、当然分かっていたと思いますよ」森野が淡々とした口調で言った。「総務省から呼ばれた時点で、知事の後継と期待されていたことは、お分かりだったと思います。覚悟は決めていたはずですから」

「ああ」自分がそうだったように。自分だけではない、先代の川内《かわうち》知事も同じく自治省出身。これでこの県では、自治省――総務省出身の知事が三代続くことになるはずだった。

「知事、どうして後継指名を先延ばしにしていたんですか？」

森野の質問には答えなかった。言えない――白井が、こちらが期待していたほどの人間ではなかったから躊躇《ためら》った、などとは。

副知事公舎に着くと、既に何台かの車が停まっていた。弔問、そして葬儀の準備のために、知事室の連中が来ているのだろう。こういう場合、とにかく家族に負担をかけるのが一番よくない。取り敢えず挨拶だけして、早々に引き上げよう。

森野が先導して、案内してくれた。安川自身も、知事になる前の一年間は、副知事としてこの公舎に住んでいたのだが、その時の記憶はもうほとんどない。同じ家でも、住む人が替わればまったく変わるものだ。

リビングルームに続く六畳の和室――白井の遺体はそこに寝かされていた。安川が入って行くと、遺体を囲んでいた人たちが一斉に場所を空ける。白井の妻、佳恵《よしえ》の姿を見つけると、安川は膝を折って深々と頭を下げた。佳恵も一礼してくれたが、同じタイミングで顔を上げたために、目が合ってしまう。こういうことは何度もあったが、今回は重みが違う。佳恵の虚《うつ》ろな目を見た瞬間、安川は言葉を失った。

「突然のことで、大変だったと思います。お悔やみ申し上げます」

何とか最低限の礼儀を保って、お悔やみの言葉を述べる。佳恵はもう一度頭を下げるだけだった。隣にいる三十歳ぐらいの男性が息子だろうか……こちらはまだ元気というか、何とか話ができそうな様子だった。実際、しっかり安川の目を見て、「ご丁寧にありがとうございます」と礼を言った。

「息子さんですか？」

「はい、康人《やすひと》と申します。父がお世話になりまして……」

彼のことはまったく知らないのだが、勤め先は重厚長大産業の会社ではないか、と想像した。言葉遣いも態度も、社会人の手本と言える。

「とんでもない。お世話になっていたのはこちらですよ……何の前触れもなかったんですか？」

「ええ。特に持病もありませんでしたし、元気でした。何だか、今でも信じられませんん」

それはこちらも同じだ……正座したまま体の向きを変え、安川は白井の顔を覗きこんだ。顔面は蒼白《そうはく》だが、眠っていると言われれば信じてしまうぐらいの顔つきだった。真面目——面白みのない男だったが、優秀ではあった。何でもソツなくこなすタイプで、副知事室から知事室に移った瞬間、遅滞なく仕事を始められたに違いない。

気づいてやるべきだったのだろうか。

いや、無理だ。家族も兆候を見抜けなかったのだから、俺に分かるわけがない。自分にはまったく責任はないのだと言い聞かせてみたが、それでも何となく釈然としない。

「これからいろいろ大変かと思いますが、知事室の方でお手伝いしますので……何でも言って下さい」

「ご面倒おかけします」

「いえ」頭を下げた瞬間、安川は康人の左手薬指に結婚指輪があるのに気づいた。「あなたのご家族は？」

「この後、こちらに来ます。子どもがまだ一歳にならないので」

「大変ですな」

夜遅くになって、乳児を連れて移動するのは無理だったのだろう。康人にしても、心が休まる暇がないな、と同情した。

しばらく康人と話をして——佳恵はほとんど喋らなかった——家を辞することにする。自分がいても何の役にも立たないのだから、長居は無用だ。

玄関で靴を履き、外へ出ると、見知った顔に呼び止められた。

「安川さん」

地元紙・民報の役員で編集主幹、大本英樹《おおもとひでき》。小柄で、若い頃はさぞ俊敏だっただろうと思わせる。常に視線をあちこちに巡らせ、異変がないかチェックしている感じ。今もそうだった。関係者しかいない場所で、何を警戒しているのか分からなかったが。

「ちょっとお話ししていいですか、知事？」

「ああ」

「車を用意しています」

安川は森野に目配せし、大本が乗ってきた車に乗りこんだ。民報の社用車——役員専用の車だろう。知事公用車は環境に配慮してハイブリッドのミニバンだが、こちらは黒塗りのクラウンである。民報は、唯一の県紙として権勢を誇っていて、実際に収益は悪くない。市内の中心部、市役所のすぐ近くに、二十階建ての巨大な本社ビルが建ったばかりだった。

後部座席に乗りこんでも、車が出発する気配はない。このままここで話すつもりなのだと分かった。

「白井さんは……実は、私の目の前で倒れたんですよ」大本がいきなり打ち明けた。

「どういうことだ？」

「昨夜、一緒に飯を食ってましてね」

「そこで倒れたのか？」そう言えば白井は昨夜、誰かと会食する予定になっていたはずだ。確かめなかったが、その相手が大本だったとは。

「ええ……体に悪いものを食べていたわけではないですよ」

　この男は何でも食べる。グルメというか、まったく逆の悪食というか、六十歳を過ぎた男にしては、食に対する冒険を厭《いと》わない。時々安川を会食に誘うのだが、その都度こちらはビクビクものだ。一度タイ料理を一緒に食べた時など、あまりの辛さに、翌日は一日中腹を壊していた。中華でも、四川《しせん》より辛いと言われる湖南《こなん》料理を好む。もしかしたら、単に刺激的な料理が好きなだけかもしれない。

「どんな感じだったんだ？」

「それこそ、本当にいきなりですよ。しゃぶしゃぶを食べていたんですけど、箸を取り落としたと思ったら、椅子から転げ落ちて」

「それは……あんたも災難だったな」

「目の前で人が倒れるような経験は、あまりないですからね。正直、たまげました」

「で？　昨夜は何の話を？」

「選挙に決まってるじゃないですか——知事、どうして早く白井さんを後継に指名しなかったんですか」かすかに非難の調子を滲《にじ》ませて大本が言った。

「いろいろ事情があるんだ」

「ご本人はえらく気にされていましてね。勝手に名乗りを上げるわけにはいかないし、知事に直接確認するのはおこがましい、と」

そういうことができない男だから、こちらも指名を躊躇っていたのだ、とは言えない。知事は何も、カリスマ性を持っている必要はない。安定して県政を運営し、県民に心配をかけないのが一番で、そういう意味では父親のようなキャラクターが最適と言える。しかし当然、選挙は戦わなくてはいけないわけで、それを勝ち抜くためには、ある程度の押しの強さも必要なのだ。

白井にはそれがなかった。もちろん、自分の後継というお墨つきを与えれば、選挙で負けることはなかっただろう。ただし、その後どうなっていたか……。

「それがストレスになっていたとでも？」安川は突っこんだ。

「そんなこともないでしょうが……これから忙しくなりますね」

「そうだな」

「後継候補選びは、一から出直しですか」

「その通りだ」

「誰か、意中の人はいるんですか」

「あんたはどうだ」

「私はただの記者ですよ。考えていることがあっても、それを表明する必要はないでしょう」大本が苦笑した。

「だったら記事にすればいい。あんたが書けば、それは民報の論調になるんだし」

何が「ただの記者」だ、と安川は白けた気分になった。長年県政を担当してきた大本は順調に出世し、報道部長や編集局長を経て、新聞作成の最終責任を持つ編集主幹にまで昇進した。民報の記事全てを統括する立場であり、彼の一言は県政界にも影響を与える。もっとも今では、自分で記事を書くようなことはまずないのだが。

安川の皮肉はまったく響いていない様子だった。いや、分かっていて無視しているのだろうか。この男の面の皮の厚さには、驚くべきものがある。

「もう時間はないと思います。どうするんですか？」

「然《しか》るべき人たちと相談して、だな」

「徳山さんですか」

「徳山も含めて、だ」

今の県政界の問題がこれだと思う。まとめ上げる大物がいないのだ。このところ、この県に関して代議士は「不作」である。重鎮である徳山にしてからが、二世代議士の典型なのだ。ソツはないが覇気もない。今考えると、昭和の政治家というのは、どうしてあんなに堂々としていたのだろう。裏ではろくなことをやっていなかったのだが、態度と度胸だけは超一流、という人ばかりだった。

「時間がないですよ」大本が繰り返す。「今までのようにのらりくらりでは済みません」

りとは」
「君も失礼な男だな」安川は釘《くぎ》を刺した。「十六年も知事を務めた人間に、のらりくら
「何だったら、うちの報道部長辺りに、署名記事で書かせてもいいですよ。健全な批判
は、県紙の役目ですから」
「健全な批判、ね」実際は「なあなあ」だ。一応批判記事は載せるものの、こちらに決
定的なダメージを与えるようなことはしない。そんなことがないように、安川は十六年
かけて民報を骨抜きにしてきたのだ。まあ、民報自体、元々保守色の強い新聞で、戦後
はずっと現職べったりの姿勢を保ってきた事情もあるのだが。もしも革新系の知事が誕
生していたら、民報も知事のスキャンダル探しに本腰を入れていたかもしれない。
牙は嚙《か》みつかなければ鈍る。毒は保存したままだと効力が落ちる。
「ま、こちらでもお手伝いできることはします。県政を遅滞なく進めることは、誰にと
っても最優先事項ですからね」
「あんた、自分で選挙に出ようと思ったことはないのか?」
大本が絶句する。しかしそれも一瞬で、すぐに低い声で笑い始めた。
「元記者の政治家、というのは今は多くはないですよ」
「確かにそうだな」
「取材していると、政治家がいかにストレスの溜まる仕事か、よく分かるからです。し

かも落選すればただの人だ。権力の魅力よりも、マイナス面の方が気になるわけですよ」

「なるほど。政治家を裏で操る方が楽しいということか」

「操っているのか、操られているのか……またご連絡します」

「ああ」

短くうなずき、安川はドアを開けた。知事室の連中の他に、総務部のスタッフも集まってきて、副知事公舎の周りはざわついている。取り敢えず自分の出番は終わったな、と判断して、安川は公用車に向かった。

後部座席に落ち着くとほっとする。公用車は、昔ならトヨタか日産の高級ラインと決まっていたのだが、実際にはこういうミニバンの方がはるかに居心地がいい。天井が高いから圧迫感もないし、足元もずっと広い。見栄《みえ》より実利だな、とつくづく思う。

さて、次の課題だ。

大本に指摘されるまでもなく、白井以外の後継候補を探すのは急務だ。タマは……いるようでいない。はっきり言えば、後援組織がしっかりしていれば、国会議員など誰でもなれるが、知事には本人にもそれなりの「器」が必要である。

昨夜からずっと、この問題が頭の中でぐるぐる回っていた。仮に白井が無事に生還しても、知事選への出馬は無理だろうと判断していたから。頭の中に、何人もの名前が去来する。

一人、この話を出せば確実に乗ってきそうな人間がいる。知名度も問題はないが、身体検査でボロが出る可能性がないとは言えない。リスクを負うべきかどうか、迷った。

「知事……」森野が暗い声で話しかけてきた。

「何だ」考え事をする時間なのに。

「こちらです。どたばたで今まで気づきませんでした。申し訳ありません」

森野が新聞を差し出す。まさか、もう白井のことが載っているのか？　そんなはずはない。だいたい、何か書いてあるなら、先ほど大本が教えてくれたはずだ。

「一面です」

新聞をひっくり返し、一面を確認する。その瞬間、眠気や悩みは吹っ飛んだ。四段見出しで、「中司氏　知事選出馬へ」。おいおい、これはあの中司——中司涼子か？　間違いない。記事に掲載された顔写真は、安川にもお馴染みだった。

「どういうことだ」思わず森野を問い詰めてしまう。「この情報、事前に入ってきていなかったのか？」そもそも大本も、知っていたなら昨日のうちに情報を入れてくれてもよかったではないか。いや、昨夜は白井が倒れたことでバタバタして、記事をチェックしていなかった可能性もある。

「初耳です。まったく網にかかっていませんでした」

「こういう志向のある人だったかね？」

「いや、そんなはずは……オリンピックのメダリストとしか認識していません。引退してからは、ＪＯＣの活動などで忙しいはずですよ」

「無所属か……」

記事では涼子のコメントとして、「特定の党派に所属することなく、広く無党派層の意見を吸い上げたい」とある。「無党派層」を前面に押し出していることから、現段階では特定の政党と結びついていないことは間違いないだろう。

この候補は強い。涼子がオリンピックで銅メダルを獲得した時、安川はまだ副知事だった。その時の県内の盛り上がりは今でもはっきり覚えている。その後も各種メディアに時々登場していたが、あれはこの時に備えた「顔つなぎ」だったのだろうか。

現在の主要な肩書きは、母校の体育学部の准教授とＪＯＣ強化委員。母校では運動生理学を教えつつ、アルペン競技の後輩たちを育てるのがメーンの仕事だ。その大事な役目を放り出して、知事選に出馬できるのだろうか。あれだけのスポーツ選手なら、かなりのしがらみがありそうだが。

「強敵だな」

「はい」森野が認める。「いっそ、思い切って後継候補にしたらいかがですか？　彼女なら誰でも納得しますよ」

「無理だな。本人が無所属と言っている限り、推薦さえ受けないだろう。そこを強引にやると、政党政治が批判される」

「話し合う余地はあるかもしれませんよ」

「必要ないだろう。向こうが何か言ってくれば別だが、その可能性は低い……」

「それでも、探りを入れておく必要はあります」

「知事室長は、政治的な問題に首を突っこむべきではないな」安川は釘を刺した。

「ごもっともです。しかし、ご指示があれば、勤務時間外で……」

「心配するな。こちらで何とかする」

何ということか。涼子は間違いなく、「有力候補」として一気に有利な立場に立つだろう。出遅れたら、それを崩すのは難しい。

すんなり終わるはずだった知事選は、にわかに混沌《こんとん》の様相を帯びてきた。

4

「知事選に出馬するのは事実です。既に準備に着手しました。近々記者会見を開いて正式表明します。公約についても、その時にまとめてお話しする予定です」

涼子は溜息をつき、スマートフォンをテーブルに置いた。同じ公式見解を何度繰り返したことか……ずっと話し続けて、バッテリーの残量は二十パーセントまで減っていた。急いで充電ケーブルをつなぐ。ホテルのメモ帳に、取材を受けた数を「正」の字で記録していたのだが、ちょうど二つになっていた。全国紙の地元支局、地元テレビ局全社。これで一応、取材は一段落するだろう。朝から喋りっぱなしで喉が渇き、朝食を食べ損ねたので胃も空っぽだ。今のうちに、何か入れておかないと。

「ご飯食べてきていいかしら」涼子は古屋にお伺いをたてた。

「何か仕入れてくるよ。君はここにいた方がいい」

「どうして？」

「取材はまだ終わらないよ。東京のスポーツ紙や週刊誌、キー局のワイドショーの連中は、電話を寄越《よこ》していないだろう？　全国紙のネットニュースに出れば、今度はそういう連中が連絡してくる」

「これって、そういう話なの？」スポーツ選手や芸能人のスキャンダルでもあるまいに。

「あのな、君は自分の立場をしっかり理解すべきだね」古屋が呆れたように言った。

「君はメダリストだ。名前も顔も知られている。要するに、ニュースバリューが高い。書きたがる奴はいくらでもいるよ」

「そうか」涼子としては、あまりピンとこなかった。もちろん、メダルを取った直後の大騒ぎはまだ記憶に鮮明である。その後はテレビのスポーツ番組などによく呼ばれるようになったので、ある程度顔が売れていることも自覚していたが、週刊誌ネタになるとは考えてもいなかった。もちろん、書かれて困るようなスキャンダルなどないのだが。

古屋が連れてきた「広報担当者」が、遅い朝食というか早い昼食というか、とにかく食料を調達しに行った。電話は一段落したまま——と思ったら、またスマートフォンが鳴る。少しだけうんざりして取り上げると、見慣れた名前が浮かんでいた。結子。

「何かあった？」結子が電話をかけてくる用件はないはずだ。嫌な予感がして、涼子は急いで訊ねた。

「白井さん、今朝亡くなったわ」

「そう……」何と言っていいか分からない。面識がないとはいえ、選挙戦では最大のライバルになるはずだった人。それがいきなりいなくなって、ほっとしてもいいはずなのに涼子は混乱していた。

「死因はくも膜下出血。まったく兆候がなかったんだけど……倒れたまま、結局持ち直さなかったみたい」結子は誰かに聞かれるのを恐れるように、小声で話した。おそらく、知事室を出て、人目を気にしながら電話をかけてきたのだろう。

「分かった。ありがとう」

電話を切り、古屋に事情を話す。真面目な顔で聞いていた古屋は、素早くうなずいて奇妙な表情を浮かべた——必死で笑いをこらえているような。

「不謹慎だけど、これで勝ったな」

「そう？」

「白井さんは、唯一のライバルと言っていい存在だったんだから」

「選挙は水物って言うじゃない。安心はできないわよ」

「そうかもしれないけど、多少はゆったり構える方がいいんじゃないか？　焦ってると、有権者に見透かされる。当落線上にいる候補者が、最終日の午後八時近くなって必死に声を嗄《か》らしている光景、よくあるだろう？　そういうのを見ると、ああ、あの人は駄目だと思うんだよな」

「了解。虚心坦懐《きよしんたんかい》でいくわ」

「四字熟語を使うと、いかにも政治家っぽくなるな」古屋がにやりと笑う。

電話が途絶え、ようやく食事にありつけた。コンビニエンスストアのサンドウィッチとコーヒー。侘《わび》しいし、栄養学的にも疑問符がつくが、こんなことで文句を言ったらいけない。選挙戦になれば、普通の食事を摂《と》るような余裕もなくなるはずだ。

「そろそろだな」コーヒーを飲み干した古屋が、左手を突き出して腕時計を確認する。

彼が腕を引っこめた瞬間、ドアをノックする音が響く。古屋が笑みを浮かべて立ち上がり、ドアを開けた。素早く一礼し、ドアを押さえて相手を中に通す。

入って来たのは、小柄な初老の男だった。身長百六十センチほどで、涼子よりもずいぶん小さい。涼子は立ち上がり、さっと頭を下げて男を出迎えた。

「どうぞ、こちらに」

古屋が椅子を勧める。男は、小さな丸テーブルを挟み、涼子と向き合う格好で座った。古屋が、広報担当の若い男に涼子のスマートフォンを預ける。よほど急、かつ重要な用件でない限り取り次ぎがないように、と念押しした。それから椅子を引いて来て、二人から少し離れた場所に陣取る。

ジュニアスイートを気張っておいてよかった、と涼子はほっとした。現在の収入を考えると、とても気軽に泊まれる金額ではない——そもそも重山川沿いにあるこのホテルは市内では最高級だ——のだが、人に見られずに打ち合わせをする場所としては最適である。いずれ、ちゃんとした事務所を持たねばならないだろうが。家も問題だ。実家は民宿なので、寝る場所はいくらでもあるのだが、県都からは遠い。あまり格好良くはないが、選挙が終わるまではウィークリーマンションを借りるのがよさそうだ。

「ああ、どうも、池内《いけうち》です」男がかすれた声で名乗る。

「初めまして。中司涼子です」

「もちろん、存じ上げてますよ。この県の人間で、あなたを知らない人はモグリでしょうな」池内が、喉の奥の方で押し潰したような笑い声を上げた。

「恐縮です」

「こんな年寄りでお役に立てるかどうかは分かりませんがね……実際、このところ、現場とはご無沙汰だ」

「でも、経験は今でも生きているはずです」

「その経験も、どれだけ役に立ちますかね。選挙は生き物みたいなもので、時代によって変わるんです。今は、選挙を仕切るのは非常に難しい」

「無党派層の存在のせいですね？」

池内がうなずく。何だか自信なげで、心配になってきた。古屋が引っ張ってきた人物だから大丈夫だとは思うが……。

池内太蔵《たいぞう》は、いわゆる「選挙コーディネーター」である。候補者の参謀役として様々な仕事をこなし、古屋曰《いわ》く、これまで引き受けてきた選挙では勝率八割。若い頃から代議士秘書、政党職員などを経験して、選挙の「プロ」になったのだという。

政党公認の候補者には、党からのアシストがある。ベテラン議員の秘書が、選挙区に関係なく指南役で入ってきて、あれこれを取り仕切ったりするものだ。ただし、新人でそれほど「重要」でないとみなされる候補や、無所属で立候補する人には組織的な「バック」がない。そういう人に、選挙のノウハウを教えるのが、コーディネーターの仕事である。それこそポスターやパンフレットの作成から事務所開きの方法、果ては演説の仕方まで……選挙の全てを知った人だ。

「久しぶりなので、勘が鈍っているかもしれませんが、そこは何とか頑張りましょう」

「よろしくお願いします」涼子はまた頭を下げた。

「噂で聞いたんだが、あちらの立候補予定者が亡くなったとか」

「早いですね」涼子は目を見開いた。この件は、自分も先ほど聞いたばかり——それも当事者にごく近い立場にいる結子からの情報である。まだニュースにもなっていないはずだし、池内はいったいどこで嗅ぎつけたのだろう。

「情報が全てなんでね、この商売は」池内が、耳の上を人差し指で突《つつ》いた。「一つ、重要な提案があります」

「はい」涼子は背筋を伸ばした。

「あなたのポリシーには反するかもしれないが、知事に後継候補として認めてもらう手もありますよ。知事のお墨つきとあなたの知名度が一緒になれば、もう選挙にならないでしょう。誰が相手でも楽に勝てます。無投票で終わるかもしれない」

「それはあり得ません」涼子は即座に言った。「私はあくまで、無所属として出馬するつもりです。安川さんの後継になれば、民自党の推薦を受けることになります。でも私は、特定の政党に援助を求める気はありません。知事というのは、そういう立場ではないでしょうか」

「あー、分かりました」池内があっさり引いた。「決めるのはあなたです。私は、あなたが決めた範囲内で、いかにあなたを当選させるかだけを考えます」

「では――」

「結構です」池内がうなずく。「最初に聞いた予定通りでいきましょう。それでまず、大きな予定の変更があります」

「はい」

いきなり？　今？　涼子は目を細め、池内を凝視した。今になって気づいたのだが、池内は荷物を持っていない。選挙コーディネーターといえば、常に大量の資料を持ち歩いているようなイメージがあるのだが……少なくともパソコンとか。ある意味データをいじるビジネスなのに、それを処理するものが何もないというのはどういうことだろう――と思っていたら、ジャケットのポケットから真新しい手帳を取り出した。

「出馬会見を早めましょう」

「どうしてですか？」

「今朝の取材はどうでしたか？」涼子の質問には答えず、手帳を広げながら逆に訊ねる。

「電話が鳴りっぱなしでした。ようやく一段落しましたけど」

「でしょうな」納得したように池内がうなずく。「あなたの知事選出馬には、大きなニュースバリューがある。地元の新聞やテレビの取材が終わっても、これから雑誌やワイドショーの取材が殺到しますよ」

「ええ」古屋と同じようなことを言っている。こういう事態を考えていなかった自分が世間知らずなのだろうか……。

「鉄は熱いうちに打てといいましてね。私は、会見は今月末、安川知事が後継者を正式に発表してからでいいと考えていたんですが……今の選挙は、後出しジャンケンの方が常に有利なんですよ。昔は、早く手を挙げて準備を整えるのが常識だったんですが、無党派層が増えた今は、イメージ戦略が大事になっていますからね。後から手を挙げた方が、有権者が抱くイメージも新鮮に保たれる——しかしそれは、あなたのように名前と顔が知れた人の場合ですよ？　まったく無名の人だったら、何の効果もない。ただ、世の中には立候補マニアのような人がいて、当選の見込みがないのに、選挙がある度に立候補する人もいますがね。さすがに何度も繰り返すと、『変わった人』として認知される」

淀《よど》みない話を聞きながら、涼子はうなずいた。いかにも選挙の内幕に詳しそうなのだが、こんなことは、インサイダーでなくても分かるのではないか？　百パーセント信用していいか、涼子はまだ判断できなかった。

「結果的にあなたは、私に相談しないで、フライングで地元紙に話してしまった」池内が目を細め、涼子を睨《にら》むようにした。「あなたにはあなたの考えがあったと思いますが、一言相談して欲しかったですな」

「あなたと会うのは、そもそも今日が初めてです」涼子は指摘した。「つまり、あなたとの契約は今日から、と考えるべきだと思います」

「もちろん」無表情で池内がうなずく。「私もいろいろ考えましたが、今日現在の状況をベースに作戦を考えていきましょう。まず最初にやるべきは、正式な立候補会見を一日でも早く設定することです。実質的に有力な競争相手がいなくなった今、後出しジャンケンをする必要はない。マスコミを徹底して利用しなさい」

「分かりました」理屈は通っている。涼子はうなずき、胃の中に硬いものが生じるのを感じた。この緊張感は、レース前のそれと同じ——いや、違う。レースに備えて、朝宿舎を出る時の感覚に近い。レース直前というわけではないが、数時間後には間違いなくスタート地点に立っている。

「では、今日を以《もっ》て、私があなたの事務所になります」池内がうなずき返した。「もちろん私一人では何もできない。スタッフも、物理的な事務所も必要です」

「手配しています」古屋が割りこんだ。「市内のビルに部屋を借りる準備をしています。立地条件は最高ですよ」

「結構ですな」池内が古屋にうなずきかけた。「まずは『中司涼子事務所』として開設し、告示後は選挙事務所にする……電話や事務機器、スタッフが休憩できる場所も必要です。それはおいおい指示しますので、よろしくお願いしますよ……まず、一番大事なのはスタッフです。選挙は所詮、アナログな戦いですからね。人手がないと何もできません。手配はできていますか？」

「初期段階で中心になるのは、私の会社の人間です。それと、高校時代の同級生が何人か、手弁当で手伝ってくれる約束になっています」

「分かりました。ただ、あなたは前面に出てはいけませんよ」池内が古屋に釘を刺した。

「そのつもりですが、どうしてですか？」

「あなたはプロスポーツチームを運営する会社を経営している。そして中司さんの公約には、冬季オリンピックの招致、スポーツ振興が大きな柱として入ってくるでしょう。あなたが表立って中司さんを応援していると、利益誘導の疑いをかけられる恐れがある」

「まさか――」古屋の顔から血の気が引いた。

「あらゆる事態を想定しておくべきですよ。人が何を考えるかは分からない。疑われるような状況まで考えておかないといけません。心配性だと笑われるぐらいでいいんです」

「分かりました」古屋がうなずく。「私は元々、裏方の人間です。今回も表に出ないでバックアップに徹しますよ」

「それでよろしいでしょう。では、具体的な話に入る前に、ちょっと煙草休憩にしてよろしいかな」池内が、白いジャケットのポケットから煙草を取り出した。「まったく、最近はどこもかしこも禁煙で嫌になりますな。ちょっと外で吸って来ますが……できたら、事務所には喫煙スペースぐらい用意していただきたい」

「それは無理です」涼子は即座に拒否した。「スポーツと喫煙の相性はよくないですからね。健康を謳《うた》う人間の事務所が喫煙ＯＫだったら、イメージが悪くなります」

池内が突然、ニヤリと笑った。初めて見る、人間らしい表情と言ってよかった。

「あなた、今のを譲ったら駄目ですよ」

「え？」

「あなたは知事になる人です。他人の考えに影響されて、ふらふらと主張を変えてはいけない」

「もちろんです」

「ただ、この言葉だけは覚えておいて下さい。『今現在』。いいですね？」

「どういう意味ですか？」涼子は目を細めた。

「人に質問されて、何かを肯定するか否定するかという状況になったら、枕詞《まくらことば》で必ず『今現在は』とつけ加えるんです。つまり、椅子を離れた瞬間に考えが変わっても、既に『今現在』ではなくなっているのだから、言い訳になる。『現段階では』でも構いません」

政治家はそんなに軽く言葉を変えていいものなのか……自分には、学ばねばならないことがいくらでもあるようだ。

会見は初めてではない。いや、むしろ慣れていると言っていい。現役時代は、レース後に記者の質問に答えるのが義務だったからだ。

自分は、あの頃と変わっていないかもしれない。しかし相手はまったく別の人種だ。レース後の記者会見では、目の前はカラフルな服装の洪水になった。真冬なので、記者もダウンジャケットやマウンテンパーカ姿なのだが、色とりどりなので、目がチカチカするようなモザイク模様になる。それに対して今、自分の目の前は白と紺、グレーの海だ。八月のサラリーマンは、だいたい半袖シャツにズボンという格好だからこうなるのも当然だが、それにしても日本人というのは、色で冒険したがらないものだ。

場所も経験したことのないものだった。オリンピックなどのプレスセンターは実用一点張りで、まったく色気がない。しかしホテルの会議場となれば、壁も天井もそれなりに豪華である。状況の違いに、涼子はかすかに緊張しているのを意識した。

今日の涼子の服装は、黄色のジャケットに白いパンツ——黄色は、池内のアドバイスだった。「金メダルに近い色だから、イメージカラーにしましょう」と。あまりにも派手で、このあと馴染むかどうか自信がない。

八月八日、午後三時。この時間を設定したのも池内だった。新聞で言えば夕刊作りの作業が終わり、朝刊作りの作業が始まる数時間前。夕方のテレビのニュースにも十分間に合う。質疑応答の時間もたっぷりあるから、まずそれで、マスコミの連中はいい印象を持つものだ――喋るだけ喋って質問を受けつけず、さっさと会見を打ち切るような人間は嫌われる。

その池内は、舞台袖に当たる場所にぽつんと立っている。自分では絶対に表には出ないつもりのようだから、そこまで近づくのが精一杯だろう。古屋のところの広報スタッフがこの場の仕切りをすることになっているので、万が一場が荒れたら、彼女に任せるしかないだろう。

「――それでは、会見を始めさせていただきます。私、本日の司会を務めます、長良《ながら》と申します」

この女性スタッフは三十代半ばで、落ち着いた雰囲気をまとっていた。この県出身で、古屋の大学の後輩でもある。

「初めに、中司の方から立候補の表明がございます。その後で質疑応答とさせていただきます。時間は全体で一時間程度を予定しております。よろしくお願いいたします」淀みない言葉。さっと頭を下げると、ひな壇にいる涼子に視線を送る。「では、始めさせていただきます」

涼子はすっと立ち上がった。スクワットする時をイメージして――慌てず、できるだけゆっくりと膝を伸ばす――トレーニングなら当然の動きだが、これは他にも応用できると思っていた。自分は知事候補としては若いし、世間はスポーツ選手のイメージを持っているだろうが、少しは「威厳」も醸し出さないと。腰が軽く、やたらとせかせか動くような知事というのは、やはりあまりイメージがよくないはずだ。

「こんにちは、中司涼子です」深々と一礼。顔を上げた瞬間、激しいカメラのフラッシュが襲いかかってきた。これには気をつけるように、と池内から忠告されていたが、会見慣れした涼子には対策が分かっている。顔を上げ、少し遠くを見るようにすれば、フラッシュの直撃を浴びることはない。

マイクを握る手に力が入るのが分かり、ひそかに深呼吸した。緊張は禁物――真面目に対応するのは当然だが、硬くなっていては底を見透かされてしまう。

「私、中司涼子は、今年十月に行われる知事選に立候補することを決めました。既に取材でもお答えしていますが、今日この時を以て、正式に立候補を表明させていただきます」一度言葉を切り、記者たちの顔を見回す。これも池内のアドバイス。重要な話の切れ目で、できるだけ全員の顔を見るようにすること。質疑応答ならともかく、一人で喋る「演説」の場合は絶対に切れ目が必要だ。

「私は、この県に育てていただき、スポーツ選手としてある程度の実績を残すことができました。雪国に生まれなければ、スポーツ選手としての中司涼子は存在しなかったと言えます。そういう意味で、今回の立候補は、地元に対する私なりの御恩返しでもあります」最初は情緒的な訴え。いきなり硬い話から入るのではなく、感情に訴えかける。「今現在、この県は必ずしもよい状況にあるとは言えません。各種経済指標は下向きの状態のままですし、人口減も続いています。このままでは、遠くない将来に活力を失い、深刻な地盤沈下を起こすのは明白です。こういう状況を食い止めるためには、若者にとって魅力的な県——ここで働き、家族を作り、ここを生涯の故郷としてもらえるような基盤を整備することが重要だと考えています。そのために私は、自分にとっての専門であるスポーツを生かしたいと思います。公約の一番目として、冬季五輪の招致を掲げます」

かすかなざわめき。今時五輪招致かよ、と呆れられただろうか……実際、東京五輪に関して批判が多かったことは、涼子も承知している。金がかかるだけ、環境破壊、何より今、東京でオリンピックをやる大義名分がない。

東京では、だ。東京五輪では無駄な——その後に生かせないような開発が進み、「五輪後の空白」を懸念する声も出ている。曰く、「二〇二〇年で日本は終わる」。

確かに東京は終わるかもしれない。しかし、地方には五輪が必要なのだ。経済効果は計り知れず、これをステップボードにして上手くジャンプできれば、必ず経済を底上げできる。長野は必ずしも「五輪遺産」を活用できたとは言えないが、自分はそんなヘマはしない。

スタッフが会見場の記者たちにペーパーを配っていく。公約を印刷したもので、まずはこれが全ての基礎になる。

「ただいま、私の公約をお配りしております。オリンピック招致は最大の公約でありますが、他にも景気浮揚のための方策、若者の定住を目指す施策をまとめました。これから一つずつ、説明させていただきます」

涼子は立ったまま、ペーパーをほとんど見ずに説明を終えた。時々、会見場の一番後ろに控えるスタッフに視線を投げる。彼女はタイムキーパー役で、一分ごとにボードを掲げて、十五分の持ち時間の残りを示してくれることになっていた。

残り一分になり、涼子は話をまとめにかかった。

「公約については以上です。問題は山積していますが、前向きに取り組むことで、この県を魅力ある存在に変えていきたいと考えています」

一礼して、着席する。またカメラのシャッター音が鳴り響いた。

「それではこれから、質疑応答に入りたいと思います。挙手の上、社名とお名前をいただいてから質問をお願いします」

果たしてどんな質問が飛んでくるか——身構えたが、こちらの足をすくうような質問は出てこなかった。何だか気が抜けた感じもしたが、質問は徐々に答えにくい方向へ向かっていく。

全国紙の記者が、その口火を切った。

「地元に恩返しということですが、中司さんは現在、出身大学の准教授、ＪＯＣの強化委員など、いくつかの職を兼務されています。その辺りについてはどうされるんですか？」

「基本的には、今日を以て全ての職から退くことになります。当選できれば、知事職に専念したいと考えています」

質問はさらに厳しくなった。

「財政問題について伺います。オリンピック招致となれば特別な予算が必要です。しかし税収減が続いています。税収アップの方法がないと、絵空事になるんじゃないですか」

「税収だけでなく、様々な手を考えていきます」この辺は苦手——金のことはあまり分かっていない。涼子は内心冷や汗をかいていた。

「今年の税収減がどれぐらいになるか、ご存じですか？　他の方法で簡単に補塡できるものではないですよ」

「すみません、具体的な数字については……」涼子は言葉を濁した。失敗だ。県予算は公表されているのだから、確認しておけばよかっただけなのに。

しかし、これ以上の突っこみはなく、質問が変わる。

「現段階では選挙基盤はないと思います。その辺りについてはどうお考えですか?」

「基本的には、高校時代の友人たちが手弁当で助けてくれることになっています。全県民の声を聞くために、政党とは距離を置いて、完全無党派で出馬する予定ですので。選挙ボランティアは、今後も募集していきます」

「安川知事の有力後継者と見られていた白井副知事が亡くなりました。重要なライバルが不在になったタイミングで出馬を表明したのではないですか?」

きたか。この質問はあらかじめ想定していた。模範解答――になるはずの答えも用意している。

「副知事として四年間、県政に尽力されてきた白井さんが亡くなられたことには、お悔やみを申し上げます」一礼。「時系列を整理しますと、私が知事選に出馬するニュースが流れたのは、八月二日の朝です。白井さんが亡くなられたのは二日の早朝、倒れられたのは前日と伺っております。突然のご病気だったそうですから、私が事前に知る由もありませんでした。白井さんとは関係なく、八月一日に出馬を表明させていただいた、そういう次第です」

質問は続かなかった。そもそも記者たちも、あまり熱心ではない――熱を感じ取れないので不安になったが、こういうものかもしれない、と涼子は自分に言い聞かせた。今現在の自分は、「冬季五輪のアルペン競技で日本人女性唯一のメダリスト」。そういう立場の人間が突然知事選に出馬を表明したわけで、本気かどうか、記者たちも探りを入れている状況なのだろう。

まあ、いい。本気だということは分かってもらえたはずだ。今はこれ以上、何を望めばいい？

会見が終わって袖に引っこむと、涼子はすぐに池内に「どうでした？」と訊ねた。

「たまげたね」池内が大袈裟《おおげさ》に目を見開いてみせた。「堂々としたもんだ。あなたは肝が据わってるね。ただ、予算の話で具体的に答えられなかったのは痛い。知事は、数字は完全に把握しているものです」

「すみません。勉強不足でした」涼子は頭を下げるしかなかった。「これからしっかり勉強します」

「そうですな……さて、この後はちょっと反省会をしましょうか」

「まだダメ出しがあるんですか？」涼子は目を見開いた。

「ダメ出しをしないようでは、一歩も前に進めないからね」池内がにやりと笑う。「これぐらいでいいと思ったら、人間の成長はそこで止まるんですよ。ついでに言えば私も、ダメ出しするために依頼料を貰《もら》っているので。何も言わんわけにはいきませんなあ」

池内が踵《きびす》を返して歩き始めた。その背中を目で追いながら、涼子は苦笑を浮かべた。

この男のことは、いま一つ分からない。選挙コーディネーターとしての実績は確かなのだろうが、人間性については……とらえどころがない、としか言いようがなかった。

無事に当選できた後、彼と美味い酒を酌み交わせるだろうか。

5

植田大地《うえだだいち》は、吸い終わった煙草を灰皿に突っこんで押し潰した。車のウィンドウを下げ、白い煙を外へ流す。大失敗だったたな、とうんざりした。

半年前に車を買い替えたのだが――五年ぶりだ――最近の車は煙草を吸わないのが前提になっているようで、昔のような灰皿とライターは「スモーカーキット」としてオプション扱いになっていたのだ。それを知らずに注文したら、灰皿があるべき場所は、単なるトレイである。ディーラーの若手販売員も、馬鹿じゃないのか？　商談中、俺が煙草を吸っているのを目の前で見ていたはずなのに。結局、後づけの灰皿を自分で買った。

車から出て、ゆっくりと歩き出す。それなりの距離を歩かなければならないのだが、時間がないわけではない……相手が家にいるのも分かっている。嫌がられるだろうが、これも仕事のうちだ。

八月、夜になっても気温はまったく下がらない。東京では猛暑日が続いていることがニュースになっているが、ここだって同じようなものだ。ワイシャツが肌に貼りつき、額に汗が滲む。今はとにかく、シャワーを浴びたかった。今夜どんなに重要な特ダネが手に入ったとしても、まずシャワーを浴びてから原稿に取りかかりたい。

甲村町《こうむらちょう》は、重山川の河口に近い西側一帯に広がる昔からの住宅地で、古い家が多い。一種のシンボルになっているのは、県営の「甲村団地」だ。昭和三十年代以降、全国的に広がった団地ブームに乗って、この県での団地第一号として開発されたのだが……昔は新しい暮らしの象徴と考えられていたのだろうが、今となっては古さ——昭和のシンボルのようなものである。ぎりぎり昭和生まれの植田にとっても、団地は古臭い存在でしかなかった。

相手は団地には住んでいない。自宅は立派な一戸建てだ。知事室長という立場は関係ないだろうが、元々実家がこの辺の地主だったと聞いたことがある。土地さえあれば、住む場所には苦労しないんだよな、とつくづく思った。植田が苦労しているわけではなかったが……東京の大学を卒業して帰郷してまず驚いたのが、県都の家賃の安さだった。民報は、地元では超優良企業であり、社員の給料も他の業種、企業に比べればずっと高い。三十歳独身、恋人もいない。家賃の安い家に住んで貯金が増えるばかりだと苦笑いすることもあった。悪いことではないのだが、せめて可愛《かわい》い恋人に金を使うような人生を送りたい――。

十分ほども歩いて、ようやく森野の家に到着した。周囲に古い家が多いのでひときわ目立つ、茶色いタイル張りの新居。「洒落《しゃれ》た」という形容詞がいかにも似合う感じだ。二階の窓には灯《あか》りが灯っていて、玄関脇のガレージにも車は入っている。スバルのレヴォーグ。四輪駆動の技術に定評のあるスバル車は、雪国では昔から人気だった。

車があるからといって家にいるとは限らない――森野は通勤にバスを使っている――のだが、今日は事前に在宅を確認しておいた。電話で話すと、森野はいかにも嫌そうだったが。自分が嫌われているのではなく、そもそもマスコミを苦手にしているだけだと分かっているから、気にもならない。「知事室長はあくまで裏方」というのが森野の持論なのだ。知事をサポートする立場であり、自分は表に出る必要はない。

それも一理あるが、知事室長は知事の表も裏も知り尽くした人間で、最高のネタ元なのだ。

インタフォンを鳴らしても返事はなかったが、すぐにドアが開いた。森野が渋い表情でうなずきかけてくる。植田はドアの隙間から玄関に滑りこんだ。

「夜分にすみません」

「いや、いいんだけど……こういう昭和の取材方法みたいなのは、いつまで続くのかね」

「夜回り禁止を打ち出した新聞社もありますよ。携帯で情報を取れ、とか」

「それでネタが取れるかどうか」森野が鼻を鳴らした。「まあ、取材を受ける方としてはありがたい限りだけどね。本当は電話にも出たくないぐらいだけど」

「上がりますよ」

「玄関に居座られたら迷惑だからね」

いかにも面倒臭そうな口調。毎回こんな風に対応されると、こちらは元気がなくなってくるのだが……基本的に取材ＮＧではないから、これぐらいは我慢しなければならない。

玄関のすぐ横にある小部屋に通される。ここには何度も来たことがあるが、応接間というか森野の趣味の部屋というか——独特の圧迫感がある。窓以外の三方の壁は全て本棚になっており、しかも全て埋まっているのだ。埋まっているだけならともかく、本棚に入りきらない本が床にも積み重ねられているほどである。森野は読書家というか「乱読家」で、とにかく字が書いてあるものなら何でも歓迎、というタイプなのだ。読む本を忘れて一人で食事に行くと、メニューを隅から隅まで読んで時間を潰す、それも終わると調味料のラベルまで読む、と以前に言っていたことがある。趣味は読書、特技は速読——これでは本が溜まる一方だろう。

「そろそろ本を整理した方がいいんじゃないですか」ドアの一番近くにある棚の本に目をやった。ベストセラー小説の横に、経済の専門書が置いてある。一冊引き出してみると、奥にも本があり、棚のほとんどの部分で本が前後二列になっていることが分かった。

「床が抜けそうだし、地震の時にここにいたら死にますよ」

「本に埋もれて死ねたら、本望だね」森野が、一人がけのソファに向けて顎をしゃくった。自分はさっさと小さなデスクに向かう。向こうは椅子、こちらはソファなので見下ろされている格好になるが、気にしても仕方がない。この家で会う時は、毎回こんな感じなのだ。

ソファの前のテーブルには、ペットボトルのミネラルウォーターが一本、置いてある。これは植田専用……森野は、植田が訪ねて来ても、お茶一杯出さない。そして植田は、彼の家族に一度も会ったことがない。仕事の話になる時は、家族を絶対に表に出さないということか。実際、訪ねて来る時は、必ず事前に携帯に電話をするように、と厳命されている。家では必ず森野本人が応対して、すぐにこの部屋に通される——最後まで、家族が顔を出すことはない。

キャップを捻《ひね》り取り、水を一口飲む。喉が冷たくなると、唐突に煙草が吸いたくなった。しかしそれは無理……森野は煙草を極端に嫌っている。

「車は？」

「一キロほど離れたところに停めてきましたよ」ネタ元の家の近くには停めないのが原則だ。誰かに車を見られたら怪しまれる。

「少し歩いて、いい運動になっただろう。新聞記者なんて、万年運動不足なんだから」

「おかげさまで足が痛いです」

「大袈裟な」森野が鼻を鳴らす。「で？」

「後継候補の話をした方がいいですか？」

「あんたの専門はそれじゃないだろう」

民報報道部の中で、選挙を担当するのは県政記者クラブに属する記者たちだ。一方植田は、長く県警記者クラブを担当し、そこから卒業した後は遊軍になっている。何を取材してもいいのだが、経験を生かして事件取材に入ることが多い。

「中司さんの話でもしますか？　雑談としてですよ」

「勘弁してくれ」森野が嫌そうな表情を浮かべ、顔の前で手を振った。「あれは青天の霹靂《へきれき》だよ」

「まったく知らなかったんですか？」

「以前――参院選と衆院選で、民自党から非公式に立候補を打診したそうだが、その時はあっさり断られたそうだ。だから、政治には関心がないのかと思っていたよ」

「何か変化があったんですかね。出馬会見を見ても、いまいちよく分からない――県への恩返しっていう動機は、あまりにも綺麗事《きれいごと》ですよね」

「この件に対してあれこれ言う権利は、私にはないよ。ただの公僕だから」

それも綺麗事だ、と植田は心の中で鼻を鳴らした。知事室長は、知事からあらゆる相談を受ける。本来は県の業務に関してだけであるべきなのだが、実際には選挙でも下支えをする——公務員としては問題ありなのだが、こういうのはどこでも同じ事情だろう。

「安川さんが引退するのは間違いないですよね？」

「本人がそう言ってるからね」

「だったら時間はないんですよねえ」

「それはそちらの都合では？」そっけない口調で森野が言った。

「任期は十一月まで……あと三ヶ月ですか」

「三ヶ月もあれば、何をするにも十分でしょう」

「一本の記事を完成させるのに、どれぐらい時間が必要だと思います？　そんなに簡単なものじゃないんですよ」森野が全部喋ってくれれば、今すぐにでも記事にできる。しかしどういうつもりか、森野は情報を出し惜しみしていた。「そろそろ、助けてくれてもいいんじゃないですか」

「私だけを頼られてもねえ。ネタはいろいろなところから取れるでしょう」

「もちろんです。ただ、一番太いパイプは森野さんですから」

「今でも十分書けるんじゃないの？」

「不十分です」植田は反発した。「穴はいくらでもありますよ」

「記者さんの仕事についてはよく分からないね」森野が肩をすくめる。

「知事の任期が終わる前に書きたいんです」

「現職の知事と元知事では、見出しの大きさが変わってくるから？」

本音を突かれ、植田は思わず黙りこんだ。そう、いかに大きなスキャンダルであっても、肩書きが「元知事」だったら記事は社会面に落としこまれる。「現職」なら確実に一面だ。

「記事の大きさなんか、いちいち考えてませんよ」一応、否定してみた。

「考えてない記者さんがいるとは思えないけどね」

本音の探り合い……そもそも森野が、どうしてこのネタを自分に投げてくれたかも気になる。知事室長と言えば、まさに知事の懐刀だ。一番身近にいて、常に支えていく立場。それがどうして、安川を裏切るような真似《まね》をするのか。

「それより、大本さんは大丈夫なのかね」

「ああ……」嫌なことを思い出させてくれる。編集主幹の大本が、安川とズブズブの関係だという噂は、植田も聞いている。

「大本さんは力がある人だ。それに、編集主幹だったら、記事の掲載にゴーサインを出しても潰しても、業務だからね。誰も文句は言えないだろう」

植田は水を大きく一口飲んだ。これも森野の言う通り……大本の「壁」を突破して記事を掲載するのは、相当大変だろう。もちろん、編集主幹だからと言って、紙面作成の作業を毎日一から見守っているわけではない。しかし、掲載すべきかどうか迷うような記事があったら、最終的には編集主幹が判断するはずだ。植田が追いかけているほどの大きな材料なら、問題にならないはずがない。

「ま、まずは材料をしっかり揃《そろ》えることだね」

「ブツがあれば一番確実なんですが」植田は、森野がその「ブツ」を持っているのでは、と疑っていた。しかしあくまで官僚に過ぎない森野が、自分の立場を賭けてまで証拠を出してくれるとは思えなかった。

「敵に当たるのが一番いいんだけどねえ」

「敵、ですか」安川の「敵」という意味だろうか……。

「最近は、こういうことも少なくなってきたんですなあ。私が若い頃はよくあったんだけど……何だろうね。摘発する方の能力が落ちたのか、隠し方が巧妙になってきたのか。清廉潔白な人が増えたとは思えないけど」

森野が皮肉っぽく笑った。自分はそれを判断する立場にはない……五十歳の森野と三十歳の植田では、経験も考えも違うのだ。

結局新しい情報は何もないまま、植田は立ち上がらざるを得なかった。森野がすぐに、「その水は持って行って」と言って、ペットボトルに視線を投げる。

「いつもすみません」

「ペットボトルに直接口をつけて飲むと、中は雑菌だらけになるらしいよ。そういうのは自分で始末して……悪いと思ったら、夜にここへ来るのはもうやめて欲しいね」

それが本音かどうかも分からず――森野は「お伺いしたい」と植田が頼んだ時に断ったことはない――植田は何の反応もできなかった。


市街地の中心部に三年前に完成したばかりの民報の新社屋は、周囲を睥睨《へいげい》するような二十階建てで、社員には何かと評判がよくない。単純に「使いにくい」からで、その最大の原因が駐車場だ。民報の記者たちは、普段の取材の足にはマイカーを使うのだが、社屋の二階部分にある駐車場は立体式で、車の出し入れに時間がかかる。五分以上待たされることも珍しくなく、焦っている時には苛々《いらいら》させられる。急ぎの原稿を抱えている時など、植田は待ち時間にパソコンを広げることさえあった。

今日は特に焦ってはいないが、やはりどうしても苛つく。何も、大きな土地を確保できない市の中心部に、わざわざ本社ビルを新築する必要などなかったのに……どうせなら、少し遠くても平置きの駐車場を作れる郊外にすればよかったではないか。

自分の車が上の方に動いていくのをぼんやりと見ながら、植田は自然と右足でリズムを取った。やることがない、ただ待つだけの時間……記者になってから、こういう空白がやけに気になるようになってきた。

「よ」

声をかけられ、びくりと身を震わせてしまう。振り向くと、植田が県警記者クラブにいた頃のキャップ、佐野《さの》だった。今は報道部のデスク。記者というと、どこか荒っぽい——常に時間に追いまくられているせいだ——のが常なのだが、この男は例外的に穏やかな人物である。何しろ趣味が茶道だ。そのせいかどうか、焦ったり怒ったりしているのを見たことがない。酒呑みだが、呑んでも乱れないタイプでもあった。

「お疲れ様です」植田は反射的に頭を下げた。同時に、どうして佐野がここにいるのだろう、と疑問を抱く。この駐車場は基本的に取材記者用のものである。本社で仕事をするデスクは、車通勤の権利を取り上げられるのだ。取材に出る時には社用車を使う——社旗を掲げた車の後部座席で踏ん反り返る記者のイメージそのままだ。佐野は、こんな時間——午後十時から仕事なのだろうか。

「何かあったんですか？」

「いや、ちょっとお供でね」佐野が苦笑する。

「偉いさんですか？」植田から見れば、佐野も十分「偉い」のだが。

「大本さん」

「ああ……そうなんですか」先ほど話題に上っていた人物なので、どきりとした。デスクになると、編集主幹とのつき合いもあるのだろうか。

「大本さんも、そろそろ酒を控えないとやばいんだよ。だから、お目つけ役を仰せつかったんだ」

「酒を控えさせるために？」

「そうそう」苦笑しながら佐野がうなずく。「たまたま編集部にいたらこの始末だ。酒ぐらい、一人で自由に呑みたいんだけどな……で、今は車待ち」

「お疲れ様です」

酒好きな上司の相手ほど辛いことはあるまい。心底同情しながら植田は頭を下げた。

「お前、またカリカリしてるだろう」

「え？」

「顔に出てるぞ」

植田は両手で顔を擦った。確かにカリカリしているのだが、そんなに簡単に顔に出るものだろうか。何があっても表情を変えないポーカーフェイスでいたいのだが。

「前から言ってるけど、お前も茶道をやってみないか？　気持ちが落ち着くぞ」

「いや……落ち着いてもしょうがないので」

「お前にはリズム感がないんだよ。大変な時には全力で突っ走る、だけど何もない時には気を抜いてゆったり過ごす——そういうメリハリをつけないと、長く持たないぞ」

「俺は常に全力投球でいいです」

「そういうタイプの記者、俺はたくさん見てきたよ」佐野が困ったような表情を浮かべた。「だいたい、四十手前でガス切れを起こすね」

「俺は大丈夫です」

体力には自信がある。高校時代は競泳でインターハイに出場。大学時代は競泳部にこそ入らなかったものの、スポーツジムでずっとアルバイトをして、毎日体を動かしていた。民報に入った後は定期的な運動からは離れているが、体型はまだ崩れていないし、「疲れた」と感じることもない。

「そういう体力自慢の奴ほど、息切れするんだよ。背中を見てれば分かる」

「背中？」

「いきり立って力が入ってる。息抜きしないと、本当にきつくなるぞ」

植田は無言でうなずいた。お茶、ねえ。畳の上で正座してお茶と菓子をいただき……などと考えただけで足が痺《しび》れるような気がする。

「ああ、じゃあ」

佐野が首を巡らして、歩き出した。駐車場の出入り口に大本が立っていて、ちょうど車が滑りこんできたところだった。

大本は小柄で、独特の気配を発している。自分の周りの全てを観察しているというか……抜かりない雰囲気があって、自分も密《ひそ》かに丸裸にされているのではないか、と不安を覚える。彼が編集部に入って来ると、空気が急にピリッとするのだ。

植田は佐野に向かって一礼した。佐野がうなずき返して、早足で歩き出す。それに気づいた大本がこちらを見て、植田を凝視した。

何だ？　植田は背筋に冷たいものが走るのを感じた。何だか全てを見透かしているような目つき。もしかしたら大本は、自分が知事のスキャンダルを追っていることを、もう摑《つか》んでいるのか？　地方で仕事をしていると、隠し事ができないとよく言われる。人脈は濃く短くつながり、どんなに密かに動いていても情報が漏れて広まってしまう──時に、全国紙の連中を羨ましく思うこともあった。地方支局での取材はともかく、東京で中央官庁や政治家を取材していると、こういう息苦しさはないだろう。

植田は昔から新聞記者になろうと思ってはいたが、全国紙という選択肢はまったくなかった。地元へ戻り、民報で仕事をしたい──その目標は叶《かな》ったものの、息苦しさを感じることも少なくない。地元の記者故に取れるネタもあるのだが、濃密な人間関係にはどうしても疲れてしまう。気を利かせて記事のトーンを弱めたり、記事そのものをボツにしてしまったことさえあった。

ようやく植田の車の収納が終わり、ブザーが鳴った。立体駐車場のパレットを操作するためのキーを引き抜くと、大本と佐野を乗せた車は既に姿を消していた。

6

お盆前に、安川は東京に出張した。名目は視察なのだが、実質的には関係者への退任挨拶である。こういうことをする時期になったかと思うと寂しい限りだが、退任後にゆっくりと挨拶回りをしても、誰も相手にしてくれない。そして今回はもう一つ、東京で重要な面談があった。

今回のお供は森野一人。知事室長がわざわざ東京出張についてくることはあまりないのだが、話し合わねばならないことがたくさんあったので、この機会を利用することにした。地元の駅を出発するとすぐに、安川は小声で森野に語りかけた。

「中司陣営に何か新しい動きは？」

「事務所がもう開くようですね……新町のビルの一階です」

「で？　スポンサーは、やっぱりあのサッカー野郎なのか？」

森野が苦笑した。サッカー野郎——Jリーグチームなどを運営する会社「S&Cコンプレックス」を経営している古屋。彼は、この十年、県内で一番成功した若手経営者と言っていいだろう。冬のスポーツ以外は「不毛」と言われたこの県に、サッカー、バスケットボール、野球とプロスポーツチームを次々と誕生させたのだから。地元への経済効果も少なくない。だが人物的にはどうも……安川から見ると、「スカした奴」だった。どうして事業が上手く回っているのか、謎である。

「本人がどれだけ資金を調達しているかは分かりませんが、陰で中心になって動いているのは間違いないですね。あとは、高安高校のOB会が、かなり活発に動いています」

「あそこの結束力もなかなか強いようだな」

高安高校は、第一高校に続く県内ナンバー2の高校である。特徴はスポーツが強いことだろうか。県内の公立高校では最多の甲子園出場を誇るし、中司涼子以外にも、冬の競技でオリンピック選手を何人も輩出している。それ故、体育会系独特の濃いOB会のつながりがあるのかもしれない、と安川は想像していた。県会議員の何割かは高安高校の出身だが、見ていると党派や年齢、当選回数に関係なく強い結びつきを持っているようだ。今夜会う予定の代議士・牧野崇史《まきのたかし》も、高安高校の出身である――次の知事選は「高安高校OB対決」になる可能性もあるわけだ。

「サッカー野郎は、中司女史の同級生だったな」

「ええ」

「何か、それ以上の関係があるんじゃないかね」

「それはないようです。昔の——学生時代の話までは分かりませんが」

「もう少しきちんと調べておいた方がいいな」安川は脚を組み替えた。最近、新幹線に二時間揺られているだけでも、腰が辛い。立っている方がましなのだが、それもおかしいだろう。「利益誘導があるかもしれんぞ。冬季オリンピックの招致となれば、サッカー野郎の会社が儲けるチャンスが出てくるだろう」

「そこはもう、調査に入っています。ただ、簡単に尻尾は摑ませないでしょうね。古屋というのも、なかなか慎重な男ですよ」

「しかし、彼女のところに自分のスタッフを送りこんでいるんだろう？」

「ただしそれも、高安高校のＯＢに限っているようですよ。やはり高校の人脈で応援している、という形を取っているんでしょう」

「なるほど……狡猾《こうかつ》だな」

森野が苦笑して、「狡猾、というのとはちょっと違うと思いますが」と言った。

「若いからといって、いつも正面から突破してくるとは限らない。裏から手を回すのが得意な人間はいるから、気をつけた方がいいな。それと、県議連中の動きはどうだ？」

「無所属の連中がどう動くかは分かりませんが、高安高校出身の四人は、彼女につく可能性がありますね。非公式にですが、『中司が出るなら応援する』と言っている人間がもういるんです——政友党の相本《あいもと》さんですが」

「相本か」安川は鼻を鳴らした。県議二期目の若手だ。「あいつは調子がいいからな。昔の言葉で言えば風見鶏《かざみどり》だ」

「仰《おっしゃ》る通りですが、影響力は否定できません」

「分かってる。首長《くびちょう》連中はどうだ」

「何人かは支持に回る可能性があります。無視していると、痛い目に遭うかもしれません」

安川は少し浅く座り直し、組んでいた脚を解いて伸ばした。この姿勢も腰によくないのだが、どんな姿勢をとってもフィットすることはない。五十代のような体といっても、やはり柔軟性はなくなってきているな……。

県議連中が、自分と既に距離を取り始めていることは意識していた。そういうのは言葉の端々から何となく感じられるものだ。丁寧に話してはくれるのだが、敬遠している感じもないではない……連中の意識は、もう次の知事に向いているのだから、それは当然だ。

しかし……中司涼子の動きはどうにも理解しがたい。過去には民自党から国政選挙への出馬を二度、非公式に打診され、断った経緯がある。それで、政治には興味がないのだとばかり思っていたが、今回何故《なぜ》、知事選への出馬を決めたのだろう。「県に恩返ししたい」というのは、情緒的な動機としてはありかもしれないが、実際的ではない。

何か野望やメリットがあるから、人は選挙に出る。単純な理念や理想だけで出馬を表明する人間はいない。そう表明しているとしたら、嘘をついているのだ。いざ出馬となったら、何回も高い壁にぶつかることになるわけで、選挙には理想だけでは賄えないエネルギーが必要になる。

「裏はないのかねえ」小声でつぶやき、安川は首を捻った。

「少なくとも今回、民自党は声をかけていないはずですよ。以前は、タレント政治家として、国会の議席を埋めるために重宝すると考えていたようですが、知事となると話は別ですから」

「そうだな」安川はうなずいた。「密かに政友党とつながっている可能性は？」

「さすがにそれはないでしょう」森野が即座に否定した。「今の政友党に、単独で知事候補を推すような余力はありません。そもそも崩壊寸前なんですから」

「となると、本当の無所属か……」

新党の動きに乗って、まったく無名の人間が政界に進出するケースも、最近は珍しくない。しかし中司涼子は完全な無所属を選んだ。無所属ならば無党派層を取りこめると思っているのかもしれないが、それは大きな間違いである。無党派層の動きは誰にも読めない。

「中司女史の本音を探りたいな」

「それでしたら、そういう力のある人に頼むしかないでしょう」

「Ｏ、だな」

「ええ」

大本との長年の関係を思う。安川にすれば便利なメッセンジャー……新聞記者というのは、どんな場所にいても不自然に思われないのだ。しかし安川の方でも、時が経つに連れて相談することが多くなってきたのも事実である。いわば、ブレーン的存在。だから大本の方でも、自分が県政を裏から操っているという感覚を抱くようになったかもしれない。もちろん勘違いに過ぎないのだが……。

今回も、彼に頼るしかないだろう。中司涼子の本音を探るのに、これほど相応《ふさわ》しい人間はいない。


東京出張の際、安川が定宿にしているのは赤坂にあるホテルだ。交通の便がよく、あちこち動き回るのにいかにも適している。部屋は広いが、古いので宿泊料がそれほど高くないのもポイントが高い。それほど大きなホテルでないせいか、サービスが細やかなのもありがたかった。

いつものスイートルーム。部屋に落ち着いて五分ほどすると、最初のノックがあった。現在の民自党県連会長で、県政界の「ボス」の一人である、一区選出の代議士、前沢康《まえざわやす》政《まさ》。当選六回で、前県連会長の徳山とは同期だ。まだ入閣経験はないが、党の要職を歴任している。六十歳、政治家としては脂の乗り切った年齢である。実際、顔もよくテカっているのだが……。

「お疲れじゃないですか、知事」

部屋に入るなり、前沢が愛想よく言った。

「新幹線に乗るのも、だんだん面倒になってきたね」

「人間は贅沢なものですな」前沢が声を上げて笑う。「新幹線が全線開通したのが三十年以上前ですか……あの時は、東京が近くなったと言って皆大喜びしていたんですがね」

「飛行機の便がよければ、飛行機を使いたいところだよ……どうぞ」

前沢が、応接セットのソファに腰を下ろした。出張では毎回この部屋に泊まり、客を迎えることも多いので、前沢も心得たものである。森野がルームサービスの手配をしている間、安川は窓辺に寄ってカーテンを細く開けた。既に午後七時……赤坂の街はほの暗くなっていた。長年通い詰める間に、この辺りの光景もずいぶん変わったものだ、とつい感慨に浸る。目の前のビルには家電量販店が入っているが、ここは昔、駅直結のファッションビルだった。他にも新しいビルが次々に建って、来る度に街の光景が変わっているような気がする。この辺は東京ならではだ。地元の一番新しい変化と言えば、三年前に民報の二十階建ての本社ビルが、市街地の真ん中に建ったことぐらいだろうか。もしも冬季オリンピックの招致が実現すれば、また大きく変わるかもしれないが。

応接セットに戻り、ソファに腰かける。前沢の正面に陣取った。

「徳山さんとも相談しましたが、今日は感触を探る程度、ということでよろしいんですな」前沢が切り出した。

「ええ。正式な要請については、もう少し慎重に行きたい。あなたの方で、何か情報は摑んでいませんか？」

「今のところはないですが……入念な身体検査は必要ですよ。知事の場合、簡単には取り替えができませんから」

「取り替えとはまた、嫌なことを言いますな」安川は苦笑した。

「これは失礼……」前沢がソファの肘かけを摑んで身を乗り出す。「我々代議士の方が立場が弱い。それこそ、交代要員はいくらでもいるんです」

「前沢先生ぐらいのベテランになれば、そんなこともないでしょうが。余人をもって代え難し、ですよ」

「とんでもない。選挙の度に毎回ヒヤヒヤですよ」

「まあ、今日は食事でもしながら、ゆっくり話をしましょう」安川はこの話題を早々に切り上げた。

「知事、牧野とは面識がありますよね」

「もちろん。県出身の代議士とは、全員懇意にさせてもらってますよ」

「率直に伺いますが、どうなんですか？　知事の器――知事選に勝てるタマだと思われますか」

「私は選挙のプロではないのでね」安川は首を横に振った。「逆に、前沢先生から見てどうなんですか」

「見栄えはいいですな。若いし、仮に中司涼子との一騎打ちになっても見劣りはしない」

「見栄えねえ……」

それを言われると何とも言えない気分になる。完全に禿頭の自分など、見栄えという点では最悪だろう。実際、子どもには怖がられることも多い。六十を前にして、額がかなり後退したので思い切って丸刈りに、その後は剃るようにしたのは失敗だったか……しかし、今更どうしようもない。

安川はバインダーを取り上げ、中に挟んだ牧野の「身上書」を取り出した。これまでの経歴、それに写真が添付されている。選挙ポスターにも使えそうな笑顔の写真で、確かに有権者受けは良さそうだ。爽やかな表情、豊かな髪、四十五歳とはいえ、まだ青年のような若さが残っている。分かりやすいハンサムな顔つきで、一般人気が高いのも分かる。実際、三期目なのだが、これまでの選挙では常に次点に大差をつけて当選している。二世議員で、なるべくして政治家になった男だ。

「女関係はどうかな」安川は写真に視線を落としたまま言った。「いかにも女にもてそうな顔をしている」

「さすがにそれはないと思いますけどね。世間の目も厳しい……ちょっとでもそういう問題があると叩《たた》かれることぐらい、本人も分かってるでしょう」

「とはいえ、上手くコントロールできないのが色恋というものだろうが」

牧野の家族は……学生時代に知り合った女性と、十八年前に結婚。子どもは長男が高校一年生、長女が小学六年生だ。彼に議席を譲り渡して引退した父親は、六年前に死去。母親は健在で、東京ではなく地元に住んでいる。

「その辺は、私が責任をもって調査します」

「民自党本部とは、相変わらず上手くいってない？」

「そうですね」前沢が渋い表情を浮かべた。「まだ干されてます」

「そういう人を、県連が推して問題にならないかな？」

「そこは調整できると思いますよ」前沢の表情が緩む。「本部としては、もう少し聞き分けのいい代議士が欲しいでしょう」

ドアをノックする音が響いた。森野がすっとドアに近づき、覗き穴を確認して開ける。

最初にルームサービスのワゴンが、それに続いて牧野が入って来る。牧野はバツが悪そうな笑みを浮かべていた。

「そこで一緒になってしまいまして」言い訳するように言って、牧野が近づいて来る。

「知事、ご無沙汰しております」

「こちらこそ……」安川も立ち上がった。「半年ぶりぐらいですかね」

「地元には毎週帰るんですが、なかなかそちらにはお伺いできなくて」

「国会議員は選挙区第一ですからな。さ、取り敢えず食事にしましょう。腹が減っては何とやら、です」

三人はダイニングテーブルにつき、森野がルームサービスの弁当を配った。何というか……これにも飽き飽きしている。この部屋で打ち合わせをしながらルームサービスを取ることは珍しくもないのだが、ここ何年も、内容はまったく変わっていないはずだ。小鉢、お造り、焼き物、天ぷら、煮物。ラインナップは常に同じだ。

森野はすぐにお茶も用意し、自分は三人から離れて座った。テーブルは六人がけなので、秘書のポジションとして少し遠い場所に座ることもできる。

「室長、あんたもこっちへ座んなさいよ」前沢が言った。

「いえいえ、私はこちらで」森野が遠慮した。

「室長は、あくまで裏方ですか」

「仰る通りです。それに、怖い皆さんの近くで食べていると、料理の味が分からない」

その一言で前沢が爆笑した。牧野も笑みを浮かべる——いかにも爽やかで、女性受けしそうな笑顔だった。

結局森野は少し離れた席から動かぬまま、食事が始まった。淡々とした時間……牧野が、地元のサッカーチーム——「S&Cコンプレックス」がオーナーのチームだ——の話を始め、安川はカチンときた。地元の話題としては無難なのだが、先ほど「サッカー野郎」と罵倒したばかりである。ちらりと見ると、森野が苦笑しているのが分かった。俺が子どもの頃からの筋金入りの巨人ファンで、サッカーにまったく興味がないことなど、牧野は知らないのだろう。知事として、毎年地元開幕戦に足を運んではきたのだが。

食事があらかた終わったところで、前沢が切り出した。

「ところで、知事選が面倒なことになっている」

「白井さんは、残念でしたね」牧野が、心底辛そうに応じる。「まさか、あの若さで、いきなりくも膜下出血なんて」

「どこに石ころが転がっているかは分からんもんだよ。人間は簡単に躓《つまず》く」前沢がうなずいた。「——というわけで、隠密に進めていた知事選の方針は、完全に白紙になった」

次期知事選に関する民自党県連と安川の正式の話し合いは、引退表明の一週間ほど前に開かれていた。安川は公表する前に筋を通して、支持母体の民自党県連に引退を告げ、話の流れは当然、後継知事の選任になった——まったく政治家って奴は、と苦笑したのを安川は覚えている。冠婚葬祭など人生の悲喜劇に対して、表面上は感情を露《あら》わにした反応を見せるのだが、腹の中では「次はどうする」と考える。基本的に先読みするのが大好きなのだ。要するに、将来に対して自分の影響力をどう滑りこませるかを常に探っているのだ。政治家は、自分が権力の主役になりたがると同時に、裏で権力を操ることも大好きである。

「公認候補、どうするんですか」

「あんたは誰が適任だと思う？」前沢が逆に聞き返した。

「そうですね……なかなか難しい問題ですが」牧野が深刻な表情でうなずく。「知事となると、条件も相当厳しいですからね」

「いきなり、訳の分からん人間も出てきたしな」

「中司涼子ですか？　いや、彼女は有力候補ですよ。私の高校の後輩でもありますし……OB会の中でも話題になっています」

「確かに知名度は抜群だな」前沢がうなずく。「こちらで対抗馬を立てるにしても、かなり難しい状況になる」

「現在の状態——民自党で対抗馬を立てられないとしたら、彼女の当選確率はどれぐらいですか？」

「百パーセントだな」前沢があっさり認める。「こちらと政友党との相乗りが実現するにしても、相当のタマでないと厳しい」

「何を考えているのか、それに手腕も未知数ですからね……オリンピック招致と言われても、それが県にとってどの程度の意義を持つのか」

「例えば牧野先生は、どうですか」事前の打ち合わせ通り、安川はいきなり話を振った。

「私ですか？」牧野が目を見開く。

「そう。牧野先生なら知名度は抜群だし、選挙にも強い。何より、皆が担ぐのに最適の人物だと思うがね」

「いやあ、どうでしょう」牧野が両手で顔を擦った。「衆院議員として、中央でやることがたくさんあります。まだまだ勉強中の身ですし、知事というのは考えてもいませんでしたね」

「今の状態では、民自党代議士として居心地が悪いのでは？」

牧野の顔が引き攣《つ》る。まだきつい思いをしているのだな、と安川は判断した。

「よくはないですね」

「まあ、党の方針に逆らうということは、リスクもあるわけです。勇気ある行動でしたけどね」

牧野は去年、ある法案の採決時に「反対」に回った。民自党内の数少ない「裏切り者」であり、以降、非公式にではあるが干されている。党の役職からは外され、派閥からも離脱することになった。そもそも、法案の内容について何か持論があって反対したわけではなく、派閥内のトラブルが原因で反発しただけなのだから、禍根を残すのは当然である。

「正直、やりにくいのは確かです」

「なるほど。そこで、だ。この辺りで心機一転して知事になるのはどうですか。民自党を離党することになるでしょうが、やり直すいいきっかけになるでしょう。あなたは若い。今後様々な選択肢があるんだから、知事になるのをそのきっかけにしたらいかがですか」

「それは……急な話ですね」牧野が真剣な表情でうなずく。

「しかし人間は、決める時には決めなくてはならない。人生の一大事を決断するのに、たっぷり考える時間があるとは限らないからね。それこそ一瞬で決めなければならない時もある」

「知事が決断されたポイントは何だったんですか？」

「人に期待されたからだ」

「それはどういう……」

「私は官僚だった。官僚というのは、あくまで裏方に過ぎない。淡々と仕事をして、変な野望を持たないのが、優秀な官僚の理想像なんですよ。逆に言えば誰も期待しない――政治家にとっては、自分たちの思うように動いてもらえればそれでいいわけですから。それがいきなり、『次の知事はあなたしかいない』と言われたら……正直、舞い上がりましたな」

「安川さんが舞い上がる、ですか」牧野が苦笑した。「今の貫禄《かんろく》を見ると、想像もできないですね」

「お声がけいただいた時、私は五十八歳だったかな？　もちろん、もう自治省での先は見えていて、次の仕事を探さなければいけない時期でした。世間が『天下り』と呼ぶところの『次の仕事』を。そこへ、三顧の礼で迎えてくれる人がいたわけです。舞い上がらない方がおかしいでしょう。官僚なんて、小さく縮こまって生きているものだから。急に、目の前にぱっと海が広がった感じでしたな」

「そうですか……」牧野がお茶を一口飲み、腕組みをした。「知事ねえ……考えたこともなかったな」

「知事には、国会議員とはまた違った面白さがありますよ。仮にも一国一城の主《あるじ》だ。予算執行の責任も一人にかかってくるし、政策についても自由にやれる分、重い責任が生じる。冷や汗ものですが、県政を動かしている実感は得られるわけですよ」

「そうでしょうね。しかし、国政から急に転身して、そんなに上手くいくものかどうか」牧野が唇を噛む。「私は国政の仕事に慣れています。県政の仕事は、相当内容が違うでしょう。安川さんの場合、中央官僚からの転身でしたし、副知事として修業も積まれたわけですから、スムーズに入れたと思いますが」

安川は立ち上がった。この不安は……本音を吐露しているか？　爽やかな顔つきを見た限り、内心はまったく読めなかった。結構厄介な人間ではないかと安川は案じた。仲間内――少なくとも選挙を一緒に戦う仲間に対しては、本音を明かすべきなのだが。今のところは、彼の周りに薄いバリアが存在しているような感じである。

「誰でも、どんなことをやる時にも、初めてではあるものでしょう」安川は窓の方を向いて喋った。自分の年老いた顔が暗いガラスに映っている。声をかけてもらってから十八年、人生後半に、こういう仕事があるとは思ってもいなかったな……。「私が知事の仕事を始めたのは、六十歳の時でした。普通なら、引退を考える時期ですよ。しかし、六十歳からでも新鮮な経験はできたし、それなりに成果を上げられたと自負もしている。それに対してあなたは、まだ四十五歳だ。私が初当選した時より十五歳も若い。新しい一歩を踏み出すには、若過ぎるぐらいの年齢ですよ」

「それは理解できます」牧野がうなずく。「しかし、私一人の気持ちで決められることではないですから。国政から県政への転身となったら、政治の師匠である徳山先生にもご意見をいただかないと。後援会とも入念に相談しなければなりません。私の一存で勝手に公表したら、長い間応援してくれた皆さんから叩かれるでしょうね」

「そうそう。地元のおじさんたちは怖いからね」前沢が合いの手を入れた。「特にあなたの場合は、親父《おやじ》さんの代から応援している人もたくさんいる。人間、歳をとると意固地になって新しいことを敬遠しがちだから、説得は大変だ。先生のところの後援会長、誰でしたっけ？」

「倉持《くらもち》建設の倉持社長です」

「ああ、県の建設業協会の会長さんか……ということは、県内で最大の権力者だ」

今度は安川が苦笑してしまった。この県の産業といえば、「日本一」とも言われる米を中心にした農業、それに観光だが、それ以外ではやはり建設業が強い。ただしあくまで、公共事業を中心にした建設業だ。東京などでは当たり前になったタワーマンション建設が流行《はや》る気配はない。

「倉持さんは、相当頑固なタイプだね」安川は言った。倉持とは何度も会っていたが、頑固というか頑迷な一面に辟易《へきえき》させられることがあった。七十歳にして、まだ社長職を後継に譲っていないのも、頑固な証拠だ。後継者の息子は、棚上げされた格好である。

「私には、いい意味での頑固親父という感じですが」牧野がかすかに抵抗する姿勢を見せた。いや、弁明という感じか。

「説得できますか？」安川はずばりと聞いた。「あれだけの実力者だ、彼がイエスと言えば、後援会は納得して動くでしょう」

「何とも言えませんね」牧野が首を横に振った。「もちろん、全ては私が知事選に出馬すると決めた上での話ですが」

「まったくその通りですな。架空の話をしていても、何にもならない」

「いずれにせよ、現段階ではこういう話もある、ということだから」前沢が話をまとめにかかった。

「夢のような話ですね」牧野がうなずく。「実現可能性が極めて低い、という意味では」

「そんなこともない」安川は牧野の話を打ち消した。「あり得ないと思っている話が実現してしまうのが、政治の世界というものでしょう」

「それは分かりますが……そもそも私が、知事の重責を担えるかどうか」

「私にもできたんだ。牧野先生なら絶対に大丈夫ですよ」

牧野が素早くうなずいた。表情はあくまで真剣。必死に何かを考えている——計算しているのは間違いないようだ。国会議員より知事の方が権力は大きく、小さな王国を完全にコントロールできる、とよく言われる。完全にやる気になっているな、と安川は想像した。そう、たった一言、一瞬で人生は変わってしまうものだ。

牧野を送り出し、ドアが閉まった後で、前沢はすぐに「あれは、出ますね」と断言した。

「私もそう思ったよ」

「顔を見れば分かりますよ。徳山さんにも話をして、後押ししてもらいましょう」

「悪くないタマだと思う」

安川はダイニングテーブルにつき、自分でコーヒーを注いだ。前沢がすぐに目の前に座る。コーヒーポットを掲げて見せたが、前沢は首を横に振って断った。

「まあ、女性向けの候補としてはベストでしょうな」前沢が皮肉っぽく言った。「うちの県は、女性の有権者の方が多いわけですから、そういう意味でも適任でしょう」

「行政手腕は……それは今は考えなくていいだろう」

「やりながら学べますよ。あとは、どういう政策ビジョンを出していくかだ。中長期的には人口減対策が最大の問題になるわけで、それについては中司涼子の公約と根っこは同じでしょう」

「向こうは、スポーツ振興で若者をつなぎとめておこうとしているが」

「考えてみれば、なかなか引きのある公約ですな。オリンピック、それに県内を本拠としたプロスポーツの隆盛――そういうものは若者を惹《ひ》きつけると思います。対抗策を考えないといかんですな」

「そこは、これから知恵を絞っていこう。それより、彼の身体検査の方、よろしく頼みますよ。金の問題もそうだが、こっち関係も」安川は小指を立てて見せた。「女性票が頼りの候補者が女性問題を抱えていたら、洒落にならん」

「それはないと思いますが……少し時間をいただけますか」前沢がうなずいた。

「一週間ほどで何とかなるだろうか」安川は人差し指を立てた。「あまり時間はない」

「努力しましょう。約束はできませんが」

「そこは約束してもらわないと困ります。八月中には後継候補を決めて、正式に出馬表明させたい」

「知事……」前沢が溜息をついた。「早めに後継指名をしておけば、こういう厄介なことにはならなかったと思いますが」

「私が指名していても、くも膜下出血を防げたとは思えない。それとも、後継指名をもらえなかったストレスがくも膜下出血の原因だとでも？」

「滅相もない」前沢が顔の前で慌てて手を振った。「白井さんも、精神的にそんなに弱い人だったわけではないでしょう」

「だったら、私のストレスを増やすようなことは言わないでいただきたい」

7

まったく、油断も隙もないわ……涼子は溜息をつき、すぐに苦笑した。プラスマイナスで考えれば、プラスと言っていいだろう、と前向きに考える。「無名より悪名」と言うではないか。そもそもこの記事で、自分に「悪名」のレッテルが貼られたわけではないし。

「週刊ジャパン」の記事は、モノクロのグラビアに掲載されていた。出馬表明の記者会見をした数日後、繁華街で若い女性たちに囲まれて笑顔を浮かべる写真。夜の街で、ストロボも焚《た》かずに撮られたので、粒子の粗い雑な写真ではあるが、自分が笑顔を浮かべているのは分かる。こういう笑顔なんだ、と自分でもびっくりしていた。外向けの政治家の作り笑い――オリンピックの表彰台に立った時の、「全てを手に入れた」満足感から自然に出てきたバージョン1の笑顔とはまったく違う。

「既に知事の風格？」

見出しはちょっと皮肉っぽい。だいたい、写真を見た限りでは、とても「風格」は感じられないのだ。ジーンズに半袖のカットソーという、ちょっとコンビニにでも行くような格好――実際、泊まっていたホテルからコンビニに行く途中だった。そこで地元の若い女性たちに声をかけられ、握手を求められた瞬間の写真である。それを見ながら、コーディネーターの池内からのアドバイスを思い出した。

「知らない人から声をかけられることもあるから、服装には常に注意」

池内のアドバイスを本気で受け入れるなら、今後はコンビニに行く時も、スーツ姿で通さなければならないだろう。例の黄色いジャケットを着用すべきだろうか。とにかくこれは、結構困ったことになる……涼子にとって、コンビニ通いは数少ない「趣味」なのだ。買うのは大抵ペットボトルの水やお茶ぐらいなのだが、新商品をチェックしているうちに滞在時間は長くなる。

最近は、東京の自宅とこのホテルを行ったり来たりする日々が続いている。大学には准教授の休職、JOCには強化委員辞任の意向を伝えており、どちらも受け入れられる見込みだ。冬季五輪の招致という大きな目標を掲げているので、JOCも引き留めはしないだろう。大義名分は、瑣末《さまつ》な問題を全てかき消してくれるはずだ。

ドアをノックする音が響き、涼子は立ち上がった。開けると、中江由奈《なかえゆな》が笑顔を浮かべて立っていた。「S&Cコンプレックス」の広報部員で、今回は一時休職して本格的に選挙の手伝いをしてくれることになっている。古屋曰く、「当選後もスタッフとして雇ってもらっていい。本人もその気だ」。涼子としても望むところだった。由奈本人もスキー――アルペンではなくクロスカントリーだったが――で活躍し、インターハイにも出場するレベルの選手だったから、同じアスリートとして気が合う。打てば響く反応の良さも気に入っていた。

「見ました？『週刊ジャパン』の記事」由奈が、持っていた雑誌を振って見せた。

「今読んだわ」

「いい宣伝になりましたね」

「何だか、微妙な感じだけど」

「今の段階だったら、何でも書いてもらう方がいいんじゃないですか？　それに、悪いことは何も書いてなかったし」

「あんな格好で出歩いていたのがばれたら、池内さんには厳しく指導されそうね」

「私は、池内さんこそ、服装に注意すべきだと思いますけどね」由奈が低い声で言った。

実際、池内の格好は何ともだらしない。いつも着ているくたびれたジャケットはサイズが合っていないし、シャツは皺くちゃだ。聞くところによると、ずっと独身を通してきて、六十五歳にして未《いま》だに一人暮らしなのだという。侘しい人生だとは思うが、その点には深く突っこまないようにしていた。選挙コーディネーターとして、今のところ彼のアドバイスは百パーセント役に立っている。

「冷たいお茶の方がいいですよね」由奈がコンビニエンスストアの袋を掲げて見せた。

「そうね。今日も外は三十五度だし……昔はこんなに暑くなかったんだけどね」

「しょうがないですよ。温暖化ですから」さらりと言って、由奈が袋の中身を冷蔵庫に移した。

それから五分後、約束の時間ちょうどにまたノックの音がした。由奈が素早くドアに近づき、相手を確認する。「民報の大本です」というくぐもった声が涼子にも聞こえた。由奈がドアを開けると、冴《さ》えない初老の男が入って来る。続いてカメラマンも。

この男には一度だけ会ったことがあるはずだ——十六年前、オリンピックでメダルを獲得して地元に凱旋《がいせん》した直後。あの時は、地元の記者から何度も取材を受けたから、誰が誰だか分からなくなってしまっていた。今回、取材の申し込みを受けた時に、「一度取材させていただきました」と言われたので思い出そうと必死になったのだが、どうしても記憶は蘇《よみがえ》らなかった。

しかし、小さなテーブルを挟んで向かい合うと、何となく記憶が蘇ってくる。小柄——百六十八センチある涼子よりも背は低いぐらいで、眼鏡の奥の目は暗い。いかにも腹に一物《いちもつ》ありそうな感じだった。

名刺を交換して驚く。肩書きは「編集主幹」、役員ではないか。驚きが顔に出ないように表情を引き締めた。しかし、考えてみれば当たり前である。以前取材してもらった時も、結構年齢がいった感じだった……あれから十六年経っているのだから、役員になっていてもまったくおかしくない。

「名刺はJOCの強化委員のままなんですね」

「今、新しい名刺を作っていますが、強化委員の辞任は、まだ正式には認められていませんので」

「ＪＯＣも大きな損失じゃないですか。メダリストが一人いなくなると、今後の強化策にも影響が出るでしょう」

「特定の競技の選手を育てるのも大事ですが、もう少し大所高所に立ってスポーツに関わってみたくなりました」

「それで冬季五輪招致ですか……」大本が、くたびれたショルダーバッグからＩＣレコーダーを取り出した。「録音、よろしいですか」

「どうぞ」

由奈が冷たいお茶を用意して、インタビューが本格的に始まった。選挙用の典型的な取材——出馬動機、公約、地元に懸ける思い。こちらもあらかじめ答えを用意していた質問なので、淀みなく答えることができた。大本は、そもそもの出馬の「動機」にやけにこだわっていたが。

「いきなりでしたから、驚きましたよ。安川知事に対する批判ではないかと思いましたが」

「安川知事は、十六年間も県政の旗振り役を務められ、実績を残されています。批判なんて、とんでもないですよ」

実際には批判の材料はいくらでもある。公共工事に頼った産業の展開、若者の定住に対する無策——それらをひっくり返せば、涼子の公約になる。ただし、表立って批判するつもりはまったくなかった。安川に対する強烈な批判はこれまで出ていないので、何もこちらが火種を提供する必要はない。

「新しい時代を作りたい、ということですか」

「仰る通りです。スポーツに関しては、未だに過小評価されている部分があります。オリンピックの招致が、この県の浮上にとって起爆剤になると私は確信しています」

「しかし、財政上の根拠については、まだ提示されていませんね」大本が突っこんだ。痛いところを突かれた、と涼子は一瞬唇を嚙み締めた。オリンピックは回を重ねるごとに予算が膨らみ、開催自治体の財政を圧迫している。しかし、金の話でマイナスの印象を与えてはいけない……。

「先行ケースとして、長野五輪を考えています。長野五輪では招致費用に五十億円、大会運営費に一千億円以上がかかっています」

「県の一般会計予算規模が一兆二千億円程度ですから、大変な額ですね」

「承知しています」涼子はうなずいた。「しかし幸いなことに、長野と違って本県では、高速道路や新幹線などの公共交通機関は整備済みです。競技会場についても、スキー関係はほぼそのまま既存のスキー場を利用できますし、屋内競技についても、転用可能な既存施設があります。インフラにかける費用は最低限で、開催は可能だと考えています」

「最近のコンパクト五輪の考えからは外れますが」

「仰る通りですね」涼子はまたうなずいた。いちいち的を射た質問だ……。「ただし、コンパクト五輪の考え方は、新たに会場を整備する際に、できるだけ狭い範囲にまとめるためです。特に夏の五輪の場合ですね。冬季五輪では、これまでも会場が広く分散する傾向にありましたし、我が県の場合、交通網は既に整備されているのですから、あまり気にすることもないでしょう」

新幹線の駅が八つ。高速道路網は東西南北に張り巡らされており、インターチェンジの数は四十を超える。過去に行われたどの冬季五輪よりも、交通の便はいいだろう。

オリンピックの熱狂は、自分が誰よりもよく知っている。そして問題点も……オリンピック向けに建設されたスポーツ施設が、その後はほとんど稼働せず、「負の遺産」になってしまいがちなのも分かっている。しかしこの県なら、元々ある施設を利用できるのだから、負の遺産になりようがない。オリンピック招致の経済効果で、一気に景気を浮揚させるつもりだった。

「観光業も大きな恩恵を受けると思いますよ」

「スキーブーム再び、ですか」

「昨シーズンは、前年比で四パーセントマイナスですから、取り返したいですね」

「県内全体ではどうですか？」

涼子は瞬時、言葉に詰まった。スキー客のデータは頭に入っているが、全体の観光客数となると……大本が淡々と指摘する。

「概《おおむ》ね、年間七千万人前後で推移しています。インバウンド需要も増えてますし——中司さん、こういう数字は大事ですよね」

痛いところを突かれた。数字、数字、数字……数字が全てではないと思うが、知事は県に関するあらゆる数字を頭に入れておかねばならない。大本の皮肉に対して、反論もできなかった。

「ところで、本当に無所属で出馬されるおつもりですか？」大本が唐突に話題を変えた。

「ええ」予期していなかった質問に、涼子は相槌《あいづち》を打つしかできなかった。

「これまで安川知事は、与野党相乗りの推薦を受けて四回の選挙を戦いました。知事は、全ての政党の協力を取りつけないと、県政運営が上手くいかないものですが……」

「県政運営については、議会と行政が一体になって一致協力するのが本筋ですね」涼子はうなずいて言った。「ただし選挙については、不偏不党でいく方針を変えるつもりはありません。特定の政党と接近しないという意味で、県民全体の判断を仰ぐのに適していると考えています」

「確かに、無党派層の動向を考えると、完全無党派というのも一つの手ですね」大本が認めた。「ただし、最近の知事選では、無所属候補の得票数はたかが知れています。やはり、政党の推薦を受けるのは大事なことかと」

「それは、政党の力というより、安川知事の力ではないでしょうか。安川知事の行政手腕を多くの県民が認めた、ということかと思います」

「それもそうですがね……以前、民自党から国政選挙への出馬を要請されたことがあったでしょう？　それを断ったのも、特定の党派につきたくない方針からですか？」

「いえ、単純に自分が国政に出ていくイメージがなかったからです」

「知事と代議士は違いますか？」

「ここは私の故郷です。故郷のためだけに仕事をする方が、私には意義のあることだと思えます」

「あまり政治的な人ではないのではと思っていましたよ」大本が微笑した。「だから出馬要請も断ったのかと」

「今も申し上げた通り、当時は、自分には国政は向いていないと判断しただけです」池内のアドバイス「今現在は」を思い出す。アレンジすれば「当時は」だ。

「政治には興味があったんですね」

「幸い、若い頃から多くの人と会って話をする機会がありました。この県の問題点についてもよく分かっているつもりです。ですから……そうですね、昔から政治には興味があったんだと思います」

「分かりました」大本がICレコーダーに手を伸ばし、停止させた。「長時間、ありがとうございました。ところで、民自党の北村《きたむら》さんとは、かなり昔からおつき合いがあったんですね」

「そうですね。高校の大先輩で、県スキー協会の会長さんでもありましたし」この男はどこまで知っているのだろう、と涼子は不気味に思った。北村こそ、涼子に代議士出馬を要請してきた人物である。断ったのは申し訳なかったと、今では後悔している。北村は昨年の総選挙に出馬せず、空いた議席は政友党の新人議員が奪った。

「そうですか」大本が振り返り、カメラマンに合図を送った。既に機材を片づけ始めていたカメラマンがうなずき返す。

大本が涼子に視線を戻し、「これは記事として掲載されるかどうか、保証はできませんが」と告げた。

「そうですか」

「編集主幹になっても、私は基本的にまだ記者なのでね……重要人物にはお会いしておきたかったんです。取材は言い訳で」

「重要人物に認定していただいて、恐縮です」

大本が小さく笑った。邪気は……ある。何を考えているか分からない怖さがあった。

「まだこちらに引っ越してきていないんですか？」

「今、家探し中です。近々――今月中には何とかしたいと思いますが」

「そうですか」大本がうなずき、それまで手をつけていなかったグラスの冷茶を一気に飲み干した。「いや、貴重な時間をいただき、ありがとうございました。選挙戦では、またうちの記者がお世話になると思いますが、よろしくお願いします」

「こちらこそ」涼子は立ち上がって頭を下げた。

大本とカメラマンを送り出すと、寝室の方から池内がのっそりと現れた。表情は渋い。

「どうでした？」

「あれは確かに、取材じゃないね」池内があっさり断じた。

「そうですね。探りを入れに来たんでしょう」涼子も同意した。「私が本当に無所属かどうか……政友党との関係が気になるんでしょうね」

「今時、政友党から知事選に出るような間抜けな人間はいないでしょうがね」池内が皮肉をかまして肩をすくめた。

「民自党は、後継候補で迷っているんでしょうか」

「でしょうな。正直、この県には今、いいタマがいない。だからこそ、白井さんを総務省から引っ張ってきて、安川さんの後継候補にしようとしたわけだし」

「今の取材については、気にしなくていいと思いますけどね」

「そうですな」池内がうなずく。「向こうが何となく焦っているのが分かっただけで、こちらは特に方針を変える必要はないでしょう」

池内が冷蔵庫を開け、先ほど大本たちに出したお茶の残りを取り出した。ペットボトルに直《じか》に口をつけて、ごくごくと飲み干す。ふと思いついたように、涼子に向かって人差し指を立てて見せた。

「しかし、気になることが一つある」

「何ですか?」

「大本――とか言いましたかね、今の男は」言いながら、小さな丸テーブルの上に置いたままだった名刺を取り上げた。眼鏡を外して名刺に顔を近づけ、確認する。「編集主幹がわざわざね……普通だったら考えられない。自分のデスクで踏ん反り返って、部下に指示を飛ばすだけですよ。いや、指示を飛ばすことさえないかもしれない。周りが忖《そん》度《たく》して仕事を進めるでしょう」

「つまり?」

「この男は、単なる民自党のメッセンジャーではなくて、安川知事の懐刀、ブレーンかもしれない」

「なるほど……」

「政治取材をする記者、あるいはそのOBが、特定の政治家のメッセンジャーになることはよくあります。必ずしも悪いことばかりではないけど、選挙になると厄介だな」池内が顎を撫でる。

「まさか、民報に妨害されるとか？」

「露骨な妨害はないでしょうが、記事で妨害することはできるでしょうな。あなたが数字に弱いことはばれてしまったし」

「勉強中です」涼子はむっとして言った。

「それと申し訳ないが、私は個人的にあなたの身体検査をさせてもらいましたよ」

そんな話は初耳だ。涼子は眉をひそめ、一人がけのソファに腰を下ろした。

「途中でトラブルが発覚して降りるのが一番嫌いなのでね」淡々とした調子で池内が説明する。「私個人の問題もありますが、『この候補者とはどうしてもやっていけない』となることもあるんです。そういう場合はきちんと事情を話して降りさせてもらう。そうしないと、お互いに損するだけですからね。もちろんその場合は、規定の料金はいただかない。一番困るのが、候補者の個人的なスキャンダルが出てきた時なんです。金の問題、異性問題……今の有権者は、決して鷹揚《おうよう》ではないですからね。スキャンダルが出てくると、それだけで致命傷です」

「それで、身体検査の結果はどうでした？」涼子は気を取り直し、できるだけ冷静な口調で訊ねた。

「あなたはどうして結婚しなかったんですか？　二十代の後半……引退した直後に、いい話があったでしょう。相手はドイツの方だったそうですが」

涼子は言葉を失った。最初に考えたのは、この話がどこから漏れたか、ということである。ドイツのアルペン競技の選手とつき合っていたことを知っているのは、本当に身近な人間だけである。当時のチームメート、そして家族……一体誰が喋ったのだろう。

「ネタ元は内緒でお願いします。「私は徹底してやるんです。以前も、ある候補者のことを調べて女性問題が分かり、その時点で降りたことがあります」真顔で池内が言った。

「この交際には問題はなかった——そう聞いていますが」

「もちろんです」

「何で別れたんですか？」池内がズバリと聞いた。「結婚するのにも、いい年齢だったでしょう」

「踏ん切りがつかなかっただけです……私の方で」この男に隠し事はできそうにないと観念しながら、涼子は打ち明けた。「引退したタイミングで、プロポーズされたんですよ。でも彼は私より三歳年下で、まだ現役でした。結婚したらドイツに移住して欲しい、ツアーを転戦する時もついてきて欲しいと言われて……正直私は、そういう生活にうんざりしていたんです」

シーズン中は、世界各地、あるいは国内の大会に参加し続け、休む暇もなかった。オフシーズンには地味な筋トレと持久力トレーニング。そんな生活を十年も続けて、涼子は一度完全にリセットする必要を感じていた。

「ドイツに住むことは？」

「それについても乗り気になれませんでした」

「というわけで……」

「涙、涙のお別れです」涼子は肩をすくめた。「聞かれる前に言っておきますが、その後は何もありませんから」

「結構ですな――もちろん、それは承知してますが」池内が真顔で言った。

「まるで探偵ですね。いつもここまで調べるんですか？」

「やるからにはね。とにかくあなたは忙し過ぎた。引退してからもメディアへの露出、それに公的な仕事もあったし、企業との協力関係も続きましたね」

涼子は無言でうなずいた。企業との仕事は、労多くして功少なし、という感じだったが……現役時代にスポンサーについてくれていた企業から「アドバイザー」の肩書きをもらい、商品開発などについて会議を繰り返したものの、収入は微々たるもの……スポーツ選手を巡る環境は、引退してからも好転するものではない。

「もちろん、あなた以上に忙しくても、結婚して子どもを作り、普通の家庭を築いている人はいくらでもいる」

「そういうことに向いていない、と自分では判断しています」

「つまり、現在も今後もスキャンダルが出る恐れはない、と」

涼子は無言でうなずいた。それを認めるのは、何だか寂しい気もしたが——今は新しい夢がある。そのために、犠牲にすべきものがあることは覚悟していた。

「私はそれを信じていいんですね」

「もちろんです」

「結構です……さて、では私は事務所の方を見てきます。今後は、取材を受ける時も、そちらを使った方がいいですよ。いつまでもホテル暮らしというわけにはいかないでしょうしね」

池内が寝室に引っこみ、皺だらけの白い麻のジャケットを着こんできた。上着など邪魔な陽気なのだが、気にする様子もない。

池内が出て行くと、涼子はほっと溜息をついた。何だか疲れた……大本の意図も今ひとつ読めず、不気味な感覚が残る。

「ねえ、ちょっと走ろうか」涼子は由奈に声をかけた。

「今からですか?」由奈が腕時計を覗き、ついで窓に視線を投げた。「死んじゃいますよ?　まだ三十度を軽く超えてます」

「だから?　夕方にはまた人と会う予定があるし、走るなら今しかないじゃない。熱中症になったら私が助けてあげるから」

「しょうがないですね」由奈が苦笑した。「選挙が始まったら、こんなに自由に動けないと思いますよ」

「だから、今のうちにできるだけ体を動かしておかないと」

「はいはい……おつき合いします」由奈が小さく溜息をついた。

「ほら、若いんだから、溜息なんかつかないで。また『週刊ジャパン』に撮られるかもしれないから、走ってる時も笑顔でね」

8

毎日毎日夜回りばかりで、うんざりしてしまう。すぐに記事になる保証もないのに、毎晩遅くまで取材を続けているのは馬鹿らしい。もう少し状況がはっきりすれば、誰かヘルプの人間を頼めるのだが……一人きりでやれることには限りがある。

市の中心部から南の方へ外れた川南町《かわみなみちょう》。植田が子どもの頃は、一面が水田だったはずだが、五年ほど前に住宅地としての開発が始まり、今は真新しい建売住宅が建ち並んでいる。そしてこの街の象徴が、総合スポーツ施設「若草アリーナ」だ。国体のために建てられた多目的施設で、緩やかに弧を描いた大屋根が特徴だ。収容人員五千人。地元のプロバスケットボールチーム「ファルコンズ」の本拠地でもあるが、むしろ、コンサート会場としての方が有名である。

似たような建売住宅ばかりが並んでいるので、道に迷いかけた。途中で車を乗り捨て――地元の土地持ちが作ったであろうコイン式の駐車場だ――スマートフォンの地図を頼りに歩き始めたのだが、自分がどこにいるかも分からなくなってしまう。

しかし最終的には、目視で確認できた。

周りは、大きな土地を無理に分割して押しこめたような小さな家ばかり。その中で、会うべき相手の家は「威容」と評してもいい存在感を放っている。コンクリート造りの三階建てで、一階部分は駐車場になっており、車が三台、楽に入れられるだけのスペースがあった。今はそこに、ミニバンが一台、ベンツのワゴン車が一台停まっている。

玄関は二階部分……短い階段を上がって、一つ深呼吸してからインタフォンを鳴らした。間髪容《い》れず、渋い男性の声で「はい」と返事がある。

「民報の植田と申します。中岡《なかおか》社長ですか？」

「ああ……ちょっと待ってくれ」

最初から拒絶ではないとほっとして、植田は二歩下がって待った。向こうにすれば、会社を訪ねて欲しいところだろうが、それだと多くの人に見られてしまう。

すぐにドアが開く。隙間から中を見て、植田は声を上げたくなるほど驚いた。玄関だけで、四畳半ほどの広さがあるのではないか……金持ちというのはいるものだ、と感心する。

「夜分、ご自宅にまですみません」

「いったい何事かね」中岡が怪訝《けげん》そうな表情を浮かべる。それはそうだろう。自宅で寛《くつろ》いでいる時に記者がいきなり訪ねて来ることを想定している人などいない。それに備えているのは、夜回り取材を受けるのが普通になっている警察や県庁の幹部ぐらいだろう。

「倉持さんのことでお伺いしたいんですけどね」

「倉持建設の？」

「ええ。いろいろ話を聞いています。確認させていただければと思いまして」

「人の会社の話は、あまりしたくないね」

知っている、と植田は確信した。「したくない」ということは、「知っているが話せない」と言っているに等しい。

「非常に興味をもって、いろいろな噂を追いかけているんですけどね。同じ業界の有力者として、中岡さんならご存じのこともあると思いますが」

「無責任なことは言えないね」

「そこを何とか。放置しておいていい話ではないと思います」

口をつぐんだ中岡が、しばし植田の顔を見つめた。無言の時間が延びていく中、植田は中岡をじっくりと観察した。それほど背は高くないが、がっしりした体型で、顎が張った顔に細い目が特徴的だった。顔は少し赤らんでいる。たぶん、既に一杯やっていたのだろう。酔っ払っているというほどではない、と判断する。これなら冷静に話もできるだろう。

「まあ、上がんなさいよ」

「ありがとうございます」一礼して、植田は玄関に入った。途端に、家の中からざわざわとした話し声と笑い声が聞こえてくる。人を集めて家呑みの最中か……。

「お客さんでしたか？」

「会社の連中だ。気にするな」

中岡は、玄関脇のドアを開けた。どうやらそこが彼の部屋――書斎らしい。

「ちょっと待っててくれ。一杯やるか？」

「車なんですよ」

「代行を呼べばいいじゃないか」初対面の人にも平気で酒を勧める――これは中岡に限ったことではなく、この県の人たちの特徴である。酒を勧めないのは無礼だとさえ思っているのだ。そして呑まない――呑めない者は人間扱いされない。

「残念ながら、酒は弱いんです。ちょっと呑むと、すぐに記憶を失うので」

「記者さんは、酒が強いものだと思ってたよ」中岡が鼻を鳴らす。

苦笑しながら頭を下げる。本当は酒はそこそこ呑む――強いとは言えないが、酒を呑みながら取材していて、相手の言葉を聞き逃したことは一度もない。アルコールが入っている方が、相手もリラックスして話してくれるのは分かっているが、初対面の相手に対してこの取材方法は危険だ。

植田は立ったまま、中岡が戻って来るのを待った。書斎ではなく趣味の部屋というべきだろうか。どうやら釣りが趣味らしく、壁には魚拓がかかり、釣り道具もあちこちに置いてある。デスクは、読書や書き物用ではなく作業用――作りかけのルアーが置いてあった。

中岡はすぐに戻って来た。右手に透明な液体の入ったグラス、左手に茶色い液体が入った背の高いコップを持っている。

「座って」

「失礼します」

部屋の真ん中にあるソファに腰を下ろすと、正面に大画面の液晶テレビが置いてあるのに気づいた。

「ここは趣味の部屋でね」

「釣り、ですね」

「俺が大物を釣り上げたビデオが何本もあるけど、観《み》るかい？」

「またの機会にお願いできますか？」

植田はきっぱりと言った。話を自分の得意分野に引きこんで、こちらの質問をシャットアウトしてしまうタイプの人間もいる。気分を害するかと思ったが、中岡はニヤリと笑うだけだった。コップをテーブルに置き、「麦茶だ」と告げる。

「俺はこっちをやらせてもらうけどね」

「何ですか？」

「焼酎のお湯割り。夏も冬もこれなんだ」

「日本酒じゃないんですね」

「この県の人間だからって、日本酒オンリーとは限らないよ。俺は焼酎の方が圧倒的に好きだね。翌日にも残らないし」

「よくそんな風に言いますよね」

いい具合に場が温まってきた。これなら上手く話が聞けるかもしれない。植田は麦茶を一口飲んで話を始めた。

「『雪国博物館』の件です」

「ああ」中岡が焼酎を舐《な》めるように呑んだ。「曰くつきだね」

「やはりそうですか」植田はソファの肘かけを摑んで身を乗り出した。

「元々、土地問題とか、いろいろあったからね。土地取得に関しては県がやったことだから、俺らは何も知らんが」

「問題は、上物《うわもの》の入札です。その入札で不正があったという情報があるんですが……中岡建設も入札には参加していましたよね？」

「うちではなく、うちも含めたＪＶがね」中岡が訂正した。

「承知してます」植田はうなずいた。「その入札に成功したのが、倉持建設を含んだジョイントベンチャーでした」

「そうだったな」中岡が腕組みした。

「事前に入札情報が漏れていたという話があります」

「聞いてないなあ」中岡が耳を触った。「そういう話があったら、我々の耳には必ず入ってくるものだけどね」

「別の筋から聞いています」

「別の筋？」中岡が目を細める。

「発注側から」

「県か」

　植田は無言で中岡を見詰めた。談合情報については、しばしばタレコミがある。その主はだいたい、入札に失敗したライバル社だ。腹いせにということだろうが、そこから特ダネが生まれることも珍しくない。

「問題は、単に情報が流れただけではない、ということです。見返りに金が渡された」

「ほう、それは重要な問題だね」他人事のように中岡が言った。「誰が金を受け取った?」

植田は人差し指を天井に向けた。それを見た中岡が、すっと目を細める。

「上の人間……トップ?」

「そのように聞いていますが、どうですか?」

中岡が、焼酎の入ったコップをそっとテーブルに置いた。拳を顎に押し当てて、しばらく目を瞑《つむ》っていたが、ほどなくシャツの胸ポケットに指先を突っこんで煙草を取り出す。

「辞める人間を追い詰めてもねえ」

「まだ辞めてませんよ。任期は十一月までですから」

「しかし、どちらにしてももうすぐ辞める。この問題が表に出ると、後継候補選びにも影響が及ぶのでは?」

「選挙のことなんか考えていたら、こういうことは記事にできませんよ」植田は傲慢に言い切った。公明正大にやる、という態度を見せないと。

「えらく正義感にあふれた発言ですな」

中岡が煙草に火を点《つ》ける。馬鹿にしたような物言いに、植田はかちんときた。

「そもそも、誰が安川知事の後継候補になるかは分からないんですよ」

「白井さんが、あんなことで亡くなるとはねえ」中岡が声を潜めて言った。「白井さんさえ元気だったら、こんな風に揉めなかったと思うが」

「揉めてるんですか？」

「おやおや」呆れたように中岡が言った。「記者さんが、知事選の事情を知らないとは意外ですな」

「普段、そっち方面は取材していないもので」

「牧野さん、知ってる？」中岡が急に話を変えた。

「四区の？　ええ……もちろんですけど」

民自党のホープと評されている若手の二世代議士だ。売りはその爽やかなルックスで、確かに一般受けはいい。神輿に担ぐにはいい人材だろう。ただし、政治的な手腕についてはよく分からない。もしかしたら地盤だけを継いで、父親の能力は受け継がなかった可能性もある。

「彼の名前が取り沙汰されているみたいだね」

「代議士から知事へ転身ですか」

「今は一種の非常事態だから、名前の知れた人間を引っ張って来るのが一番簡単じゃないかな。訳の分からん人間を連れて来ても、知名度で負ける。何しろ対抗馬は、あの中司涼子だ」

「確かに中司さんは、県民なら誰でも知っている人ですが……」

「まだ正式決定した話じゃないから、あくまで仮定だけどね。これが東京や大阪なら、有名人を落下傘候補にしても勝てるだろうが、この県ではそういう訳にはいかない。そもそも、中央で名の知れた有名人が、この県の知事に名乗りを上げる意味が分からん」

「メリットがないでしょうね」

無言でうなずき、中岡が美味そうに煙草をふかす。何だか、自分の県に魅力がないことを認める人間がいるのが嬉しそうな様子だった。

中岡が、まだ長い煙草を灰皿に押しつける。完全には消えず、煙が細く立ち上った。こういう副流煙が、一番体に悪いのだが……植田は自分の煙草を取り出した。

「いいですか?」

「もちろん」中岡が笑顔でうなずいた。「今や貴重な煙草仲間だな」

植田が一服した瞬間、中岡は爆弾を落とした。

「その倉持建設の社長だけど、牧野さんの後援会長だよ」

「そうなんですか?」植田は咳きこんでしまった。おいおい、これじゃ状況が複雑になるばかりだ。

「何だい、あんた、本当に何も知らないんだな」呆れたように中岡が言った。

「すみません」ここは素直に謝るしかない。「この談合には、牧野さんも絡んでいるんですか？」

「牧野さんには、そういう調整能力はないだろうな。調整能力というか、権力が……いずれにせよ、彼は何も知らないと思うよ。ただ、倉持さんは今、県建設業協会の会長だ。いざ選挙となれば、当然のことながら民自党を応援することになるだろう」

「ええ」それがいいか悪いかは別にして、これが日本の選挙の伝統だ。会社などが、選挙中に「人手」を出すのも珍しくない。金を提供することには問題があるが、手弁当での手伝いならいい、という考えなのだろう。

「仮に雪国博物館の件で談合があったとして、あんたがそれを記事にしたとしようか。影響は安川知事にまで及ぶかもしれない。でも、建設業協会も激震に見舞われますよ。となると、選挙では表立って動けず、民自党推薦の候補が苦戦するかもしれない。それで、中司嬢は楽々当選するかもしれないね。民報さんは、それでいいのかな？」

「会社とは関係ないですよ。選挙は選挙なんですから」

「あんた、今、何歳？」

「三十歳ですが」

「そろそろ、世の中の仕組みを理解してもいい年齢《とし》だがねえ」中岡が新しい煙草に火を点けた。

むっとして、植田は無言で煙草をふかした。自分が政治の世界に無知なのは認める。しかしそれは、これまで事件ばかり追いかけてきたからではないか……しかしここで言い訳しても、話は前に進まない。植田は言葉を呑みこみ、麦茶を一口飲んで気持ちを落ち着けた。

「会社の方はともかく、選挙が混乱する可能性は高いんですね」

「そうなるだろうね。あんたが書けば、だけど……それにあんたは、会社の中で本当に立場が悪くなるよ」

「遠慮はしませんよ」

「会社の偉い人たちと話すことはないのかな?」

「平社員なので」植田は肩をすくめた。

「たまには偉い人と話してみるのもいいんじゃないか? 誰と誰がつながっているか分からないと、いつの間にか虎の尾を踏む可能性もあるからね」

信用できる人間は……植田は佐野の顔を思い浮かべていた。彼はニュートラルというか、物事に恬淡《てんたん》とした人間だ。誰かの子分になって、社内派閥の活動に熱を入れているとは思えない。彼に聞くのが一番安全だろう。

「あんたの名刺、携帯の番号がないんだね」中岡が植田の名刺をひっくり返した。

「ええ」

「書いておきなさいよ」中岡が名刺を突き返した。

「どういうことですか？」

「連絡するかもしれん……気が向けば」


車へ戻る途中、植田は中岡の真意を考え続けた。普通に解釈すれば、いずれは入札事件の真相について教えるつもりがある——となる。そのために、摑まえやすい携帯電話の番号を聞いてきたのでは……いや、こちらを信用してもらったという手応えはない。どうにも摑み所がない、ウナギのような男だった。

車に戻ってシートに腰を下ろすと、すぐにスマートフォンを取り出す。もしかしたらと期待していたが、中岡からの着信はなかった。助手席に放り出そうと思った瞬間、気を取り直して佐野に電話をかける。今日は当番だったかどうか……デスクの主な仕事は、取材の指示をし、記者から送られてきた原稿を処理し、その日の紙面の構成を決めることである。そういう仕事が毎日続くのだが、ローテーションに入らない日もある。そういう時でも佐野は、特に用事もないのに会社にだらだら残っていることが多かった。

妻と上手くいっていないのだ。

酒の席でそれを聞かされた時には驚いた。新聞記者にしては穏やかな性格の佐野が、家庭内に問題を抱えているのは意外だったが、外の顔と内の顔は違うものだろう。

「どうした」佐野が穏やかな声で応じた。

「佐野さん、今会社ですか？」

「ああ」

「十五分ぐらいで戻れるんですけど、ちょっと話せますか？」

「俺は大丈夫だけど、立駐へ車を入れる時間も計算してるか？」

「……すみません、あと五分追加して下さい。二十分で」

「いいよ。どうせ軽く呑んでるだけだし。遊軍別室にいる」

「なるべく早く行きます」

「焦るなよ」

そう、焦ってはいけない。アクセルを踏むと、つい力が入ってしまうのだ。幸い、これまで捕まったことはないのだが、誰かを助手席に乗せていると、「スピードの出し過ぎだ」と注意されることがよくある。

駐車場の精算を済ませ、車を出す。ダッシュボードのデジタル時計は、午後九時二十分を指していた。夕方から呑み始めたとしたら、もう結構な時間が経っている。酔っ払わないうちに話がしたかった。

窓を開け、煙草に火を点ける。むっとした真夏の夜の熱気が、車内を洗っていく。外にいるよりも暑い……昼間なら、強い日差しで車内が五十度になることも珍しくないのだが、夜だというのにどういうことか。

煙草が美味くない。苛ついている時はいつもこうで、煙草のストレス解消効果など、大したことはないと植田は思っている。半分も吸わないうちに、面倒臭くなって外に投げ捨てた。マナーとしては最悪だが、今はそんなことに気を遣っている余裕はない。

十分で会社着。たまたま途中で信号に引っかからなかったせいだが、それにしても早かった。今日はパレットの動きも順調で、佐野との電話を終えてからわずか十五分で、遊軍別室に駆けこんだ。

「早いな、おい。飛ばしたのか？」佐野が目を見開く。ソファに深く腰かけ、前のテーブルでは缶ビールが一本、汗をかいている。つまみの類は一切なし。呑む時に何も食べなくてもいいタイプ……胃に悪そうだ。

「湯村《ゆむら》交差点で引っかからなかったんですよ」川南町から市街地へ戻って来る時に必ず通る交差点だ。国道と県道、それに市道が複雑に交差しており、信号に引っかかると長い間待たされる。植田の感覚では、自分が車を運転している時は、必ず赤信号にぶつかるのだった。青信号でスムーズに突破できたのは、今日が初めてだったかもしれない。

「呑むかい？」佐野が自分の缶ビールを掲げてみせた。

「そうですね」車は会社に置いていけばいい。何となくむしゃくしゃするし、今日は少しアルコールを入れてやろうと決めた。

冷蔵庫の前でしゃがみこみ、缶ビールを一本取り出す。何かつまみになるものは——植田は佐野とは逆に、つまみがないと酒が呑めない——と探すと、誰のものか分からないがチーズがあった。賞味期限内であることを確認して、取り敢えず二ピースを持ち出す。佐野の前に座ると缶を開け、顔の高さに掲げてみせた。佐野も同じようにして、缶を合わせない乾杯の儀式は終了した。

植田はビールを一口呑んでから、チーズの包装を剝《む》いた。「モッツァレラチーズ」の柔らかい味わいとはほど遠かった。ただ、適度な塩気は口の中に広がっていく。それを洗い流すように、今度はビールを大きく呷《あお》った。これこれ……植田にとってビールとは、つまみの塩気を洗い流すための液体に過ぎない。

佐野のビールは何本目だろう。一本目ということはないはずだが、まったく酔った気配はない。佐野がワイシャツのポケットから煙草を取り出す。遊軍別室——普段植田が詰めている部屋だ——は当然禁煙なのだが、気にする様子もなかった。

デスクが吸っているんだから構わないだろうと勝手に判断し、植田も煙草に火を点けた。立ち上がり、自分の机から灰皿を持って来る。それをテーブルに置いて、二人で使えるようにした。

ふと外を見たが、夜空が目に入るだけである。民報の本社ビルは、市内でも高さが上位から数えた方が早い二十階建て。遊軍別室は十六階にある。窓の正面には高い建物が一切なく、下を見下ろさない限り、目の前には暗い夜空が広がるだけ……何だか侘しい光景だった。ここへ来る前、古い本社ビルは四階建てで、周囲から見下ろされている感じだったが、あれは悪くなかった。いかにも街の真ん中で仕事をしている気になった。

「何かあったか？」

佐野がさらりと訊ねた。取材で行き詰まって相談してきた、とでも思っているのだろう。

「取材の話じゃないんですけどね」

この入札談合の件は、まだ誰にも話していない。もっと固めてから、正式に応援をもらうつもりだった。

「私生活の話だったら、あまり相談に乗れないな。俺は、人にアドバイスできるような立派な人生は送ってない」

「会社のことならどうですか」

「会社？」口元まで持ってきたビールの缶を下ろしながら佐野が言った。「会社がどうした」

「派閥、みたいなものです」

「派閥って言われてもな……報道部には派閥なんかないだろう。記者は独立独歩、自分が一番偉いと思ってるんだから」佐野が鼻を鳴らす。

「俺はそこまで図々《ずうずう》しくなれないですけどね……うちの社内で、県の偉い人とつながっているのは誰ですか？」

「何だ、その抽象的な質問は」佐野の目つきが鋭くなった。基本的には穏やかな人なのだが、曖昧な言い方や抽象的な表現を嫌う。記者たるもの、短く具体的に話すべし。報告が苦手な人間は記事も下手だ、というのが彼の持論だ。

「知事と太いパイプがあるのは誰ですか？　あるいは民自党の県連と……大本さんですか？」

「そりゃあそうだよ」

「ああ……」植田はうなずいた。やはりそうか。大本は報道部長、編集局長、編集主幹というルートを歩んできた——つまり、入社以来、ほぼずっと取材の第一線にいたわけである。そのキャリアの中で、政治家たちとのパイプを太くしてきたのは間違いない。

「お友だち、という感じですか？」

佐野が立ち上がる。ビールが切れたのかと思ったが、ドアを閉めに行っただけだった。遊軍別室には今、二人しかいないが、誰かがいきなり入って来るのを避けたいのだろう。ややこしい話になるのでは、と植田は心配になった。

慎重にソファに腰を下ろした佐野が、ビールを一口呑んだ。缶をテーブルに置くと、両手をきつく組み合わせて身を乗り出す。

「お前、本当にその手の人間関係を知らないのか？」

「事件取材ばかりやってましたから、噂で聞いているだけです」知らないのが邪道のような言い方をされて、むっとした。

「まあ、社内でも噂ばかりが先走りして、大本さんは怪物みたいに言われている」

「怪物って……」小柄で冴えない大本に、「怪物」のフレーズは似合わない。

「県政のフィクサーというか、黒幕というか」

「裏で県政を操っている感じですか？　いくら何でも、そんなことは……」

「ないだろうな」佐野がうなずく。「実態は俺も知らない。知ってる人間は誰もいないだろう。ただ、俺の感覚だと、偉い人の使いっ走りだな」

「それはいくら何でも……編集主幹ですよ？」

「記者っていうのは、権力者にとっては便利な存在なんだ。誰にでも取材できる――誰にでも会えるから、メッセンジャーとして使いやすい。記者の方でも、そうやって権力側の役に立つことで、ネタが取れる。それだけじゃなくて、自分が権力の一員になったような感覚も味わえるのさ」

「それ、勘違いですよね。アメリカならともかく……」

アメリカの場合、報道関係者が政治家の広報担当に転身することは珍しくない。伝える立場から、取材される立場に――しかし日本では、報道関係者は裏で動きたがる傾向が強い。

それこそ「黒幕」か。

「大本さんは、若い頃からずっと、県政の取材が専門だった。特に安川知事とはズブズブの関係——最初の選挙の時から、安川さんのためにあれこれ奔走していたらしいよ」

「何がきっかけだったんですかね」

「安川さんが副知事で来た時に、食いこんだらしい。大本さんにすれば、知事選への出馬含みで県に呼ばれた人間を早く籠絡しようとするのは、当然だろう」

「でもその頃、大本さんはもう現役の記者じゃなかったでしょう」安川が副知事としてこの県に戻って来たのは十七年前。大本も既に四十代の後半だったはずである。

「当時は論説委員だったんだ。だから、好き勝手に——自分の興味のあることが取材できた。そうなると当然、これまでずっと取材してきた県政の話を取材し続けるよな」

「それで、安川知事と関係ができたんですか……まずいんじゃないですか？」

「何が」

「論説委員ということは、社説で、安川知事の選挙が有利になるようなことも書けたでしょう。公平性という意味でどうなんですか？」

「お前、この県の戦後史をもっとよく勉強しろよ。日本で最も強固な民自党王国なんだぜ。これまで革新知事なんか一人もいなかった。基本的に、民自党が決めた知事候補がそのまま当選してきたんだよ。選挙でも、だいたい圧勝だった。わざわざ民自党の候補に有利な社説を書く必要なんかないんだよ」

「じゃあ、大本さんは何をやってたんですか？」

「だから、メッセンジャー……最初はな。その後昇格して、今では安川知事の非公式のブレーンの一人だ」

釈然としない。県紙の編集担当役員が知事のブレーンとして、陰であれこれ相談に乗っているのは、あまり健全なやり方とは言えないのではないか。

「お前、今何を取材してるんだ？」突然、佐野が探りを入れてきた。

「まだ言えないです。はっきりしないことは話したくないので」

「慎重な男だな。ネタを摑んだら、できるだけ早く話してくれないと、手遅れになったりするんだけど」

「今まで、そんなことは一度もなかったですよ」植田は言い張った。

「まあ、やり方は簡単には変えられないか。二、三度痛い目に遭わないと」

「そんなことには絶対になりませんよ」

「強気は記者の基本だな」佐野がうなずく。「しかし、この件については気をつけろよ。もしも安川知事の話でも書こうとしてるなら、慎重にやらないと」

「まさか、大本さんに潰されるとでも言うんですか?」

「そういうこともないとは言えないな」

「そんなの、滅茶苦茶じゃないですか」植田は思わず抗議した。「記事は記事ですよ。幹部が取材対象とズブズブの関係だったとしても、それで記事が潰されるのは筋違いです」

「慎重にやれよ」佐野が忠告を繰り返した。「記事が消えるぐらいならいいが、お前自身に被害が及ぶと俺も困る。お前にはもっと頑張って、いい記事を書いてもらわないといけないからな」

「そんなに大変な話なんですか?」植田は顔から血の気が引くのを感じた。自分の記者人生が危うくなるとでもいうのだろうか……。

「甘くみてはいけない、ということだ」佐野がビールを呑み干す。「背中にも気をつけることだ。何の取材をしているか、今はまだ聞かないけど、誰かと一緒にやった方がいいな。記者は基本的に一匹狼《いっぴきおおかみ》でいいと思うけど、背中を守ってくれる相棒はいた方がいい」

「佐野さんが警報を発してくれるんじゃないんですか」

「俺にも、できることとできないことがある」佐野が苦い表情を浮かべた。「あまり頼らないでくれ」

大波が襲って来た瞬間に、オールをさらわれてしまったような気分だった。植田が乗ったボートは、どこへ流れて行くか分からない。

第二部　後継者

1

すっかり馴染みの「水亀亭」の洋室……しかし、今夜の会合は気が重い。気心の知れた前沢が一緒とはいえ、牧野に「ノー」を突きつけるという、嫌な仕事が待っている。

非常にまずい。非公式とはいえ、こちらから知事選出馬を頼んでおいたのに、身体検査の結果NGを出す——向こうからすれば「冗談じゃない」となるだろう。声をかけるなら、必要なことを全部調べてからにすべきじゃないか？　しかし今回は特別なのだ。白井の死で、全ての予定が狂ってしまったのだから、多少のトラブルは仕方がない。緊急時には、普通のやり方が通用しないことも多いのだ。

牧野と約束した時間の一時間前に、安川は前沢と落ち合って、密かに相談を進めていた。

「軽い男だとは思っていたが、本当に女の問題を抱えているとはな」安川は鼻を鳴らした。

「いかにもな話ではありますがね」前沢が苦笑した。

「いかにも、で済まされる問題じゃない。まあ、正式に要請する前でよかったが」

牧野は、東京に「単身赴任」中である。一人暮らしの議員宿舎に女を引っ張りこんでいることが、前沢たちの調査であっさり判明したのである。元CAで、現在は六本木でマナー教室を主宰しているらしい。牧野はこの女性がCAをしていた頃に知り合ったようだが、問題をさらに深刻にしているのは、この女性も結婚していることだった。婚姻関係は実質的に破綻していたとしても、ダブル不倫に変わりはない。

言い訳は難しいだろう。

「相手の特定は済んでいるんですな」

「こちらです」

前沢がブリーフケースから封筒を取り出した。中から写真が何枚も出てくる。今時、わざわざプリントアウトしたのかと唖然《あぜん》としたが、デジタルデータで持ち歩かない方が安全かもしれない。

「なるほど」写真を手に取った安川は相槌を打った。「美人さんではあるな」

前沢がうなずく。この件では、意見は簡単に一致した。

「今、三十五歳です」

「女盛りだね」

安川は別の写真を取り上げた。牧野と腕を組んで歩いている場面を正面から捉えたものだ。牧野は半袖のポロシャツにカーキのズボンというラフな格好。女性の方は、濃紺のワンピース姿だった。すらりと背が高く、長身の牧野と並んでも凸凹《でこぼこ》しない。

「まるっきり夫婦気取りだな」安川は吐き捨てるように言った。

「かなり慎重に、気づかれないように密会しているつもりでしょうが、隠し通すのは不可能だ。脇が甘いですな」

「いや、民自党の調査能力が高いんでしょう。この写真、週刊誌にでも売りつければ、結構な値段がつくんじゃないかね」

「冗談じゃありません」前沢が真顔になった。「それでなくても、不倫スキャンダルは叩かれるご時世ですよ？　こんな話が表に出たら、民自党は国会の議席を一つ失いかねない」

「適当に言い訳して、あとは口を拭ってしまえばいいじゃないか。ちょっと時間が経てば、誰も気にしなくなる」

「いや、これは特に状況が悪いんですよ」前沢は慎重だった。「牧野の奥さんはできた人で、基本的に地元で選挙を一手に仕切ってます。地元では、牧野よりも人気があるぐらいなんです。その奥さんに迷惑をかけたとなったら、牧野の評判は地に堕《お》ちるでしょう。奥さんとの関係も危なくなるし、次の選挙がどうなるかは分かりません」

「その辺の話は先の問題で……外部には漏らさず、本人を説得して何とか別れさせるしかないだろうな。取り敢えず、知事選は絶対に駄目だ。現在進行形でこういう問題があるなら、危険過ぎる」

「仰る通りですね」前沢がうなずく。「しかし、確かにすっかり夫婦気取りですな」

写真の中には、女性が議員宿舎に一人で入って行く場面を捉えたものもあった。おそらく牧野は、鍵も渡している。関係ない第三者に議員宿舎の鍵を渡すのは、規則違反の上にセキュリティ的にも大問題だ。

「話はどう進めましょうかね」前沢が切り出す。「ゆっくり食事をしてから言い渡しますか？」

「いや、それは時間の無駄だ。向こうにも失礼だろう」

「では、いきなりいきますか」

「それで納得してもらうしかない」安川はうなずいた。「こういう会談は、できるだけ短く済ませるに限る」

「厄介ですな」前沢が渋い表情を浮かべる。

「なに、大したことにはならないさ。正式に出馬を要請したわけでもないし、彼もまだ、本格的にはその気になっていないだろう」安川は敢えて楽観的になろうとした。

「では、さっさと引導を渡して――今夜の飯は不味《まず》くなりそうですね」

「正直言って」安川は前沢の方に身を寄せた。「そもそも『水亀亭』の飯はそんなに美味いわけじゃない」

「歴史ある料亭文化を全否定ですか」前沢が鼻を鳴らした。

「不味い物は不味いんだ」

ノックの音がした。宮下がドアから顔を覗かせる。

「お見えになりました」

「通してくれ」安川は宮下にうなずきかけた。「お前はちょっと、席を外してくれないか？　どこかで飯を済ませてもいい。少し時間がかかるから」

無言でうなずき返し、宮下がドアを閉める。前沢は、テーブルに広げていた写真の類をまとめ、急いでブリーフケースに突っこんだ。

すぐにドアが大きく開き、牧野が入って来た。その瞬間、安川は今日の話がこちらの予想通りには進まないと確信した。牧野は胸を張って、目がキラキラしている。何か、前向きの話に乗ろうとしている感じ……嫌な予感が走り、安川は前沢と視線を交わした。ベテランの前沢も不安げに視線を泳がせる。

牧野が椅子に座り、二人と相対した。相変わらず表情は明るく、いい笑顔――これが、女性に対しては決定的な武器になるわけだ……あの元CAもこの笑顔で落としたのだろうか、と安川は皮肉に考えた。

「こちらからご連絡しなければならない時に、お声がけいただいて恐縮です」牧野が頭を下げた。

「いえ」牧野の方でも言いたいことがあるわけか。安川の中で、嫌な予感がさらに膨らんだ。

「先日のお話ですが、家族とも相談しました。私はこれまで、国政の場で勉強し、国民のために役に立つ仕事をしようと尽力してきましたが、国政の場というのは、あまりにも大きい——自分の力が本当に役に立っているかどうか、実感できずにいたことも事実です」

それは、あんたがろくな仕事をしてなかったからだろうが、と安川は腹の底で罵倒した。もちろん、笑みは浮かべたままである。その笑顔を同意の印と受け取ったのか、牧野が選挙演説並みに熱の入った口調で続ける。

「お話をいただいた時、私は自分がこの県のために何ができるかを考えました。ここは私の故郷です。しかし今、知事という舵取り役を選ぶ選挙が、ともすれば混迷しかねない状況になっている。白井副知事が急逝されたことは残念ですが、とにかく早急に何とかしなくてはいけないと思います。私は、安川知事が十六年間続けてきた県政の流れを変えることなく、引き継いで発展、拡大させていくことが何より大事だと考えています」

「行政の施策は、時代によって変わるものですよ」ぺらぺらとよく喋るものだ……安川は釘を刺した。「十年一日《いちじつ》同じことをやっていては、時代の流れに対応できない」

「仰る通りですが、まず最初の四年――一期目は、それまでの安川知事の実績を検証するための時間だと思います。自分の色を出すにしても二期目からで十分ではないでしょうか。時間はあると思います。それに、民自党本部との関係も……ご存じでしょうが、私は今、干されています。信念に従ってやったことですから後悔はしていませんが、このままだと中央でろくな仕事ができないまま時間だけが経ってしまいます。公共の役に立つためならこの県で、と考えました――失礼。話が少し先走りました」

「つまり牧野先生は、知事選に出られるおつもりなわけだ」前沢が低い声で言った。

牧野の顔から急に笑みが消える。政治家というのは、基本的には敏感だ。他人の顔色を読むことにかけては、異様な鋭さを発揮する。今も、前沢の声が普段よりも低いというだけで、何か自分に不利な状況があると悟ったのだろう。

「牧野先生、この前の話は、一切聞かなかったことにして欲しい」

事前の打ち合わせ通りに前沢が切り出した。前沢曰く、「知事は悪人になる必要はない」。安川の感覚では、どうせ辞める自分が損な役目を引き受けた方がいいと思うのだが。

「どういうことですか」牧野の顔から一瞬で血の気が引いた。まるで誰かが栓を抜いたようだった。

「知事選の話ですが……あなたを出馬させるわけにはいかなくなりました」前沢が、感情を一切感じさせない口調で告げる。

「いや、しかし……私は既に、家族や後援会にも相談をしているんですよ」

「少し先走りし過ぎましたね」前沢が冷酷に言った。「こういうことは、急《せ》いては事を仕損じるものです。先生の家族や後援会も大事ですが、それ以上に、まずは党の方でコンセンサスが取れていないと話にならない。あなたは単に暴走しただけですよ」

「冗談じゃない」牧野の顔に明確な怒りが浮かんだ。「党の方でしっかり決まっていない状態で、私に声をかけたんですか？」

「あれは単なる打診です。しかも非公式な打診——だから、私と安川知事の二人だけであなたに会った。正式な出馬打診だったら、もっと人が集まりますよ。どうして勝手に判断して、人に相談したんですか」

「それは……」

牧野が唇を噛んだ。安川は、この優男《やさおとこ》の野心を初めて知ることになった。代議士としてはあまり先がない……民自党の出世ラインを外れていることは、本人も分かっているのだ。それで、「知事」に活路を見出《みいだ》そうとした――だがそんな心がけでは、県民に申し訳ない。

「牧野先生、あなたはまだお若い」安川は静かに話し始めた。「国政で本格的に活躍するのもこれからでしょう。仮に知事選に出馬するにしても、もう少し国政で経験を積んでからでも遅くはない。国政での経験は、必ず地方行政にも生きてくるはずですよ。民自党本部は、今は怒っているかもしれませんが、いずれまた日の目を見る時がきます」

「そんなことをしているうちに、私は歳をとってしまいます」

「私が知事になったのは六十歳の時だ。自分の仕事、人生の仕上げとして、知事という仕事に取り組んできたつもりです。六十歳からでも遅くはなかったと思っていますよ」

「それは、知事個人の事情ではないですか？　私はもっと早く一歩を踏み出したいんです」牧野が気色《けしき》ばんで言った。

「申し訳ないですが、県連として先生を推すわけにはいかなくなったんですよ」

前沢の微妙な物言いに、牧野は敏感に反応した。

「推せなくなった？　何か状況が変わったんですか？」牧野が椅子の肘かけを摑む。

「牧野先生、身辺は常に清潔にしておかないといけませんね」

真っ青になったと思った牧野の顔から、さらに血の気が引いた。すぐにピンときたのだろう。まったく、人の業《ごう》とは恐ろしい。自分が危ない橋を渡っていることは、牧野も十分承知しているはずだ。それでも女との関係を切れない――男女の関係を否定するものではないが、安川に言わせれば、この男は肉欲に溺れた単なる馬鹿者だ。

「重要な局面での身体検査は、極めて大事です。それをしっかりやってこなかったが故に、民自党が何回痛い目に遭ったか、牧野先生もご存じでしょう」

牧野が唇を嚙む。安川は、スキャンダルによって葬られてきた民自党の代議士たちの顔と名前を頭の中で羅列した。金の問題、女の問題……特に、大臣に抜擢《ばってき》された直後にスキャンダルで自滅していった人間の多さを考えると、呆れてしまう。民自党と、スキャンダルが大好きな週刊誌の追いかけっこが続いているようだ。

「先生、今のご時世、不倫はご法度ですよ。すぐに叩かれて炎上してしまう。それにこの件、奥さんはご存じなんですか」

「私は、そんな……」前沢の追及に、牧野がしどろもどろになった。

「お見せはしませんが、決定的な証拠がここにあります」前沢がブリーフケースを平手で叩いた。

「まさか、隠し撮りですか？　そんなことまでしたんですか？」

「とにかく証拠があります」

「いったい、私は……」

「大人しくしていて下さい」前沢が結論を口にした。「知事選への出馬要請はなかったことにする。我々は、このスキャンダルが表に出ないように全力を尽くしますから、あなたも身辺の整理をしなさい。これからも政治家として仕事を続けていくなら、女は切るべきだ。あなたが今まで選挙を戦い抜いて、ここまで無事に三期務めているのは、かなりの部分、奥さんのおかげなんですよ。奥さんに全てを話す必要はないが、とにかく女は切りなさい。あなたが何も言わなければ、我々の口から情報が漏れることは絶対にない」

「どうして私が……」牧野が唇を噛む。

「先生の身辺は綺麗ではなかった、それだけの話です。とにかく、知事選の話はなかったことにする――あなたの身の処し方については、それから判断しよう。もちろん議員を辞める必要はない。表沙汰にならなければ、こんな問題は存在していないも同然だから。まあ、私もこの手の問題が皆無だったかと言えば、そんなこともないわけで……」前沢が急に柔らかい口調になった。「男というのは、基本的に馬鹿だからね。でも、きちんと馬鹿を封じなければならない時もある。あなたにとっては、今がまさにその時なんだ」

「冗談じゃない」牧野がいきり立った。「私をからかっているんですか？　出馬要請してから、こんな風に取り下げるなんて、嫌がらせとしか思えない」

「そんなことはないが、とにかくなかったことにして……必要だと思う人と相談して下さい」前沢がうなずく。「県連の判断には、絶対に変更はありません。これだけは覚えておいて下さい」

牧野が二人を睨みつけ、無言で部屋を出て行く。二人はしばし沈黙を貫いた。一分ほどするとドアをノックする音が響き、宮下が部屋に入って来る。

「何だ、飯に行ってたんじゃないのか」安川は声をかけた。

「何かあるといけないと思いまして、待機していました。牧野先生は、車で帰られました」

「ありがとう。ご苦労だった」安川は宮下にうなずきかけた。

「食事はどうしますか？」

「それはこちらでやる。宮下、今日はもういいぞ」

「しかし……」宮下の顔に不安そうな色が走った。

「心配いらん。自分で車を拾って帰るから」

瞬時、宮下が言葉を呑んだ。知事公舎へ送り届けるまでが自分の役目、とでも思っているのだろう。しかしそれは、気の遣い過ぎだ。自分の面倒ぐらい、自分で見られる。結局宮下が折れ、無言で一礼して出て行った。

二人になると、前沢が溜息をつく。

「こういうのは疲れますな。やめろというのは大変だ」

「とにかく、ご苦労様でした」安川は頭を下げた。「面倒な仕事を押しつけて、まことに申し訳なかった」

「県連のミスです。もっと早く、しっかりと身体検査をしておけばよかった」

「身体検査ねえ」安川は禿頭を掌《てのひら》で撫でた。「昔は、こんなことはいちいち言われなかったのに」

「時代、ですかね」前沢がまた溜息をついた。急に老けて、顔の脂っ気も抜けてしまったようだった。

「時代だね」うなずき返し、安川は胃の辺りを撫でた。

「かなりお怒りだったけど、大丈夫ですかね」

「頭に血が上っているだけだろう」安川は意識して軽い口調で言った。

料理が出てきても食欲は湧かなかった。酒も進まない。前沢も同じようで、刺身に箸を伸ばしかけては引っこめていた。

「煙草をやめなければよかったですな。こういう時には、いいストレス解消になった」

「私は、生まれてから一度も煙草を吸ったことがないよ」安川が打ち明ける。

「真面目な若者だったんですな」

「私らが高校生ぐらいの時は、周りは皆普通に吸ってたけどな」

他愛もない会話を交わしているうちに、次の話題——避けられない話題を思い出した。

せっかく前沢と会っているのだから、詰めておかねばならないことがある。

「結局、別のタマは？」

「知事はどうお考えですか？」前沢が逆に聞き返してきた。

「とにかく、堅実な人間でないとまずい。まずは、女性問題でスキャンダルを起こさない人間だ」

「となると、ある程度のベテランですかな」

「年齢は、六十歳ぐらいまでを上限に考えよう。健康問題も大事だ」白井を急に失ったショックからは、今も立ち直れていない。頼りないと思っていたのだが、今考えると後継者としてはやはり適任だった。

「文字通りの身体検査ですか」前沢の口調は皮肉っぽかった。

「ああ……そう言えば、堅実、かつ六十歳少し手前で、健康にまったく問題のない人間が一人いるな」

「それはもしかしたら、今でもトライアスロンに出るあの男のことですか？」

安川は無言でうなずいた。六十近くになっても、年に一回はトライアスロンの大会──毎年七月に県都で行われる──に出場を続けている男。安川の感覚では「化け物」だが、健康状態についてはまったく問題ないだろう。

「なるほど……実は私も、彼のことは考えていました」

「悪くないタマだ——良くもないが」

「地味なのが致命的ですかね」

「派手な人間など、そんなに多くない。そして牧野のように派手な人間は、必ず問題を起こす」

「出るか出ないか、五分五分——可能性はもう少し低いかと思いますよ」前沢は悲観的だった。「野心のない人間ですから」

「この状況だから、やってもらうしかないだろう。前沢先生、打診をお願いできますか。そう言えばあなたたち、高校の先輩後輩じゃないですか」

「それはそうなんですが……あまりにも近いと、かえってこういう生臭い話はしづらいですよ」前沢が逃げを打った。

「かといって、私が動くのはまずいだろう」

「取り敢えず、誰かを介して打診しましょう。やはりここは、徳山さんにお願いするのがいい」前沢が渋い表情でうなずいた。「最終的には私が話しますが、下準備も必要だ」

「よろしく頼みます」安川はうなずき返した。「もしも説得が必要になったら、その場合は私も出ます」

良くも悪くもないタマ——選挙で勝てるかどうか、保証はない。組織がフル回転で動いても、中司涼子の勢いを凌駕《りょうが》できるかどうかは分からない。中司涼子を民自党の神輿に乗せて——そう考えたこともあったが、大本が探りを入れた限りでは、彼女はあくまで無所属で出馬する方針だという。今ひとつ本音が読めないが……大本も、記者としての能力が衰えてきているのかもしれない。

あの男も歳だ。初めて会った時には「壮年」という感じだったが、このところめっきり衰えた感じがする。それも当たり前か……人間は六十歳を超えると、一気に欲をなくす。あとは恬淡と年齢を重ねるだけだ。

大本はともかくとして、第二の候補となるあの男はどうだろう。六十歳近くなってもトライアスロンの大会に出続ける体力と気迫は大したものだが、それは単なる「習慣」でしかない可能性もある。

全ては、真面目に話を聞いてもらえるかどうかにかかっている。あの年齢になっても、新しいことに挑む勇気を残しているだろうか。

2

「あんた、あんまりびっくりさせないでよ」

「ごめん」

母親の富貴子《ときこ》の文句に、涼子は思わず頭を下げてしまった。

「一言ぐらい、事前に相談してくれてもいいのに」

「相談したらどうしてた？」

「それは……分からないけど」自信なげな声。富貴子の怒りは少しだけ薄まっていた。

親の立場では確かに困るわよね、と涼子は申し訳なく思った。オリンピックなら理解可能——諸手《もろて》を挙げて祝福してくれたはずだ。涼子が子どもの頃から続けてきた道の延長線上にあっただけだから。歩き始めると同時にスキーを履き、どんどん上達して成績を上げ、大きな大会に出るようになって——ステップアップした末にあったのがオリンピックである。やめてからの人生も、そんなに予想外のものではなかったはずだ。テレビに出始めた頃にはさすがに驚かれたが、ああいうのは回数が重なるに連れて慣れてしまう。

しかし選挙となると、まったく別の話だ。

涼子は、実家の民宿の食堂にいた。涼子が子どもの頃は、この季節——八月も大学のサークルなどの合宿で賑わっていたが、今は人気《ひとけ》はない。最近は、サークルの合宿を誘致するために宿の方でも様々な工夫をこらしていて、小さな体育館を建てている宿まであるほどだったが、涼子の両親はそこまで商売熱心ではなかった。同居している兄が市役所で働いて金を入れているから何とかなっているものの、両親二人だったら生活は立ちゆかなくなっていたかもしれない。涼子は何度も仕送りを申し出たのだが、その都度断られていた。親には親の意地があるのだろう。

　由奈は珍しそうに周囲を見回していた。

「民宿って、こんな感じなんですね」とぽつりとつぶやく。

「初めて?」

「そうですね。考えてみたら泊まったことはないです」

「何でも初めてはあるわけだから……今日はゆっくりしていって」

「ゆっくりはできませんよ」由奈がタブレット端末を取り出した。「今日は集会が三ヶ所、夜は高校の同窓会に出席予定です。明日も午前中に集会が二ヶ所」

「はいはい」涼子は思わず適当に返事をしてしまった。由奈は、涼子が想像していた以上に優秀で、今ではスケジュール管理を完全に任せてしまっている。それがまた、寸分の遅れもなく、早過ぎることもなく、ピタリとはまるのだ。

「せめて、夜ぐらいはゆっくりしていってね」富貴子が由奈を労《いたわ》るように言った。「お父さんが張り切ってるから、美味しい料理が出るわよ」

「楽しみです」由奈が両手を握り合わせて胸元に持っていった。

「そうね」涼子も話に加わった。「同窓会だと、あなたは居場所がないでしょうから、その時間はここでご飯にしてくれる?」

「分かりました」

「ごめんなさいね。こんなことに巻きこんでしまって」富貴子が心底申し訳なさそうに言った。

「こんなことって……」涼子は反論した。「大事な仕事なのよ」

「はい。大事な仕事です」由奈が同調した。

「何だかねえ」富貴子が右手を頬に当てた。「未だにピンとこないのよ。あなた、涼子が選挙に落ちたらどうするの？」

「落ちることなんか考えていたら、選挙はできませんよ」由奈が明るい笑みを浮かべて言った。「まず、お母さんの応援を約束していただかないと」

「はいはい……でも、私とお父さんは心配なのよ。それは分かってね」

「分かってるわよ」涼子は短く言って立ち上がった。由奈に視線を向ける。「出かけるわよ」

「まだ早いですよ？」由奈が自分の腕時計を見た。

「集会の前に、一ヶ所寄りたいの」

「聞いてませんけど」由奈が鼻に皺を寄せた。

「今、決めたの」

「はいはい」由奈が溜息をついた。「ご一緒しますけど、予定の変更はできるだけ早く教えて下さいね。こっちにもスケジュール調整の都合がありますから」

「了解」

二人は連れ立って民宿を出た。出た途端、見知った顔に出くわす……隣の、古い旅館の女将《おかみ》だった、岡山《おかやま》はな子。涼子にとっては昔から、「隣のおばちゃん」だった。

「涼子ちゃん、あんまりびっくりさせないでよね」はな子がいきなり真顔で文句を言った。腰が曲がって体が小さくなった感じはするが、声の大きさ、太さは昔のままだ。

「あんた、いきなり選挙に出るなんて……」

「ごめんね、おばちゃん。急に決めたから」

はな子が涼子の左手を両手で握った。涼子は右手で、皺だらけのはな子の手の甲を撫でる。

「涼子ちゃんは、どこまで偉くなるのかねえ。オリンピックでメダルを取った時もびっくりしたけど、今度は選挙でしょ。私、もう心臓がそんなに丈夫じゃないんだから、驚かさないでよ」

「全然元気じゃない。おばちゃん、長生きしてくれないと困るわよ」

「もちろん」はな子が嬉しそうにうなずく。「あんたがもっと立派になるのを見たいからねえ」

「涼子さん、そろそろ……」後ろに控えた由奈が割りこんだ。

「ああ、はい」涼子はもう一度、はな子の手の甲を撫でた。「おばちゃん、私、これから挨拶回りであちこちに行かなくちゃいけないんだ。後でまた遊びに行くから……かき餅、食べさせてくれない？」

「そうねえ、最近作ってないけど……涼子ちゃんのために用意しておくわ」

「ありがとう」涼子はバージョン1の笑顔を浮かべた。一番近くにいる人を大事にするのは基本。それにはな子は歳取ったとはいえ、かつては地元の観光協会の役員を務め、顔が広いのだ。影響力は馬鹿にできない。

車に乗りこむと、由奈が嬉しそうに言った。

「おばあちゃん人気が高いのって、いいですよね」

「この辺は、お年寄りばかりだけどね」涼子は車のエンジンを始動させた。墓地までは、自分で車を運転していくつもりだった。そもそも、後部座席で踏ん反り返っているのも恥ずかしいし……実家で貸してもらったのは、普段母親が買い物などに使っている軽自動車なのだ。

涼子は、この山間《やまあい》の街で十八歳まで育った。新幹線の駅があるとはいえ、県境に近いごく小さな街……新幹線の駅は標高三百五十メートルほどの場所にあるが、県境は標高千メートルにも達する。市内にはスキー場が十五もあり、自分はまさにこの環境に育てられたのだと思う。

「行き方、分かってます？」助手席から由奈が訊ねた。

「『城願寺《じょうがんじ》』っていうお寺なんだけど……」

「調べます」

由奈がタブレット端末をいじり、すぐにナビゲートを始めた。「基本的には方向は合ってます。国道を南へ下って、高速のインターチェンジを過ぎたら、最初の信号のある交差点を左折して下さい」と告げる。

「コンビニのある交差点？」

「そうですね」

記憶がはっきりしてきた。そうそう、あそこを左折していくと、道路は山の中を走る一本道になる……あとは基本的に真っ直《ます》ぐ進めば、城願寺へたどり着くはずだ。

真夏のこの街は始末が悪い。駅近くは高原というほど標高が高いわけではなく、山々に囲まれた盆地なので、熱気が滞留してしまう。正面にそびえる青々とした山を見ていると、高校時代のきつい想い出が蘇る。滑れない夏場のトレーニングは、ひたすらランニングとウェイト……湿気の充満した蒸し暑さの中で十キロのランニングをこなすのは地獄だった。瞬発力を鍛えるためにダッシュを繰り返すのは、それ以上の辛さだった。適正体重をキープしておくために、夏場こそ食べないといけなかったのに、吐くまで練習して夕食はまともに食べられない——毎年、スキー場が開く季節になるとほっとしたぐらいである。

「この辺、試合の時にしか来たことがないんですけど、田舎ですよね」由奈がずけずけと言った。

「否定できないわね。二十五年前とほとんど変わってないし」

基本的には田園地帯で、窓の外には青々とした稲穂が一面に広がっている。窓を開ければ緑の香りを楽しめるだろうが、熱風を浴びるのは嫌だった。水田のところどころに家が建っているのは、日本の田園地帯の典型的な光景だが、この街では民家だけではなく大きな建物もある。大抵は、スキー客目当ての民宿や旅館だ。はるか遠くには、バブルの頃に建てられたという二十階建ての高層ホテル。スキー場に直結というロケーションの良さが売りだったが、そのスキー場自体は、二十年ほど前に閉鎖してしまった。涼子も何度か滑ったことがあったが、あそこはコース設定も雪質もイマイチだったわね……ホテルは今も営業しているのだろうか。

道路はほどなく、T字路で行き止まりになる。そこにもコンビニエンスストアがあった。確かに、二十五年前と基本的に光景は変わらないが、コンビニエンスストアだけは確実に増えている。東京並みとは言わないが、街のあちこちに馴染みの店があった。

「T字路、右へ行って下さい」由奈が指示した。

「思い出したわ……もう大丈夫よ」

そこから五分ほど走ると、城願寺に到着した。車を境内の駐車場に停め、外へ出る。

予想していたよりも強烈な日差しと暑さ……無礼だとは思ったが、涼子は上着を脱いだ。それでも額に汗が噴き出してくる。花と線香を持って由奈がついて来た。

この場所は真夏には辛い……墓は少し高い場所にあり、階段を延々と上っていかねばならないのだ。ブラウスの胸元を引っ張って風を導き入れてみても、何の効果もない。汗をかいたまま集会に出たら失礼かな……。

墓所にたどり着き、花と線香を捧《ささ》げる。誰の墓かも話していなかったので由奈は戸惑っていたが、それでもしっかり手を合わせてくれた。

「北村さんですか……どなたですか？　親戚の方とか？　それとも昔の恩師とか？」

「こっちが勝手に恩師だと思ってる人」

「先生とかですか？」

「先生、と呼ばれる人種の人ではあったわね」

涼子はゆっくりと立ち上がった。膝にかすかな痛み……現役引退を決断する直接の原因になった膝の故障は、完全に癒えたわけではない。今でも何かの拍子に、針が刺すような痛みが走ることがあるのだ。選挙戦ではこれだけが心配である。体力には自信があるからいくら走り回っても平気だが、正座が長引いたりすると、みっともない姿を晒《さら》しかねない。

「あなたは知らないでしょうけど、私に政界入りを勧めてくれた人なのよ」

「ということは……」

「元民自党の代議士で、ここが地元だったのよ」

「それで先生なんですね」

涼子は無言でうなずき、踵を返した。

初めて誘いがあったのは三年前。北村とは昔から顔見知りだった。高校の大先輩で地元の代議士、しかも県スキー協会の会長を長年務めていたので、学生の頃から、いろいろな場所で顔を合わせる機会があった。しかししばらく会っていなかったので、いきなり電話がかかってきた時には心底驚いた。実際に会ってみると、話題は予想もしていなかった参院選への出馬打診――その場で反射的に断ったのだが、北村はにこやかな笑みを崩さぬまま、「唐突過ぎたかね」と言っただけだった。

その時は正直、「人数合わせ」だろうと思っていた。それなりに名前が知れた人間なら、選挙では勝てるはず――そういう意図で自分の名前が挙がったのだろうと皮肉に考えた。ちょっと名前と顔が売れた人を選挙に引っ張り出すのは、よくある手だ。

それきりになるだろうと思っていたのに、北村は去年も面会を求めてきた。今度は衆院選への出馬、それも北村の跡を継ぐ形での立候補である。その時、北村は七十二歳。次の選挙には出馬せず引退するつもりだが、いい後継候補が見つからない。自分には子どもがいないし、周りの県議や首長たちも、今ひとつパンチに欠ける。ここはぜひ、地元の人たちのために、力を貸してもらえないだろうか。高校の先輩としてもお願いする――。

この時は長い時間話した。民自党の職員も同席し、「現段階では」という条件つきながら、選挙をシミュレーションしてみせた――当選確実。この話にはさすがに惹かれた。というより、この県の惨状を知って愕然《がくぜん》とした。沈滞する経済、人材の流出……どこの県でも事情は同じようなものだろうが、数十年後には県として存在しているかどうかも分からないと数字を示して説明され、言葉を失った。

結局、数日後に断った。興味は湧いたが、やはり自分が代議士になれるとは思えなかったから。しかし北村の要請は確実に胸に残った。直接彼の後継者になるのは難しいかもしれないが、何らかの形でスポーツだけではなく、もっと広い意味で世の中の役に立てるのではないか……大学で教えること、ＪＯＣの強化委員として仕事をすること以外にも、何か世の中の役に立てるかもしれない。特に、様々な問題を抱えた出身地に恩返ししたい。

去年の秋に行われた総選挙に出馬せず引退した北村は、年明けに亡くなった。その直前、涼子は長い手紙を受け取っていた。

自分の高校時代の想い出を綴《つづ》り、地元愛を滔々《とうとう》と語り、「県のために仕事をしてくれないか」ともう一度誘ってくれた。字が乱れていたのが気になったが……彼の死を知ったのは、手紙を受け取った三日後だった。

遺書のようなものだった。そして二月には、安川知事の引退が報じられた。

実はここ数年、涼子はずっと迷っていた。自分にも第二の人生が必要ではないか？　ずっとスキー一筋のまま四十歳を過ぎ、このままでいいのか、と思うことが多くなっていた。

要請を受け入れることはなかったが、自分の目を政治に向けてくれたのは北村である。死の床で、なおも自分を誘ってくれた思いにも応えなければ——出馬を決めるに至った経緯を世間に明かすかどうかは決めていない。明かしても、必ずしもマイナスにはならないと思う。心の師の影響で、出馬を表明した……日本人は、特に田舎の年寄りは、こういう浪花節《なにわぶし》が大好きだ。言えば、自分の出身地である県南地域の票を確実に固められるだろう。しかし、そういうものに頼ってはいけないとも思っていた。何か新しい風を吹かせたい。

「行こうか」

「もういいですか？」

「お墓参りは、そんなに時間をかけるものじゃないでしょう」

「帰りは私が運転しますね」

「私の方が道は分かってるけど……」

「候補者が自分でハンドルを握るのは変ですよ」由奈が肩をすくめる。「事故でも起こしたら大変だし」

由奈が遠慮なく突っこんできたので、涼子は言葉をなくしてしまった。何となく、彼女に上手くコントロールされている気がしないでもない。

「私も運転はしたくないんですけどね……早く、運転手を確保しましょう」

「早急に」

「あと、車も何とかしないといけないですよね。軽自動車で選挙活動をする訳にもいかないでしょう?」

確かに……選挙というのは何かと金がかかるものだ。自分の貯金など微々たるものだし、古屋に頼るのにも限度がある。今日が最初の山場だ、と涼子は覚悟を決めた。同級生たちの反応によって、今後の対策を考えなければならない。

まず、愛嬌《あいきょう》。それから真摯な態度。この二本柱でいくしかない。

その気になれば、大きな会場で「講演会」も開けるのだが、できるだけ有権者の声を直接聞きたい。それ故、地元でも集会は十人か二十人だけを集める「ミニ集会」にしたのだが、質疑応答はなかなか疲れるものだった。もしかしたら、由奈がずっとビデオを回していたからかもしれない。後で池内がチェックするためなのだが、何だか常に監視されているようで落ち着かなかった。それに公職選挙法の決まりで、告示前には「投票のお願い」ができないので、情緒に訴えるわけにもいかず、ひたすら公約の説明で硬い話になってしまうのもきつかった。

意外だったのは、若い人が多いことだった。池内は、こういう小さな集会には、暇な年寄りしか集まらないものだと断言していたが、どの集会でも半分ほどは四十歳以下の人たちである。子ども連れの若い母親も少なくない。平日、わざわざ時間をやりくりして来てくれたわけだ……そこに涼子は、小さな手応えを感じていた。

「池内さん、首を傾げると思いますよ」ハンドルを握る由奈が言った。

「どうして？」

「無党派層の取りこみをどうするかって、ずっとぶつぶつ言ってたんですけど、もう取りこんでるみたいじゃないですか」

「ここの人口、どれぐらいか知ってる？」涼子は肩をすくめた。「県全体のデータからすれば、誤差みたいなものよ」

「でも、幸先《さいさき》いい感じじゃないですか」

「それは否定しないけど……あ、そこで停めてくれる？　この先、車は入れないから」

「いいんですか？」

「ここからは一人で大丈夫だから。あなた、先に家に帰って、食事を済ませておいて」

「本当にいいんですか?」

「だって、おかしいでしょう? 今日は一応、同窓会——みたいなものなんだから。同窓会に後輩がくっついてきたら、周りも困るじゃない」由奈も高安高校出身なのだが、涼子とは世代がまったく違う。

「じゃあ、お言葉に甘えて」ハンドルを握ったまま、由奈がひょこりと頭を下げる。

「二時間後に、会場にお伺いしますから。それで救出します」

「救出じゃないけどね。今日は気楽な会合のはず……だから」涼子は苦笑した。車が路肩で停まったので、すぐにドアを開ける。「今日、オムライスだといいわね」

「何ですか、唐突に」

「うちの父親が作るオムライスは絶品だから。ケチャップが手作りで美味しいの」

「すごいですね。こだわりの宿なんですね」

「頑固オヤジだけど、味は確かだから……じゃあね」涼子はドアを閉めた。軽自動車らしく、ぺこんと軽い音が響く。

　今いる場所は駅前のメーンストリートなのだが、ようやく車がすれ違えるほどの幅しかない。センターラインに当たる部分には融雪パイプが埋められており、冬には地下水を汲《く》み上げて流す。そのお陰で、日本有数の豪雪地帯なのに、道路には雪が積もらない。昔は、地下水の汲み上げで地盤沈下が起きると言われていたものだが、相変わらず冬には雪を溶かす水が流れ続けている。

スキー、そして温泉の街らしく、道路の両側には土産物店や飲食店が建ち並んでいる。冬場には結構賑やかになるのだが、今は閑散としていた。そして全体に古びている……涼子が中学生の頃はバブル経済真っ盛りで、年間の観光客数は六百万人を超えていた。景気がよく、店を新築したり模様替えしたりした人も多かったので、全体に小綺麗で清潔な感じだったのだが、今はすっかり色褪《いろあ》せている。シャッターが閉まったままの店も目立った。

これから行く店は馴染みだ。五年に一度開かれる高安高校同窓会の会場なのだ。最初が二十三歳の時、最後は……もう四年前、高校卒業二十周年の時だった。本来は、来年が卒業二十五周年の同窓会なのだが、今回はそれを一年早めてもらったようなものである。もちろん古屋が声をかけてくれたのだが、果たしてどれぐらい人が集まるだろうか。高校三年の時、同じクラスにいたのは四十五人。最初の同窓会では三十五人も集まったのだが、その後は徐々に減ってきた。それでも涼子は、毎回何とか時間に都合をつけて出席してきた。昔の仲間は多くが地元に残っているので、なかなか会う機会がなかったし、選手時代の自分を応援してくれた恩に報いたかったから。

会場は居酒屋というか料亭というか、この街では終戦直後から続いている大きな店である。一階は居酒屋風のテーブル席だが、二階は宴会に使える大きな部屋が二つ……今日は、そちらのうち大きな部屋が会場に用意されていた。

店に入って、まず驚いた。いきなり一列に並んだ店員から挨拶されたのだ。それも客としてではなく、有名人を迎える感じで……営業スマイルではなく満面の笑みである。オリンピックでメダルを取った後もここで同窓会をやったのだが、あの時でさえここまで盛り上がらなかった。知事選への出馬は、これほどインパクトがあるものだろうか。

靴を脱いで二階に上がり、大部屋の前に来た瞬間に歓声が上がった。声の主は都子《みやこ》にあおい。二人とも今は結婚して専業主婦になり、地元に住んでいる。部屋に入ろうとしていた二人が涼子に駆け寄り、腕を取った。

「涼子、びっくりさせないでよ。いきなり知事選に出るなんて」都子が非難するように言ったが、顔は笑っている。昔からこうだ。騒ぎ屋……何かあると一番最初に食いついて、周りも巻きこんでしまう。

「ごめんね、いろいろあって」

「今日、三十人ぐらい集まるって」あおいが細い声で告げた。図書委員……どちらかというと暗く、完全体育会系の涼子とは正反対の性格だったが、高校の三年間はずっと同じクラスで、一番親しい女子だったと言っていい。遠征や合宿で学校を休むことが多かった涼子にとっては、知恵袋のような存在でもあった。

「そんなに？」涼子は目を見開いた。

「皆、涼子に会いたいのよ」笑いながら都子が言った。「あ、そうだ。写真撮ってくれない？」

「後で皆で撮るでしょう？」

写真撮影は、現役時代からよく求められた。一応、応じてはいたが、実際は写真を撮られるのは好きではない。しかし今後は、昔よりも愛想よく応じていかないといけないだろう。

「いいから、いいから。スリーショットで」都子は強引だった——顔は笑っていたが。

「じゃあ、撮ろうか」

三人が横に並び、都子が自撮りで写真を撮影した。撮り終わると、「私もいい？」とあおいが遠慮がちに切り出す。

「もちろん」と言って、あおいのスマートフォンを借りた。あおいは小柄で腕が短い。長身で腕が長い自分が自撮りした方が、綺麗に三人の姿が入るだろう。

「あ、ごめん……ネットに上げないでね。いろいろうるさいみたいだから」涼子は二人に頼みこんだ。

「分かってるわよ」

都子の口調は軽かったが、涼子は安心した。都子は昔から調子がいいタイプなのだが、基本的には勘がよく義理堅い。不快な思いをさせられたことは一度もなかった。

部屋に入ると、女子の喚声が上がった。こんなところで人気者になってもしょうがないんだけど……畳の部屋にはきちんと個人用の膳がセットされているのだが、そういうのを無視して、同級生たちがわっと集まって来る。写真撮影をねだる者、サインを求める者……かすかな戸惑いと高揚感を覚えながら、涼子は全てをこなした。

一段落すると、古屋が手を叩き合わせて声を張り上げた。広い部屋なのだが、マイクを使っているかのようによく通る。さすが、「高安高校野球部史上、最高の三塁コーチャー」と言われただけのことはある。夏、体育館で筋トレしている涼子の耳にも、彼の声ははっきり聞こえてきたものだ。

「おい、じゃあ、撮影会が終わったら始めようぜ」

それを合図に、涼子の周りに集まっていた同級生たちが適当に座った。涼子の左隣はあおい。右隣は吉川《よしかわ》――サッカー部の吉川？　涼子は、思わず二度見してしまった。本当に吉川？　こんなに顔が丸かった？　四年前に会った時には、まだ高校生の頃の面影が残っていたものだが、その時に比べて顔は二倍ほどにも膨れ上がっているように見える。腹も突き出て、全体に破裂寸前の風船のようだった。女子はほとんど変わっていない――高校生の時の延長線上で歳を重ねた子が多いのだが、男子は結構ルックスが変化している。ほとんどの人が太るか、髪が寂しくなっており、三十代から四十代での加齢の影響は、男の方が大きいのだとはっきり意識する。

全員が座ったのを確認して、古屋が一人立ち上がった。

「今日は臨時の同窓会ということで、お疲れ様でした。同窓会っていうけど――皆分かってるとは思うけど、これは涼子の決起集会だからな」

軽い笑いが広がる。それを見て古屋が笑みを浮かべ、涼子に向かってうなずきかけた。

「涼子は、まったくバックがない状態で、知事選への出馬を表明した。だけど俺は、涼子は十分やれると思う。世界の大舞台で活躍した人間なんだから、県政を仕切っていくぐらいは簡単だ――もちろん、行政は専門じゃないけど、モノが違うんだよ。行政手腕なんか、後からついてくるんだから、とにかく涼子を知事にしちまおうと思うんだ。俺はもう裏方として、人も金も出して涼子を応援してる。で、これから大事なのは、皆の協力なんだ。涼子の人柄や度胸は、皆知ってると思う。県政に新風を吹きこませるためには、涼子のような存在が必要じゃないか？　俺からもよろしく頼む。地元で盛り上げていこうじゃないか」

大きな拍手。裏方を自任していても、やっぱり古屋は喋りが上手い。元々、自分を応援しようと集まってくれた人たちなのだが、これで意識が一つになったと涼子は感動した。

「涼子、乾杯の音頭ついでに一言喋れよ」古屋が促した。

「私でいいの？」

「もちろん！」と声が飛び、笑い声も広がった。涼子は立ち上がり、全員の顔をぐるりと見回して話し始めた。

「今日はどうもありがとう」素早く一礼。「こんなにたくさん集まってくれて、正直びっくりしています。東京へ出ている人以外は、全員集合した感じじゃない？」

「正確には」古屋が声を上げた。「一人を除いて、だ。石山《いしやま》は一昨日《おととい》アキレス腱を切って、入院してる。フットサルをやってて、いきなりブチッときたらしい」

「歳なんだから、皆気をつけようね」古屋の話を受けて涼子が声を上げると、笑いが広がった。「……とにかく、急な話で驚かせてごめんなさい。私も、急に気持ちが固まったんです。でも、県政にかける思いは真剣だから。知事になってすぐに、大きな仕事ができるとは思っていません。私は政治や行政には素人だから……でも、オリンピックを招致するという公約は絶対に実現させます。私はオリンピックに出て、人生が変わりました。あの特別な空間を、皆にも味わってもらいたいの。経済効果とか、いろいろなことが言われるけど、あの雰囲気を経験してもらうことの方が大事なのよ。この県を元気にしたい——そのために、私が知事になってオリンピックを招致したいと思います」

　言葉を切った瞬間、拍手が湧き上がる。何だか演説のようになってしまったけど、もう一言。

「私はこの街の出身です。十八歳で離れたけど、家族は今でもここに住んでいるし、しょっちゅう帰って来ていました。現役時代は、毎年のように合宿も張っていました。だから、ここは、今でも私の地元。地元の皆の応援をもらって、それをベースに知事選を戦いたいと思います。じゃあ……グラスはいいですか？　乾杯！」

乾杯、の声が綺麗に揃った。ほっとして、涼子は立ったままビールを少しだけ呑んだ。腰を落ち着けると、あおいがさっそく話しかけてくる。

「こっちの市役所関係は、上手くまとまるわよ」

「そう？」あおいは大学進学で一度地元を離れたが、卒業後は戻って来て市役所に入り、ずっと教育委員会で働いている。地元の情報は耳に入っているはずだ。

「だってあなた、元々市民表彰を受けてるじゃない。市役所の中にもファンが多いから」

「でも、市長が民自党と近い人でしょう」

「そこは気にしないで」あおいが笑みを浮かべる。「市長も個人的にはあなたのファンだから」

「ありがたい話ね」そういう感覚がどこまで通用するかは分からない。小さな街における市長の影響力は極めて大きく、味方につけるか敵にするかで、票の動きが変わってくる。

「建設関係は、俺の方で取りまとめられると思うぜ」

吉川が口を開く。そうそう、この男は父親の跡を継いで、建設会社の専務になってい る。数年のうちには社長になるだろう。

「そちらも民自党寄りじゃないの？」

「普通の選挙ならな。でも、北村さんが亡くなってから、ちょっと緩んでるんだ」

北村の名前が出て、かすかに緊張した。彼はやはり、地元に大きな影響を与えてきたわけだ……。

「何か動きがあれば、またまとまれる。お前が知事選に出るなら、俺が一本化するよ」

「ありがとう」

「いや、こっちもありがたいんだ」吉川がニヤリと笑う。「本当にオリンピックが来たら、うちの業界にとっても大チャンスだからな。オリンピック招致は、いいことずくめなんだよ」

「そうなるように頑張るわね」

吉川の話は生々しいが、ありがたい情報である。建設業のネットワークは非常に広く強い。そういうネットワークに対する批判もあるが、使えるものは何でも使わないと。

「ただ、建設業協会は民自党べったりだから、表立っては動きにくいな」

「それは分かってるわ」

宴席で、涼子はほとんど酒を呑まず、料理も口にせず、出席した全員と話した。応援は確実に取りつけられたと思ったが、悩み相談をされると、知事の仕事の難しさを実感する。この県が長期低落傾向にあるのは間違いないのだが、解決策はたった一つ、景気を回復させるしかない。ほぼ全員が、いつまでも回復しない景気に悩まされているのだ。

オリンピックが雇用や地元経済に与える影響を、もっと具体的に数値化しないと。どれぐらいの人に仕事が回り、経済効果はどれほどになるのか。この辺は、代理店に調査を頼んでいる。

取り敢えず、この非公式同窓会は開いて正解だった。地元ならではの温かさに、涼子はかすかに自信が芽生えるのを感じた。問題は、自分の出身地以外の多くの街だ。名前と顔が売れているから、集会を開き、演説をすれば人は集まるだろう。ただそれが、確実に票につながる保証はない。

それでもこれは、県内行脚の第一歩として最高の出だしだ。「地元を大事にしなさいよ」という池内のアドバイスは当たっていると思う。

3

高桑一夫《たかくわかずお》という男は、県議として信頼はできるがパッとしない——少なくとも見た目は。小柄で首が短く、上から巨人の手で押さえつけられているようにも見える。今もトライアスロンの大会に出るほどだから、健康そのもののはずだが、一見したところでは元気満々という感じでもなかった。

　例によって「水亀亭」の洋室。呼び出された高桑は明らかに警戒していた。呼ばれた理由は、何となく察しがついているに違いない。ここへ来るまでに、様々な計算をしてきたことだろう。それでこの様子なら――乗り気ではないな、と安川は予想した。

　高桑はよく陽《ひ》に焼けている。先月、大会に出たばかりだというから、その影響だろうか。改めてすぐ近くで見ると、小柄だががっしりした体型だと分かる。

「高桑さん、ここへ呼ばれた理由は……分かってるでしょう？」前沢が切り出した。

「知事選ですか？」高桑が慎重な口調で答える。

「まさにその通り」前沢がうなずく。「白井副知事が亡くなって、新しい候補を立てざるを得ない状況になった。様々な人材を検討してきて、あんたに白羽の矢が立ったわけだ」

「私の前に、牧野先生に声をかけたそうですね」依然として遠慮がちに高桑が訊ねる。

「牧野先生は、身体検査で引っかかった」前沢が打ち明けた。

「ああ……なるほど」

「そこで高桑さん、あんたの出番なんだよ。牧野先生に声をかけたのは、我々としては大失敗だった。最近は、身体検査をしっかりやった後でないと、声もかけられない」

「私は何番手なんですか」

高桑の声に、かすかに苛立ちが混じる。今の前沢の持ちかけ方はまずいな、と安川は眉をひそめた。Aが駄目だからB……選ぶ方としては当然なのだが、自分が最優先でないと分かって、機嫌よくいられる人間はいない。

しかし高桑は、一瞬表情を変えただけだった。すぐに、能面をつけたような無表情に変わる。

「高桑さん、無礼はご容赦いただけないか」安川は頭を下げた。「なにぶんにも緊急事態で、こういう状況になってしまっている。我々の読みが甘かったと言われれば、その批判は甘んじて受け入れるよ」

「とんでもない」

「本来は、何かあった時のためにバックアップを考えておくべきだった」

「白井さんがあんなに急に亡くなることは、誰にも予想できませんよ」

「……というわけでだ、高桑先生、知事選への出馬をお考えいただけないか」安川は高桑の目を真っ直ぐ見つめて言った。

「一つ、聞かせてもらえますか」高桑が切り出した。「牧野先生は、どうして外されたんですか？　身体検査で何が分かったんですか？」

前沢が黙って、右手の小指を立てて見せた。それを見て、高桑が顔をしかめる。

「本当にそっちの問題だったんですか……東京で？」

「そう」

「まあ、牧野先生ならいかにも、という感じですよね。それこそ、想定していて然るべきだったでしょう。しかしご本人は、それで納得したんですか？　だいぶ乗り気になって、周囲にも話していたみたいですよ」

「話はどこまで広がっていたのかね」前沢が心配そうに訊ねる。

「正確には分かりませんが、地元では既成事実になっていたようです」

「それはよろしくないですな」前沢が眉をひそめ、安川を見やった。

「よろしくないことは分かっているが、こちらでは推さない——決めたことは覆らない」

「変なことにならないといいんですがね」高桑が顔を擦る。

「変なこととは？」高桑を見ているうちに、安川も心配になってきた。そう、この男は慎重——というか心配性だった。それも、周りに伝染するような心配性。

「代議士を辞職して、無所属で知事選に打って出る可能性はないですか？」

「あの男もそこまで馬鹿じゃないだろう」前沢が鼻を鳴らす。「だいたい、民自党の後ろ盾がなくて何ができる？　見栄えだけでは選挙は勝てないんだ」

「それならいいんですが……だいぶカッカしているという噂も聞いてますよ」

「恨みは買っただろうな」安川はうなずいた。「しかし、どうなるか分からないことに気を揉んで心配しても仕方がない。まず、高桑さんに首を縦に振っていただかないと、何も始まらないんです」

「正直、私では力不足ではないですか」淡々とした口調で高桑が言った。「全県区の人間ではありませんし、見栄えもよくない。自分の選挙区以外の人間は、私が誰かも知らないでしょう」

「高桑さんには強みがある」安川は引かなかった。「あなたの選挙区は、この街——県都だ。県内の人口の半分近くは、ここに集中しているんですよ。県都の票を固められれば、間違いなく勝てる。私もしっかりバックアップします」

「県都は、人口が多い分、有権者の意識は都会と同じようなものになります。無党派層、浮動票が多い。民自党の後押しで選挙に出て、無党派層まで取りこめるかどうか……政友党があのザマですから、相乗りになっても組織選挙のメリットはないでしょう。知事が選挙を戦った時代とは、状況が違うんですよ」

「それは承知している」想像していたよりもさらに慎重な男だな、と思いながら安川はうなずいた。「承知の上でお願いしているんです。あなたに恥をかかせるようなことはしない」

「そうですか……しかし、即答はしかねます。ご理解いただけると思いますが、私の一存では決められませんからね」

牧野とは正反対の慎重な態度だ。牧野はいきなり乗り気になり、即座に出馬表明しそうな勢いだった。高桑は周りに相談はするだろうし、何より自分の中で状況を見極めようとしているのだろう。果たして本当に勝てるかどうか……知事選に出馬して負けたら、六十歳近い政治家は全てを失ってしまう。彼とて、まだ政治家の仕事は続けたいと思っているだろうし、そのためには県議の地位にしがみついているのが一番安全なのだ。

「あまり時間はないんだ」前沢が高桑を急かした。

「それも分かります……一つ、確認してもよろしいですか」

「もちろん」前沢がうなずく。

「私が断ったら——私の後に候補者はいるんですか」

「いや」安川は即座に否定した。「あなたが最後の候補者だ。もしも断られたら、民自党としては今回の知事選に独自候補は出せない。あなた以外の候補だったらまず勝ち目はないし、ただ立候補したという実績を作るためだけに候補を立てるのは無意味です」

「そうですか……」高桑が腕組みをする。しばしうつむいて考えていたが、ほどなく顔を上げ、安川、前沢と順に見た。「しかし、私で勝てると真面目にお考えですか」

「絶対に落としません」

「中司女史に勝てると？」高桑が念押しした。「彼女の知名度は脅威ですよ——何しろこの県の英雄なんだから。県民栄誉賞の受賞者に戦いを挑むのは、はっきり言って分《ぶ》が悪い。思い切って、民自党の推薦を受けてもらう手もあるんじゃないですか？　それなら、ウィンウィンの結果に終わるでしょう」

「中司女史は、あくまで無所属にこだわるようです。調査の結果、間違いない感触を得ている」

「政党の色は排除したいということですか……」高桑が目を細める。「既に県内各地で集会を始めているようですが、かなり人を集めているそうですね」

「その情報は、こちらも把握している」安川はつい渋い表情を浮かべた。

涼子が各地で開いているミニ集会には、民自党の関係者を潜りこませている。彼らからの報告を聞く限り、涼子を受け入れる有権者の姿勢は「好意」に止《とど》まらず「熱狂」のレベルに達しつつあるようだ。その涼子は、明日、とうとう県都に進出して講演会を開く。表向きは「メダリストに聞く若手の育て方」というテーマ——この講演自体は半年前から開催が決まっていた——なのだが、選挙についてノータッチのはずがない。告示前だから、投票を呼びかけるわけにはいかないだろうが、言及はするだろう。

「対立軸を作らない方向で話を進めているようですな」高桑が言った。

「そのようだね。多少、私の悪口を言ってくれた方が、対処のしようがあるんだが」

「安川知事の実績を批判するような材料は何もないでしょう。お辞めになるわけですから、多選批判もできない――対立候補がはっきりしないわけですから、他の誰かに噛みつくようなやり方もできないでしょう。案外面倒臭い状況だと思いますよ。オリンピック招致の実現可能性は極めて低いと思いますが、夢ではあります。具体的な、身を切るような話ではなく、夢の方が人を集める」

「もう、きちんと分析しているようですな」

安川が指摘すると、高桑が渋い表情のままうなずいた。あるいは高桑は、密かに「自分の番」が回ってくるのを心待ちにしていたのかもしれない。こういうタイプの政治家もいる。自分から手を挙げることは滅多にないが、風の流れを読み、やってきたチャンスは確実に摑む。

だったら、わざわざ「時間を下さい」などという必要はないのだが、これも一つの儀式ということか。

「一週間、待ちます」安川は人差し指を立てた。「八月末までに返事をもらえますか？　これは今後四年間――さらにその先の県政を決める大事な決断だ。しかし時間はないんです。高桑さんにも、できるだけ早い決断をお願いしたい」

安川は頭を下げた。高桑がうなずき返す。表情は真剣――そして目に力がある。冴えない男と思っていたのだが、やはり芯には強い部分――野望があるのだろう。政治家だから当たり前なのだが……安川は、高桑に自分の人生を投影して見ていた。六十近くになってから、まったく新しい人生を他人から与えられた。自分はそれを摑み、その後の十六年間、充実した人生を送ってきたと言っていい。

高桑にも、そういう充実感を得る権利はある。当選できさえすれば。


知事室は、重山川沿いにそびえ立つ県庁の十八階——建物自体は十九階で民報の本社ビルより低い——にあり、重山川の悠々たる流れを一望できる。さらにその向こう、市の中心部も。

昔の県庁は重山川の西側にあり、戦後すぐに建てられた四階建ての建物だった。県の仕事が拡大していくに連れて庁舎は手狭になり、近くにいくつもの「別館」が造られた結果、仕事はかえって煩雑に、不便になった。新庁舎の建設が決まったのは二十五年前、実際に竣工《しゅんこう》したのは二十年前だった。つまり安川は、この新しい庁舎しか知らない。

この辺りは、県庁ができるまでは単なる住宅街だった。他のランドマークといえば、安川の母校でもある第一高校ぐらい。県庁が移転してきてから、ゆっくりとだが行政の中心としての顔ができあがってきた。「新都心」という感じだろうか。

しかし、ここから見える重山川の西側、繁華街が羨ましい……市内で一番幅員の広い「重山大橋」のすぐ向こうに広がるのが、江戸時代には花街だったという新町だ。最近はそこそこ背の高いマンションも何棟か建ち、再開発が進んでいる。かつての県庁はその繁華街の奥にあり、跡地には市役所が引っ越していた。県庁の職員たちに言わせれば、市役所職員の方がはるかに恵まれている——それはそうだろう。新町なら、昼休みにゆったり美味いものを食べるにしても、仕事終わりに一杯やるにしても、店には事欠かない。一方県庁付近は、新しい街ということもあって、飲食店は極端に少なかった。せいぜいがファミリーレストランなどのチェーン店ぐらいで、畢竟《ひっきょう》、昼飯は県庁内の食堂で済まさざるを得なくなっている。

今日は、昼食は先送りだ。いや、食堂に頼んでここに持って来させるか——とにかく、昼飯よりも先に確認しておかねばならないことがある。

パソコンにUSBメモリを挿し、中に入っている動画を再生する。一瞬、頭がくらくらした。小型ビデオで、しかも手持ちで撮影したのだろう。時に画面が不安定に揺れ、船酔いするような予感がしてきた。

知事室長の森野が入って来る。

「昼食、どうされますか？」

「後で食堂から取ろうと思っていた」安川はパソコンの画面を凝視したまま答えた。

「ちょっと離れられないんでね」

「それ、もしかしたら昨日の中司女史の講演ですか？」

「ああ」

「盛況だったみたいですね。市民会館が満席になったそうです」

「あそこ、何人入るんだ」

「五百人少し、ですかね。県民会館だと一気に増えて千五百人になりますが」

「今の勢いなら、県民会館も埋められそうだな」

カメラを持って潜入した人物は、正面のやや左側、かなり前の位置から撮影していた。あくまでステージ上の涼子を中心に撮っているので、客席の様子ははっきりとは分からないが、満員になっているのは間違いなさそうである。

「蕎麦《そば》を頼んでもらえるか？」安川は画面に集中したまま森野に頼んだ。

「いつもの——盛り蕎麦で七味もつける、でよろしいですね」

「ああ」

「その動画、私も見せてもらってよろしいですか？」

「あんたと顔を寄せ合って小さい画面を見るのは気が進まんが」

「ご心配なく。ちょっと再生を止めてもらえますか」

言われるまま、動画の再生をストップする。森野がドアを開け、知事室の外に控えるスタッフに安川の昼食を頼んでから、パソコンをいじり始めた。安川のデスクの正面にある大型テレビとパソコンをケーブルでつなぎ、パソコン側で何かを操作する。すぐに、画面が大写しになった。

「画面が粗いな」

「4Kで撮影しているわけじゃないですからね。声が聞こえればそれで十分じゃないですか。それに、雰囲気は分かりますよ」

森野が動画を再生し、近くの椅子を引いてきて座った。安川は眼鏡をかけ、身を乗り出してテレビの画面に集中した。

涼子は黄色いジャケット姿で、壇上に堂々と立っていた。女性にしては背が高いし、まだ現役のアスリートの気配を濃厚に残していて、背筋もピンと伸びている。自分にない最大の武器——若さを完璧に利用しているようだ。安川は、県民栄誉賞の授与式などで何度か彼女と直接会って話したことがある。昔は常に緊張していた印象があるのだが、今、壇上の涼子には緊張している気配さえ見えなかった。既に、大勢の前で喋ることに慣れてしまったのだろう。あるいは天性のものか……こういう適性を持った人はいるものだ。

「中司涼子でございます」

深々と一礼。ビデオカメラのマイクが近くの拍手の音を拾ってしまい、耳障りだった。

涼子は拍手が収まるのを待ち、余裕を持って話を始めた。

「知事選に関していろいろとお騒がせしておりますが、今回はその件は脇に置いて、進めさせていただきます」軽い笑い。「この講演の依頼は、半年前にお受けしたもので、その時は私自身、今回のようなことになるとは思ってもいませんでした。お話ししたいことはたくさんあるのですが、それはまた別の機会、別の場所で……改めて皆さんとお会いできればと思います」

上手いな……安川は思わず唸った。市が主催する講演会だし、告示前だから、選挙のことに触れると問題になりかねない。しかし集まってきた人たちの最大の関心事は知事選だと分かっていて、具体的にならない程度にさらりと触れている。こういうさじ加減は、長く講演をやっている人でないと身につかないのだが……そうか、今回の選挙とは関係なく、涼子は全国各地で講演会を開いてきたはずだ。オリンピックのメダリストなら、一生講演だけで食べていくこともできるだろう。

「今日いただいたテーマは、『メダリストに聞く若手の育て方』となっています。見たところ、子どもさんがスポーツをやっているような年齢のご両親、学校の先生、それに現役の選手の皆さんにも来ていただいているようですね」一瞬言葉を切り、涼子が会場を見回した。「まず初めに申し上げておきます。子どもの頃から夢を持つのは大事だとは思いますが、夢は叶いません。九十九パーセント、あるいはもっと高い確率で、夢は夢のままで終わります」

おいおい、何を言い出すんだ？　安川は啞然とした。こういう講演会で聴衆が期待するのは、成功譚《たん》である。自分はいかに努力し、どういう原因で成功したか。聞く方は、それを少しでも自分に取り入れたがる。特にスポーツ関係者は、何としてもノウハウを吸収しようと必死に聞くだろう。涼子はいきなりそれをぶち壊した。

「私の夢も叶いませんでした。今回、オリンピックメダリストという肩書きでこういう場に立たせていただいていますが、私のメダルはあくまで銅メダルです。同時代、同じ種目で競った中での三番目で、一番上ではありません。私の上にはあと二人いました。三位になりたくて競技を続ける人はいないわけです——私の目標は、あくまでオリンピックでの優勝でした。そういう意味では、私は子どもの頃からの夢を叶えることができないままで引退したのです」

いきなりマイナス方向へ思い切り話を振ったな……ところが涼子は、そこから話を引き戻し始めた。

「同時代に一番になれる人は、一人しかいません。仮に、そういう競争ではなく、別の種類の夢を持っていても、叶う確率は極めて低いのです。しかも夢が遠くにあればあるほど、その確率は低くなる。普通に考えれば、夢など持たずに淡々と毎日を生きていく方が幸せなのです。それが分かっていて、人間は競い合う。誰かに勝ちたいと思う。何故でしょう？　人間という生き物は、諦めが悪いからです。一度負けても、次は勝てる、大きな夢もいつかは叶う、そういう諦めの悪さがあるからこそ、人間は頑張っていけるのです」

なるほど、上手いな……いつの間にか、安川は腕組みをして画面に見入っていた。会場はしんとして声もない。涼子の話にすっかり聞き入っているのは明らかだった。

遠慮がちにノックの音がして、森野が映像を止めた。ちらりとドアの方を見て告げる。

「知事、食事は済ませておいた方がいいですよ。この講演会、一時間かかったそうですから」

「そうするか」

ドアが開き、昼食の蕎麦が届いた。自分のデスクで食事をする気にはなれないので、会議用のテーブルに置いてもらう。森野が前に座った。誰かに見られながら蕎麦をするのはあまり楽しいことではないのだが、仕方がない。安川はいつものように、盛り蕎麦に直接七味唐辛子をかけた。蕎麦つゆに唐辛子を入れるやりかたもあるのだが、それだと辛味が飛んでしまう。蕎麦つゆに溶けないように唐辛子の辛味を楽しむためには、この方法しかない。

「彼女は、想像していたよりも喋りが上手いな」

「強敵ですよ」森野も認めた。「講演会もそうですが、テレビでの喋りも上手い。場慣れしているんですね」

「観客の反応もいいな」

「まったくです。知事選の公開討論会もこんな感じになると思うと、怖いですねえ……

高桑さんは、そんなに演説が上手い方じゃない。むしろ喋りベタです」

「喋りで中司女史に対抗できるのは……」

「牧野さんでしょうが、今更それを言っても仕方ないですね。まあ、牧野さんは表面だけの人ですから、すぐにボロが出るでしょうけど。あの人は、本当に誠意がないというか、薄っぺらい」

「知事室長として、不適切な発言だな」

「すみません」森野が頭を下げた。「しかし、これは事実ですよ」

「世の中には、ああいう人もいるんだよ。まったく誠実さが感じられないのに、当選してしまうような人が」

「しかし、女性に関してだけはマメなようですね」

「それは間違いないが、そのせいで株はすっかり下がった」

そそくさと蕎麦を食べ終え、安川は講演の後半を観た。強烈な前振りで客を摑んだ後は、具体的な話——それは肉体的、精神的なトレーニング方法の話だったので、安川にはまったく関係ない。しかし話には引きこまれた。涼子の話は、しっかりと心に届くのだ。

これはやはり強敵だ。安川は、今から公開討論会が心配になった。告示前には、地元の青年会議所主催による立候補補予定者の公開討論会が開かれるのが、ここ最近の選挙のお約束なのだが、果たして高桑は涼子よりいい印象を残せるだろうか。もちろん、行政的な話になれば高桑は立て板に水で現在の問題点を指摘し、解決策を提示できるはずだ。しかしより大きなビジョン――夢を見せる能力は、涼子の方がはるかに優れているのではないか。冴えないおっさんが、きりりとした女性アスリートに完敗する――そんな構図を想像して、安川は鬱々たる気分になった。

4

九月を目前にして、選挙準備はスピードを上げて進み始めた。涼子自身もいちいち流れを把握できないほどに……全てを取り仕切っているのは池内だが、年齢を考えると信じられないほどのパワーで準備に取り組んでいる。事務所の用意、ボランティアスタッフの確保、金の計算――頭が下がる思いだったが、よくよく考えてみれば、池内には相応の謝礼を払うことになる。
雑居ビルの一階に発足させた事務所には、常時五人ほどのスタッフが詰めてくれることになった。その中心になっているのが、大学生のボランティアである。リーダー格は都子の娘、美葉《みわ》。今年十八歳――都子の娘が十八歳になっていたのも驚きだったが――になった美葉は、地元の国立大学教育学部の一年生である。母親に尻を叩かれたせいもあるが、事務所のボランティアとして手を挙げてくれたのだ。こういう形で若い人が参加してくれるのは本当にありがたい。しかも美葉は学内で顔が広く、何人ものスタッフを集めてくれた。

この日はたまたま、スタッフとゆっくりと会話を交わす時間があった。というか、これも仕事……政策を詳しく紹介する小冊子を作っていて、その校正作業があったので、事務所に詰めざるを得なかったのだ。

実際に小冊子の文章を作ってくれたのも、美葉たちである。普段から涼子の話をよく聞いているためか、文章はまるで自分で書いたもののような感じさえした。これなら、校正作業はすぐに終わるだろう。しかも美葉たちは、パソコンを持ちこんで、編集ソフトで小冊子を組んでいた。何でこんなことができるのかと聞いてみると、大学の新聞部の人間が参加しているからだという。おかげで、完成データをそのまま印刷業者に回せるので、時間を節約できる。

今日はこの子たちを連れて食事にでも行こうか、と思った。池内からは、「週に一度は夜に何もない日を作れ」と言われていた。体力を温存し、気分転換するための休日。涼子としては、毎晩支援者と会って話をしていても全然平気なのだが、池内は強制的な「休み」を譲らなかった。自分でも知らないうちに疲れが溜まり、選挙本番で体調を崩してしまうこともある。それだと本末転倒ではないか——。

この人数――今日はボランティアが四人いた――だと焼肉がいいかしらと考え始めたところで、一人の男が事務所に入って来た。

「失礼します……」

三十歳ぐらい、ひょろりとした体型の男で、どことなく頼りない。数人の目が一斉に自分の方を向いたのに気づき、次の言葉が出てこなくなってしまう……頼りないだけでなく弱気なのか？　しかしすぐに気を取り直したように、涼子に声をかけてきた。

「中司さんですね？」

「そうですが」

「私、牧野崇史の秘書で飯山《いいやま》と申します。中司先生ですよね？」

「先生ではありませんが」涼子は、部屋の真ん中に置いてある作業用の大きな机から離れた。折りたたみ式の長机を二つくっつけたもので、書き物をしたり、打ち合わせをする時も常にここを使う。「私が中司です」

飯山と名乗った男は、深々と頭を下げた。牧野は四区選出の代議士だが、一体何の用事だろうか……まさか、民自党との協力態勢について？　いや、それはおかしい。そういう話なら、県連トップが出てくるだろう。今の民自党県連会長は、一区選出の代議士・前沢である。

「ちょっとお時間をいただけますでしょうか。牧野が、お話ししたいことがあると申しておりまして」

「それでわざわざこちらへ？　電話でもいただければよかったのに」

「本人が足を運んだということで、状況をご理解いただきたいのです」

それだけ重要な用事ということか……涼子は少しだけむかついていた。せっかく俺が来てやったのだから話を聞け——まさに政治家の傲慢さを象徴するような話ではないか。

涼子は、心配そうにこちらを見ている由奈に目配せした。由奈がすぐに飛んで来る。

「秘書……というか、仕事を手伝ってくれている中江由奈です。同行させてもらっていいですか？」涼子は打診した。

「もちろんです。大きい車を用意していますので、どうぞ」

一瞬の判断で、涼子はこの話に乗ることにした。一体何のことか想像がつかないが、「会いたい」と言う人を無視はできない。

外へ出ると、事務所の前の道路に真新しいワンボックスカーが停まっていた。夕方で、一番左側の車線はバス優先になるので、あまり褒められた行為ではない……涼子は急いで車に飛び乗った。由奈は助手席に滑りこむ。

「どうも、お初にお目にかかります」横に座る男——牧野だ。

「初めまして」

隣同士に座った状態で名刺交換。何だか間抜けな感じもするが、仕方がない。涼子はすぐに、運転席に座る飯山に「出して下さい」と声をかけた。

「この時間は、バスの優先レーンです」

ワンボックスカーが静かに走り出す。乗り心地のいい車だ、と涼子は感心した。自分も移動用にようやくワンボックスカーを導入したが、走行距離五万キロ超の中古である。

「急に、すみませんね」愛想のいい口調で牧野が言った。横に座っているのではっきり顔を見ることはできないが、評判通りのイケメン……「顔で当選している」と悪口を言う人がいるのも分かる。

「とんでもありません。お急ぎの用件なんですよね」

「急ぎと言えば急ぎ……ご挨拶するなら早い方がいいかと思いましてね」

「単なるご挨拶ですか？　それでしたら、呼んでいただければ私の方から伺いましたのに——先輩に申し訳ないです」

「いやいや、偉大な後輩には敬意を表さないと」

牧野は、高安高校の三年先輩だ。高安高校のある五区ではなく四区から出馬しているが、OBであることに変わりはない。同じ時期に在籍していたことはなかったが、当然顔も名前も知っている。向こうも同じだろう。それにしても、現職の代議士が立候補予定者にわざわざ会いに来るのは奇妙だ。しかも牧野は民自党の代議士であり、無所属を明言している自分に用事などないはずなのに。

頭の中でめまぐるしく考えが回る。何かがおかしい——危険な状況が待っている可能性が高い。

「今回は、勇気ある決断でしたね」牧野が切り出した。「完全無所属で選挙に臨むのは大変だと思いますよ。私など、民自党の後押しを受けても毎回選挙では苦労しています」

「そんなことはないでしょう。毎回大差で当選されてるじゃないですか」

「結果的にそうなっているだけです。無所属などとても……世界の舞台で戦ってきた方は、度胸が違うんでしょうかね」

無駄な持ち上げ方だ。涼子はますます警戒した。

「まったく未知の世界ですから、これまでの経験が生きるかどうかは分かりませんが」

涼子は一歩引いた発言に留《とど》めた。

「私は、ぜひあなたを応援したい。高安高校の先輩としても」

「それは……ありがとうございます」

返事がない。不気味な感じがして、涼子は窓の外に目をやった。車は市内一番の目抜き通り、新町通りを駅の方へ向けて走っている。車の中というのは、密談するにはあまりいい環境ではない。助手席に座る由奈が当てになるとは思えないし。夕方、車は増え始めて、のろのろ運転が続いているから、いざという時には走っている車から飛び降りてしまおうか。

「党派の壁を越えて、あなたを応援したいんです」牧野が再度切り出した。

「それは、相当難しいんじゃないですか」涼子はやんわりと反論した。「民自党は独自候補を立ててくるでしょう。そういう状態で私を応援するのは、党に対して反旗を翻すようなものですよ」

「実際、そのつもりです。民自党の県連は、判断能力も決定能力もない。この身を預けておくのが不安になりました」

「何かあったんですか」涼子は思わず、子どものような質問をしてしまった。

「まあ、長く政治家をやっていれば、いろいろなことがあります」牧野がうなずく。

「常に党と百パーセントいい関係でいられるとも限らない。だったらあなたを応援して、県連にお灸《きゅう》を据えるのもいい」

「私を利用するんですか？」

「いや、これは失礼」牧野が慌てて言った。「そんなつもりは毛頭ありません。私が個人的に、勝手に応援させてもらうということです。いわば勝手連ですね」

「そうですか……」

にわかには信じられない。何か裏があるのではないか？　牧野は、民自党のスパイとして自分に近づいてきたとか……民自党はまだ推薦候補を決定していない。内部でかなり揉めているのは間違いないはずだ。

「今日は、それをお知らせしようとして、こちらを訪ねて来ました」

「お気持ちはありがたく受け取りました。しかし、牧野先生が表立って私を応援して下さったら、私に民自党の色がついてしまいます。もしも牧野先生が民自党から離れて、ということなら話は別ですが……」

「今は、政党が溶解しつつある時代です。自分の信念に従って、共感できる人を応援するのが自然ではないですか。オリンピックの招致——素晴らしい考えだと思います。私もこの県でオリンピックが開催されるように、尽力しますよ」

「ありがとうございます」

「言いたいことはそれだけです。当然、あなたの選挙を妨害するようなことはしません」

返事ができない……自分はまったく経験が足りないな、と涼子は情けなくなった。こういう時、ベテランならすぐに相手の声、顔色を読んで真意を見抜けるだろうが。

車はいつの間にか事務所の前に戻っていた。涼子はすぐにドアを開け、丁寧に礼を言ってから車を降りた。車が走り去るのを見送りながら一礼し、交差点の向こうに消えたところで、息を吐いて肩を上下させる。

「何ですか、今の」呆れたように由奈が言った。

「私みたいな政治の素人には理解できないわね」

「一応、録音しておきました」由奈がスマートフォンを取り出して顔の前で振った。

「さすが」池内に聞いてもらえば、向こうの真意が分かるかもしれない。「池内さん、今どこかな」

「夕方には戻って来るって聞いてます」

事務所に入ると、池内がパソコンの前に座っていた。ほとんど左右の人差し指しか使っていないが、かなりのスピードでキーボードを叩いている。涼子を認めると、さっと右手を挙げた。

「ちょっといいですか」

「もちろん」

涼子は先ほどの状況を説明した。聞いているうちに、池内は何度も首を傾げた。

「録音もしてあります」

由奈が自分のスマートフォンを差し出すと、池内がうなずきかけた。

「後で私のパソコンの方にコピーしておいてくれないかな。今聞いた話だけでも十分だけど——十分、不自然ですな」

「そうですよね」涼子は彼の横の椅子に座った。「何を考えているか、分かりません」

「返事はしなかったでしょうね？」

「返事しようもないですよ」

「それなら結構……これは、彼自身の問題じゃないかな」

「そうですか？」

「党の方と何かトラブっているとか。それで反発して、あなたの応援に回る——やはり、あなたを利用するつもりでしょう。本気であなたを応援したいわけじゃないと思う」

「民自党は、誰を推薦候補にするかも決めていないはずですよ」

「我々が知らないだけかもしれないし、誰が推薦候補になっても、牧野には関係ないかもしれない。いったい何が起きているのか……残念ながら、私はこの県の政界に伝手がないから、調べようがないな」

「それなら、私の方で何か分かるかもしれません」

「お、もうコネクション作りを始めたんですか？」池内がからかうように言った。

「そういうわけじゃありません。コネは前からあります」

涼子は部屋の隅に引っこんで、自分のスマートフォンを取り出し、結子の番号を呼び出した。この時間だと、車で帰宅途中かもしれない。心配したが、結子はすぐに電話に出た。

「今、運転中？　話していて大丈夫？」

「ハンズフリーだから」

「さすが……ちょっと知恵を貸してくれない？」

「私で分かることなら、もちろん」

涼子は事情を説明し、「民自党の推薦候補選びってどうなってるか、分かる？」と訊ねた。

「牧野さん、という線もあったらしいわよ」

「本当に？」涼子は思わず眉をひそめた。「あったっていうことは、その線は消えたの？」

「たぶん。女性問題があったそうで……身体検査でNGになったみたいね。いかにもな話よね」

結子はそれ以上の情報を知らなかったが、当面はそれで十分だった。池内に告げると、彼が呆れたように両手を広げてみせる。

「これで危険人物認定だな。たぶん、党を逆恨みして、あなたを応援するということでしょう。しっかり距離を置くようにしないと」

5

駐車場のパレットに車を入れて振り返ろうとした瞬間、誰かの気配に気づいた。自分の順番を待っている人間が苛つき、背後から睨みつけてきたのか……まったく、この立体駐車場ってやつは、利用者のことをまったく考えていない。

　こっちは別に喧嘩《けんか》するつもりはないから、頭ぐらい下げてやるか。

　そう思って振り返った瞬間、植田は凍りついた。大本が、ズボンのポケットに両手を突っこんだ姿勢で立っている。無表情――何を考えているか分からない。しかしその視線は、植田をしっかり捉えていた。

　俺に用事か？　しかしこちらから声をかける訳にもいかず、植田は一礼してその場を立ち去ろうとした。その瞬間、「ちょっといいか」と声をかけられる。

「報道部の植田だな？」

「はい」

「編集主幹の大本だ」

「もちろん、分かってます」苦笑しながら植田はまた頭を下げた。

「ちょっと時間をもらえるか？　重要な話がある」

「構いませんが……」植田は駐車場の壁にある時計を見上げた。新聞社の特徴がこれだ――どの部屋にも廊下にも、必ず時計がある。現在、午後八時。決まりものの取材を終えて、一度帰社したところだった。この後久しぶりに、森野の家に夜討ちをかける予定である。何度も足を運べば、向こうの気持ちも変わるかもしれない。

今日絶対に必要な取材とはいえないが、人の都合で予定が崩されるのは嫌だ。それに、目の前の大本が不穏な気配を放っているのも気にくわない。会社の中では「偉い人」――普段植田が気楽に話せるような人ではないので、緊張しているせいもある上に、大本は独特の「怖さ」を発揮している。記者にはよくいるタイプだ。いつもピリピリして、後輩に対しては容赦がない。

「三十分ほど時間をくれ」

言うと、駐車場の出入り口に向かって歩いていく。非常灯の下でぼんやりと姿が浮かび上がる……植田がその場に立ち尽くしたままなのに気づいたのか、振り返ってうなずきかける。仕方なく、植田も歩き出した。

大本は、一階へ続く階段を徒歩で下りた。植田は警戒して、少し離れて後に続いた。大本は気にする様子もなく、さっさと歩いて行く。この時間だと、正面の入り口はとうにシャッターが下りていて、通用口から出入りすることになる。大本はそこから外へ出て、植田を待っていた。

「軽く一杯やるか」

「呑みながら話していいようなことですか？」

「一杯ぐらいでは酔ったとは言わんだろう。それともお前、呑めないのか？」

「仕事の時は、できるだけ呑まないようにしています」

「真面目で結構だな」

皮肉を吐いて、大本がさっさと歩き出す。反発したくなってきた——このまま社に戻ってしまおうかと思ったが、何故か大本には逆らえなかった。

民報の新本社ビルは、市街地のほぼ中心部にある。県庁は二十年ほど前に市街地から少し離れた場所に移転してしまったが、その跡地に新築された市役所までは歩いて五分ほど、県内最大の警察署である中央署までは三分という便利な立地だった。繁華街の新町が近いのもメリットである。

新町には当然、民報の記者御用達の店が何軒もある。行きつけの店はセクション別に決まっているもので、報道部の遊軍がよく使うのは、秋田料理の「田沢湖」、運動部の連中はスポーツバーの「オーレ！」など……大本のような役員はどこの店を使うのだろう。この街特有の料亭文化の伝統に則《のっと》り、植田の給料ではとても入れないような店で、会社の金で飲み食いするのだろうか。

想像もしていなかった店だった。

新町の外れ、アーケード街の端に近いビル……大本は階段で地下に下りると、木製の分厚いドアを開けた。ドアにかかった小さな看板を見て、店名は「acqua」だと分かった。アクア、イタリア語で「水」か。いかにもな感じの店名である。

しかし、店の中は特にイタリア風ではなかった。昔ながらのバーによくある、ウッディな内装。照明は暗く落とされ、低い音量でクラシックのピアノ曲が流れている。奥に向かって細長い店で、長いカウンターには客が三人いるだけだった。知り合い同士ではないようで、それぞれ離れて座り、静かにグラスを傾けている。

大本は何も説明せず、カウンターについてバーテンダーと一言二言話した。警戒した植田は、ドアのところで立ち止まったまま……ほどなく大本は、グラス二つを持ち、植田を見た。

「こっちだ」

こっち、は店の奥の方だった。見ると、右側にガラス張りのドアがあり、そちらは個室になっているようだった。大本の両手が塞がっているので、植田はドアを引いて開けた。中に入ると、ここは喫煙ができる個室なのだと気づいた。煙草の臭いがしっかり残っている。喫煙者なのに、植田はこういう臭いが好きになれない。

中には四人がけのテーブルが一つ。綺麗に掃除された灰皿がぽつんと置いてあった。大本はテーブルの奥に陣取ると、グラスを置き、壁にもたれるようにして煙草に火を点けた。植田は斜め前の位置——ドアに近い方に腰かけ、背筋をピンと伸ばした。何が始まるか分からないから、警戒態勢を解除するわけにはいかない。

「面白いネタがあるんだ」

「わざわざネタの話ですか？」

「当たり前だ。新聞記者が二人揃って、それ以外に何の話題がある？」

あなたは記者とは言えないでしょう、という言葉を植田は呑みこんだ。編集担当役員・編集主幹。新聞作りに最終責任を持つ立場であり、いわば民報の脳であり心臓なのだが、普段記事を書くことはまずない。

「お前、四区の牧野崇史は知ってるな？」

「もちろんです」テストのつもりか、と一瞬むっとした。

「知事選に出るとか出ないとかいう話があるらしい」

「そうなんですか？」中岡から聞いていたが、とっさに知らない体《てい》を装った――今の大本の話しぶりからして、まだ表には出ていない情報のようだ。

「ああ」大本が煙草の煙を天井に向かって吐き出した。「実際には出ないそうだが」

「本人が検討した、ということですか？　それとも誰かが出馬要請したとか」

それもあり得ない話ではないな、と植田は思った。牧野は若いし、ルックスもいい。選挙にも強かったはずだ。最有力の立候補予定者だった副知事が急死した後、知事の後継者として担ぎ出すにはいかにも適した人材と言っていいだろう。本人が色気を見せたのかもしれないし、周りがおだてた可能性もある。

「県連が、候補の一人として接触したようだ。本人も乗り気だったんだが、そのやり方が下手というか……本人がすっかり乗り気になってしまったところで――」

「身体検査で引っかかったんですね？」

大本がにやりと笑った。グラスに口をつけ、一口呑むと、小さく息を吐く。これは確かに、「ネタ」の話に転がっていくのだろうと思い、植田も酒を呑んだ。ハイボール……これならひどく酔うことはあるまい。安心してもう一口呑み、自分も煙草に火を点けた。

「さすが、評判通りだな」

「何の評判ですか」途端に落ち着かなくなり、盛んに煙草をふかす羽目になった。

「勘がいい」

「勘だけでここまで乗り切ってきました」

大本が真顔でうなずいた。ここは笑ってもらうところなんだけどな、と植田はにわか
に不安になった。

「その身体検査なんだが、新聞的には微妙な話らしい」

「金の問題とかではないんですか？　あるいは秘書とのトラブル？」

「いや」大本が煙草を灰皿に押しつける。そこでタメを作ってから、重々しい口調で
「女らしい」と告げた。

「ああ……」膨れ上がっていた期待が一気に萎《しぼ》む。身体検査では問題になるかもしれな
いが、新聞が書けるかどうかは微妙な話だ。週刊誌なら喜んで飛びつくだろうが。

「どうも、この問題がよく分からないんだ。浮気や不倫なら、倫理的には問題ではあるが、記事にすべきことでもない」

「書く機会があるとすれば、それが原因で本人が議員辞職する時でしょうね。でもそのためには、まずどこかが書かなくてはいけない。週刊誌辺りが飛ばして、テレビのワイドショーが騒いで辞職に追いこまれて……新聞が書くのは最後でしょうね」

「その通りだ」大本がうなずく。「ただ、単純な浮気や不倫ではないという情報もあるんだ。もっと深い問題があるような――それこそ、犯罪に関わるような話かもしれない。調べておかないといけないことだが、まずこの相手の女の正体が確認できていない。そこでだ、お前に頼みたい」

「浮気を調査するんですか？」さすがに気が進まない。

「その先にあるものを見極めたいんだ。まずは事実関係の確認が先だ……お前、東京へしばらく出張してくれないか？　向こうで密かに牧野に張りついて、調べてくれ」

「一人で、ですか？」本格的な張りこみや尾行は、一人では無理だ。最低二人いないと穴ができる。

「一人でやれる範囲で構わない。まずは相手の女を特定するのが大事だ」

「何で俺なんですか？」

「お前が一番頼りになると思ったからだ。出張の事務処理は俺がやっておく。お前は気にせず、明日にでも出かけてくれ」

「実は……」植田は急いで煙草を吸い、灰皿に押しつけた。「今、追いかけているネタがあるんです」

「でかいネタか？」

「でかくなるかもしれません」

「どんな話だ？」

「まだ、主幹にお話しできるような状態じゃないんです。材料が揃っていませんから」

「そうか」

牧野に関係ないわけでもない……後援会長が絡む話なのだから。

「その取材は、山場を迎えているのか？」

「いえ、まだそこまでは」

「だったら、一時中断して、東京へ行ってくれ。こういう取材は、お前のように力のある記者にしか任せられない」

持ちあげられれば悪い気はしないが、どうにも嫌な予感がする。何か裏があるのではないか？　だいたい、編集主幹が一介の記者に直接仕事の指示をすることなど、あるのだろうか。

しかし断れば断ったで、面倒なことになりそうな気がする。とっさに上手い言い訳を思いつければよかったのだが……今から何か言っても、言い訳だと思われてしまうだろう。

これは断れない。牧野の女性スキャンダルには興味が湧かないが、その裏に何かあるとすれば、取材する価値があると言えるかもしれない。さらに大きなスキャンダルに発展する可能性があるなら、たとえ女性問題といえども無視できない。

自分が編集トップに買われているという事実にも、プライドをくすぐられた。

それでも、ひどくモヤモヤする。何だか、何もしないうちにコーナーに追いこまれてしまったような気がしないでもない。

6

「手は打ちましたよ」

電話の向こうで大本があっさり言ったので、安川はほっとした。この男がそう言うなら、間違いないだろう。

「すまんな」

「いえ、大したことではありません。しかし、これが決定的な打撃になる保証はないですから、しばらくは様子を見ないといけないでしょう。上手くいかなければ、何か新しい手を考えなければいけません」

「しかし、圧力にはなるだろう。どうも牧野先生は脇が甘いというか、いつまで経ってもお坊っちゃん気分が抜けなくて困るな」安川は鼻を鳴らした。

「仰る通りですな」電話の向こうで、大本が小さく笑った。「まあ、牧野先生はそれほどタフな人間ではないですから、これで何とかなるでしょう。一発矢が刺されば萎みますよ。しかし、ふざけた話ですね」

「世の中の仕組みが分かっていないんだろうな。これだから二世議員は困る。世間の荒波に揉まれて苦労していないんだ」

「まったくです。大学を出てすぐに父親の秘書になって、そのまま跡を継いで……まあ、こんなものでしょう」

「とにかく、世話になったな」

「大した手間ではありません」

もう一度礼を言って、安川は電話を切った。公用車のシートに背中を預け、一瞬目を瞑る。今日は、気楽な仕事なのだが……。

県庁から県立美術館までは、車で十五分ほどの道のりだ。地元出身の版画家、高井浩《たかいひろ》司《し》の没後十年を機にした特別展が今日から始まるので、そのテープカットに呼ばれている。知事になってから、何回テープを切っただろう？　今では、テープカットのスペシャリストと名乗っていいと思う。

今日は知事室長の森野ではなく、係長の小林結子が同行していた。四十二歳、落ち着いたタイプの女性で、文化行事に出席する時には彼女が同行することが多い。大学で美術史を学んだということだから、こういうイベントにはいかにも適している感じではある。しかし、わざわざ美術史を専攻して県の職員になるというのも、何だかもったいない話だ。それこそ県立美術館にでも勤務した方が、適材適所なのだが。

結子は何だか嬉しそうだった。車の横の席で、事前に入手していたパンフレットを広げている。

「高井浩司ね……名前ぐらいしか知らないんだが、どんな版画家だ？」

「一九三八年生まれ、二〇〇八年没、享年七十です。亡くなったのはパリ……一九七〇年からずっとパリ暮らしで、創作の舞台も向こうでした」

「だったら、うちの県と縁があるというわけでもないな。ただ出身地だというだけで」

「いえ、パリにいながら、この県をモチーフにした作品を多く発表していたんです。特に雪……代表作は『雪庇《せっぴ》』『雪の音』などで、今回の特別展でも、この二作が目玉です」

結子がパンフレットを渡してくれた。確かに、『雪庇』『雪の音』と題された作品の写真が載っている。白と淡いグレーを中心にした作品で、水墨画に近いタッチだった。いや、水墨画よりもっと柔らかく、まるで湧き上がる雲を眺めているような気分になる。

「白と灰色の微妙なタッチは、パリでも評判でした。取り敢えずは、この二つの作品を覚えておいていただければ大丈夫です」

「分かった。ありがとう」安川はパンフレットを結子に返した。「美術館での滞在時間は？」

「三十分ほどを予定しています」

「そんなに長い間、持つかな」

「ご家族との懇談時間も含めてなんですが……そうですね。やりにくいかもしれません。奥さんがフランスの方ですから」

「俺は、フランス語なんか喋れないぞ」

「通訳がいるから大丈夫だとは思いますが……」結子が同情するように苦笑した。

「まあ、何とかしよう。適当にフォローを頼む」

「分かりました」

「しかし、君にもお世話になったな。知事室にいてくれて助かったよ。次の知事は、多少文化的なことに造詣の深い人間だといいな。君もその方が力を発揮できるだろう」

「どなたがなるんでしょうね」

「どうかね。それは、私が決めることじゃないし」

「知事が後継指名しないと、いろいろ大変じゃないですか？」

「知事は政治家じゃなくて行政のトップだ……と私は考えている。選挙のことは、民自党県連辺りが決めるだろう」

「白井さんがお元気だったら、そのまま知事選に出ていたんですよね」

「ああ。こちらも、三顧の礼で迎えた人材だったからな。まったく、惜しいことをした」

「結局、国会議員か県議さんが新しい知事になるんでしょうね」

「その辺は、私には何も言えないが」

結子は、こんなことを気にするタイプだっただろうか、と安川は訝った。まあ……知事室というのは、県庁の中で一番知事との接触が多い部署だ。次の「上司」が決まっていないと、何かと落ち着かないのだろう。

「牧野さんが出る、という噂も聞いたんですけど、それはなくなったんですよね？」

「そうなのかね？」いきなり突っこんだ話が出てきて、安川は警戒した。

「牧野さんなら、いい候補でしたよね。何かあったんですか？」

「私はよく知らないな。それより、中司さんはどうなんだ？　同じ女性から見て」

「それは、女性知事なら歓迎――仕事もやりやすくなるかもしれませんね。県の職員も、まだまだ女性が少ないですから、その辺りに配慮してくれると、女性職員としては嬉しいです」

「その問題は、私は上手く進められなかったな。後任に任せるよ」

「中司さんが、民自党辺りの推薦で出ることはないんですか？」

「本人は、完全無所属を標榜《ひょうぼう》しているんじゃないかな」結子は、涼子に肩入れしている様子だった。同じ女性だから？　いやいや……何か裏がありそうだ。考え過ぎかもしれないが、安川は自分の危機管理能力——危ない状況をいち早く察知する能力には自信がある。


人を簡単に信用してはいけない。後でチェックだな。


県立美術館でのテープカットと、その後の苦行の懇談を終えて県庁に戻ると、安川はすぐ、知事室に森野を呼んだ。事情を話すとすぐに、森野が忠告を飛ばした。

「それはちょっと、距離を置かれた方がよろしいですよ」

「どういう意味だ？」

「知事のお耳に入れることではないと思ったんですが、小林結子は中司涼子と同じ高安高校の出身です。しかも同級生……かなり仲はよかったようですね」

「そんなことまで、もう調べているのか？」部下の身体検査をやっているとしたら、あまり気持ちのいいことではない。県庁内が、相互監視社会になってしまったようではないか。

「本人が知事室で喋っていましたから、自然に聞こえたんですよ。それでちょっと調べてみました……彼女は中司涼子のスパイかもしれませんね」

「スパイ？」

「送りこまれたスパイではなくて、リクルートされたスパイですよ。中司女史が出馬を決めてから彼女に接触して、県庁内の情報を探るように頼んだ可能性があります」

「おいおい」安川は思わず笑ってしまった。「安っぽいスパイ小説じゃないんだから」

「それぐらいのこと、知事だってやられるでしょう」森野が平然とした口調で言った。

「情報が全てだ、といつも仰ってるじゃないですか」

「それはそうだが」

知事になって驚いたのが、実に多くの人が接近して来ることだった。しかも情報を携えて……その中には当然、自分の利益のために安川を利用しようとする人もいるのだが、純粋に恭順の意を示すために、重要な情報をささやいてくれる人もいる。安川はそれだけで満足せず、県庁内のあちこちに、子飼いのスパイとも言える存在を作ってきた。

「もしかしたら、こちらの動きが中司陣営に漏れていた可能性があるのか？」

「否定はできませんね。もちろん、ここにいるだけでは本当に重要な情報は分からないでしょうが、ある程度のことは摑めると思います。少なくとも、知事がどなたとお会いになるかぐらいは分かっているはずですから」

「スパイの扱いはどうする？」本当は、こういう際どい情報に触れられない部署に異動させてしまうのが一番いいのだが、そこまで露骨なことをすると、本人も警戒するだろう。

「取り敢えず、情報から遮断することはできます。彼女の前では余計なことを喋らないように気をつければいいだけで……ただ、知事室の中でも、選挙の話題はよく出ますからね。昼飯の話題はそればかりです」

「早く後継候補を決めないとな」

「高桑さんから連絡はあったんですか？」

「まだだ……締め切りは明日だが」返事に一週間の期限を切ったが、それが明日、八月三十一日である。

「プッシュしておいた方がいいんじゃないですか？　知事ご自身から」

「考えておく」答えてから、安川は森野を一睨みした。「君は少し、立ち入り過ぎだ。気をつけないと、面倒な立場に追いこまれるぞ」

「ご忠告、痛み入ります」森野がさっと一礼する。まったく気にしていない様子だった。

「しかし私の仕事は、知事に気持ちよく仕事をしていただくことですので」

「こんな状況で、私が気持ちよく仕事できると思うかね？」

「失礼しました……通常の仕事の準備を進めます。九月定例会の提出議案がほぼまとまりましたので、今日中にお目通しいただけると助かります」

こういう案件なら、息をするように処理できる。九月定例会の目玉議案は一般会計補正予算案で、この件は完全に頭に入っていた。懸念されるのは代表質問と一般質問である。民自党の代表質問に答えて、引退の挨拶をすることになっているが、どうにも不安だった。辞める予定は変わらないとはいえ、後継者が決まっていない状態はどうにも落ち着かない。知事が引退する最後の議会では、代表質問でも一般質問でも厳しい追及はなく、「お疲れ様でした」の言葉を受けるだけになるのだが。

「代表質問が気になりますか」

「分かるかね？」安川は目を見開いた。

「落ち着きませんよね……落ち着くためにはぜひ、高桑先生から一刻も早く返事をいただかないと」

「分かってる」

思い切って、今夜にでも高桑に会うことにしよう。しかしこの件は、森野に頼むわけにはいかない。自分で高桑に連絡を取り、できれば二人だけで会わなければ。

一度知事室を出た森野が、分厚い書類の束を抱えて戻って来た。九月定例会の議案書。うんざりしながら、安川は書類に目を通し始めた。

しかし、一つの仕事に集中できないのが知事の辛いところだ。今日は、昼は県障害者スポーツ協会の代表との会食。午後には毎週木曜定例の部長会がある。そういう仕事をこなしながら、合間には決裁を求める書類が回ってきて……障害者スポーツ協会代表との会食の直前に五分だけ時間ができたので、安川は高桑に電話を入れた。向こうのスケジュールを確認し、午後八時から会うことに決めた。飯を食いながらという感じではないから、場所は改めて決めよう――後で宮下に連絡を入れさせる、と言って電話を切る。すぐに宮下に電話を入れ、人気のない面会場所を午後八時に確保して、高桑に伝えるように命じた。

これで高桑問題は大丈夫……いや、本当に大丈夫かどうかは、会ってから分かることだが。

宮下はいい場所を見つけられなかったようだ。結局、移動する車の中で話すのが一番安全、かつ時間も気にせずに済むということで、高桑との面会場所は、安川の車の中ということになった。

「お前な、いくら何でもこれは高桑先生に失礼じゃないか」安川は後部座席から、ハンドルを握る宮下に文句を言った。

「実は、高桑先生からのご提案なんです」

「そうなのか？」

「車の中が一番集中して話せる、ということでした」

「まあ、それはそうだろうが」

ガソリンの無駄遣いだ。私用で使うセダンもハイブリッド車なのだが、それでもガソリンを撒《ま》き散らして走っていることに変わりはない。

知事公舎を七時半に出発し、八時十分前に県庁近くにある民自党県連本部に到着する。この辺りは、何とも殺風景というか人工的な街だ。県庁の移転に伴い、新しく生まれた街……道路は広く車は走りやすいが、建ち並ぶ建物にはまったく色気がない。八〇年代にはこういうのが流行りだったたかもしれないが、県自治会館、商工会館、教職員組合会館などの建物は、一様に地味なグレーのタイル張りである。趣《おもむき》があるのは県庁ぐらいだろうか。本体は十九階建ての直方体なのだが、一階から二階部分は、前の県庁——昭和初期に建てられたアール・デコ風——のファサードを再現して、優雅な雰囲気を醸し出している。

民自党の県連本部は、県庁から少し離れた重山川沿いに建っている。三階建ての建物で、行政庁舎のような素っ気なさだ。正門前には現職代議士の名前と顔写真が入った立て看板が並び、さらに総理の顔写真が入った民自党のポスターが何種類か貼ってある。

建物には、ぽつぽつと灯りが灯っている。この時間になると、居残って仕事をしている職員も少ないだろう。

弱点は、若さ故に余裕がないことだと思う。森野だったら、上手く切り返していただろう。

「どこに人がいる？」皮肉を飛ばしてみたが、宮下は反応しなかった。この男の最大の
「人に見られるような危険は冒せません」
「完全に密会だな」安川は鼻を鳴らした。
「裏に回ります」そう言って、宮下が小さな交差点を右折した。

建物の裏は広い駐車場で、数台の車が停まっている。宮下は中に車を乗り入れ、道路に近い位置にバックで駐車した。すぐにクラクションの音が響き、向かいに停まった車のヘッドライトが点滅する。その車から高桑が降りて、一人で歩いて来た。

高桑は途中から小走りになり、すぐに安川の車に乗りこんだ。この時間でもまだ暑く、彼の額には汗が滲んでいる。

「申し訳ない、わざわざお時間をとっていただいて」安川はすぐに頭を下げた。
「こちらこそ、遅い時間になって申し訳ありません。代表質問の関係で、ちょっと時間を食ってしまって」
「何か、怖い質問でも出るのかな」
「いや、知事に挨拶させていただくのを誰にするか、と」
「ああ、なるほど」安川はうなずいた。代表質問に関しては、事前の調整が必要になる。

「出してくれ」

安川は宮下に声をかけた。宮下がすぐに車を出し、重山川沿いの道を走り始める。安川は前置き抜きで切り出した。

「知事選に関する正式な返事は、明日、前沢先生も同席して聞かせていただくことになっていますな」

「ええ」

「しかし、どうにも気になりましてな。中司女史の勢いはすごい。一刻も早く方針を決めないと、呑みこまれてしまいます」

「確かに、彼女の勢いは脅威ですね。選挙はやはり、知名度が大事だ」高桑も同調した。「民自党としても、一刻も早く巻き返しをしなければなりません。変な動きもあるようですし」

「……牧野先生ですか？」

「あの人も何を考えているのかね」安川は吐き捨てた。「ちょっとした行き違い――彼が勝手に暴走しただけなのに、まるでこちらに裏切られたとでも思っているようだ。反旗を翻すつもりなんじゃないですか」

「牧野先生もお若いから……動きが読めていないのかもしれません」

「とはいえ、牧野先生にも一定の影響力はある。変なことを始めないうちに、封じこめておきますよ」

高桑がうなずく。しかし、どこか心ここにあらずという感じだった。安川は両手を拳に握って膝に置いた。ここは勝負所……高桑の迷いがひしひしと感じられる。自分の言葉でどちらに揺れ動くか、まったく読めなかった。慎重にも慎重を期さないと。

「高桑先生、状況は日々悪化していると思います」

「仰る通りです」高桑が同意した。

「このままでは、中司女史に全部持っていかれる。しかし今なら、まだ何とかできる……民自党には、これまでの選挙で培った経験と組織がありますから」

「その通りですね」高桑の言葉にはあまり熱がなかった。「今動き出せば、まだ挽回のチャンスはあるでしょう」

「そのための重要な旗印となるのがあなたです。決断していただけませんか」

「私は、身を粉にして働く覚悟はあります」

高桑の言葉に、安川はひそかに息を吐いた。やる気はあるのだ……もう一歩で、何とか立候補を表明させられる。

「私も六十で立った。高桑先生にもできますよ。体力的にも問題はないでしょう」

「体にだけは自信がありますからね……何も、健康のためにトライアスロンをやっているわけではないですが」

「本気になればなるほど、体を壊しそうですな」

高桑が声を上げて笑った。しかしその笑いはどこか空疎……やはり心は、どこか別の場所にあるような感じがする。

「私は、六十歳で髪の毛が危うくなった」安川は禿頭をつるりと掌で撫でた。「それで思い切って剃り上げてしまったんですが、評判はよくなかったですね。海坊主みたいだと……しかし高桑先生は、髪も心配なさそうですね」

「髪と選挙は関係ないと思いますよ」高桑が苦笑する。

「いやいや、見栄えは大事だ……牧野先生のように、それを勘違いしている人もいるがね。どうですか、高桑先生。ここは一つ、ご決断していただけませんか」

「明日の返事は、先延ばしさせていただくことになるかもしれません」

「何か理由でも？」安川は突っこんだ。「高桑先生は、民自党が推して、唯一勝てる候補なんです。民自党の最終防御ラインなんだ。あなたが首を縦に振ってくれなければ、今回の選挙で民自党は知事を失うことになる」

「重々承知しています。それでも、もう少し時間をいただきたい」

「明日も同じ結論ですか」

「そうなるかもしれませんが、考えさせて下さい」

「わざわざ高桑先生のお時間をいただくのは無駄ということですか？」

「いや、前沢先生にも礼儀を尽くさないといけませんので……」高桑の言葉が頼りなくかすれた。

「高桑先生、躊躇《ちゅうちょ》されている理由は何なんですか？　ご家族の問題とか？」

家族が病気になれば、いかに大義名分があっても動きにくくなる。それは安川にもよく分かっていた。もしも妻が元気なら……と考えることもないではない。

「取り敢えず、もう少し時間をいただくことになると思います」高桑は結論を避けた。「状況が厳しいのは十分理解していますので、申し訳なくは思うのですが、私にも私の都合があります」

「分かりました……とにかく明日、もう一度お会いしましょう」

安川は身を乗り出し、運転席のヘッドレストを軽く叩いた。打ち合わせ通り、これで県連本部に戻る……その後は本格的な話し合いもできず、安川は適当な話題で時間を潰した。まったく無駄な時間、最悪の一日になってしまった、とうんざりする。

県連本部で高桑を降ろし、安川はシートに深く身を沈めた。いったい高桑は何を気にしているのだろう。完全に本音を隠し、ただ結論を先送りしているだけ……明日の会談も時間の無駄になる。高桑の本音を何としても知り、明日の交渉の材料に使いたい――しばし考えた末、安川はスマートフォンを取り出し、大本に電話をかけた。何度も頼みごとをして申し訳ないのだが、緊急時である。

「ああ、安川です。忙しいところ申し訳ない……もう一つ、頼まれてくれないか？」

「何でしょう」大本は面倒臭がる様子も見せなかった。

「極めて重要なことで、明日までに何とかしたい。実は、県議の高桑さんのことなんだが、最近何かあったのではないかと……」

「次の候補は高桑さんですか？」

「そういう線もある。もしかしたら家庭の問題かもしれないが、ご存じない？」

「私は聞いていませんね」

「そうか。だったら、ちょっと調べてもらえないか？　彼が動きにくい状況があるかもしれない……そう、時間はあまりない」

「探ってみますよ」大本が簡単に引き受ける。

「ぜひよろしくお願いしますよ。何か分かれば、連絡してもらえれば……できれば、明日の夜までにお願いしたい」

　通話を終え、ほっと一息つく。何とかなりそうだ。大本の調査能力には、全幅の信頼をおいている。明日の夜までにはある程度の情報が入手できるだろう。問題は、前沢と情報を共有して、対策を練る時間があるかどうかだ。

　まあ、そこを心配しても仕方がない。安川は続いて前沢に電話をかけることにした。彼のがっかりした声を耳にするのは気が進まなかったが。

7

「——本日はまことにありがとうございました。舌足らずであったことは申し訳なく思いますが、今現在、私が話せることは全てお話ししました。知事選では、この県の将来についてぜひ、考えていただけますか？　私も一生懸命考えていきます。考えて、皆さんと一緒に歩んでいければ幸いです」

拍手。涼子は頭を下げたまま、その拍手を浴び続けた。脳天から響くような拍手の音……バージョン1の笑顔を作ってから顔を上げ、ステージの上手《かみて》に向かって歩き出す。途中、歩みを少しだけ緩め、客席に向かって手を振った。拍手はさらに大きくなる。袖では池内が待っていた。渋い表情……何か失言でもしたかしらと心配になったが、池内は黙ってうなずくだけだった。

こういう、少し大き目の会場での集会も増えてきた。しかも毎回、ほぼ満員になる。九月になって、県内各地を絨毯《じゅうたん》爆撃で回り始めた。どこへ行っても、予想以上の手応えがあった。しかもありがたいことに、地元の首長や議員も顔を出して挨拶してくれるようになった。はっきりと、「応援します」と言ってくれる人もいる。どこまで当てにできるかは分からないものの、心強いことは心強い。

「今日はどうでしたか」

何も言われないのでかえって心配になり、涼子は池内に訊ねた。

「あなたは、喋れば喋るほど上手くなるね」

「駄目出しはないんですか」

「私は、褒めて育てるタイプだ」

「駄目出しでお金を貰っていると言っていたじゃないですか」

「だったら少しディスカウントするべきかね……それより、講演の間に、あなたの携帯に電話がかかってきた。申し訳ないですが、私が出ましたよ。出ないといけない相手だったので」

「誰ですか？」

「小林さん」池内には結子も引き合わせていた。

「結子？　かけ直しますよ」

「駄目です」池内があっさり言った。

「どういうことですか？」涼子は思わず目を細めた。結子は親友にして県庁内の大事なネタ元——何故池内はシャットアウトしようとするのか。

「ここでは話しにくい。控え室に戻りましょう」

控え室は、十畳ほどの地味な和室だった。二方が鏡張りになっているのは、この市民会館では芝居やコンサートなども行われるからだろう。そういう時はここが、メイクルーム兼楽屋になるはずだ。

控え室に入ると、池内は人払いをした。ドアの隙間から顔を突き出して廊下を見渡し、ゆっくりと閉める。涼子は座ったが、池内は立ったまま話し始めた。

「小林さんは、いいネタ元だったんですね」

「それはあなたもご存じでしょう」涼子はついつっけんどんに答えた。

「もちろん、よく分かっていますよ……どうやら小林さんは、あなたとの関係を勘づかれたようです」

「え？」思わず座り直してしまう。

「あのね」池内がようやく靴を脱ぎ、畳に上がった。「確かに、知事室にいる人はいいネタ元になります。しかしそれは諸刃の剣だ。怪しい動きをしていると逆に勘ぐられる――彼女曰く、知事室長に睨まれたようです」

「そんな……」もしも本当だとしたら、申し訳ない。結子の仕事にも支障が出る――最悪、馘《くび》になるかもしれない。自分のせいでそんなことになってしまったら、結子の家族にどうやって謝ろう。

「知事室長なんて、勘が鋭くないとやっていけないでしょうから……どうも敬遠されているようです。彼女の前では、誰も重要なことを言わなくなった。知事のお供をするような仕事からも外されている」

「異動とか馘などということは……」

「今すぐそういうことにはならないでしょう。向こうだって、小林さんが情報を流していたという確証までは摑んでいないはずだ。ただ疑わしいので、危ないことはしないようにしたんでしょう。小林さんも、あなたに対して申し訳ないと言ってましたよ」

「申し訳ないのは私の方だわ」涼子はスマートフォンを取り上げた。「やっぱり、結子に謝らないと」

「だから、それはやめて下さい」池内がきつい口調で釘を刺した。「勤務中にスマートフォンが鳴ると、それだけで怪しまれるかもしれない。向こうの公的なメールに連絡するのもやめた方がいいでしょうね。その気になれば、サーバー管理者がメールの内容を確認できる。私的なメールアドレスか、自宅の電話で連絡を取るようにして下さい」

「これで、結子の仕事が不利になったら……」

「あなたが知事になれば、何の問題もないでしょう」池内がさらりと言った。「そうなったら、これからの彼女はあなたを支えていく立場になるんだから。今の室長が面倒な存在になったら、更迭してしまえばいい」

「そうですけど……」とてもそんな風に楽観的には考えられない。

「さあさあ、気を取り直して。まだ次がありますよ。今夜は、地元の商工会の幹部と会食です。ゴリゴリの民自党員揃いで、会うようにこぎつけるのも大変だったんですから、気合いを入れてもらわないと」

「その調整をしたのは、池内さんじゃなくて古屋君でしょう」

「まあ、そうですな」池内が苦笑した。「しかし彼は、なかなかの人物だ。若さゆえの馬力に加えて、根回しが上手い。別の選挙に担ぎ出したいぐらいだが……ああいうタイプは、むしろ裏方に回りたがるんですね」

「高校時代からずっとですよ」

「人間の性格は簡単には変わりませんな」池内が腕時計を見た。「おっと、遅れ気味です。すぐに出ないと」

あなたが変なことを言い出すから遅れたのだ、と文句を言おうとして言葉を呑みこむ。池内は、あくまで仕事として忠告してくれただけなのだから。

裏口ではなく、敢えて会館の正面から表に出た。池内はよく、こういう風に人が大勢いるところに涼子を突っこませる。しばしば騒ぎになってしまい、歩くだけでも苦労するのだが、彼曰く「姿を見せることが大事」。タレントだって、出待ちのファンに顔を見せるのはサービスなんだし、騒がれるうちに楽しんでおけばいいじゃないか——今ひとつピンとこないアドバイスだったが。

今回も、講演会が終わってもだらだらと残っていた人たち——もしかしたら「出待ち」だったのだろうか――や、たまたま会館の近くを歩いていた人たちがわっと寄って来た。今日は時間がないので、写真撮影やサインはなし。涼子は笑みを浮かべながら、「ごめんなさい」を繰り返して何とか前に進んだ。

車に乗りこもうとした瞬間、誰かが声を張り上げて自分の名前を叫んでいるのに気づいた。慌てて首を巡らし、声の出元を確認する。

会館の前は小さな広場になっているのだが、その一角に「中司涼子さん　勝手に応援します！」という幟《のぼり》が立っている。その周辺に、揃いの白いTシャツを着た数人の若者たち。何だ、あれ？　道行く人たちにビラを配り、声をかけているようだが、涼子が見知ったスタッフではない。

車に乗りこむと、池内が横に座った。

「あの人たち、何でしょう」涼子は思わず訊ねた。

「勝手連かな」池内が、窓越しに若者たちを凝視した。「たまにいますよ。ああいう連中が出てくるのはありがたいけど、ちょっと気になるな――調べておきますから、今夜、ホテルで落ち合いましょう」

池内はさっさと降りて行ってしまった。不思議なことに、忙しくなるに連れて若さを取り戻したようで、日々元気になっている。この人も選挙の魔力に取り憑《つ》かれた一人かもしれない、と涼子は思った。

確かに選挙には「魔力」がある。一度乗ったら絶対に降りられない。高揚感は他の何とも比べようがない。レースの直前よりも上だった。

オッサンの相手は正直苦手だわ……二時間ほどの宴席で、涼子はげっそり疲れた。農村を回って、高齢者と直に触れ合うのは好きだし得意だ。自分もそういう環境で育ったし、自然な笑顔で会話ができる。一方で、脂ぎったオッサンたちと厳しいやりとりを交わすのは苦痛でしかない。今時、露骨にセクハラ、パワハラをするような人はいないものの、民自党の「看板」に圧力を受けた。あくまで「挨拶」として礼儀を通しに行っただけなのだが、向こうにすれば、自分たちの土俵に土足で踏みこんできたように思えるのかもしれない。

それでも、最後はそこそこ友好的に宴席を終えられたと思う。

「よく我慢しましたね」由奈が同情をこめて言った。

「別に我慢してないわよ」

「でも、オジさんたち、結構チクチク攻めてきたじゃないですか」由奈はかなり怒っていた。

「あんなの、攻められてるうちに入らないわ」

涼子は助手席で肩をすくめた。露骨な物言いもあった――「この県で無所属で勝てるはずがない」「金と時間の無駄だよ」――ものの、笑みを浮かべて受け流すことができた。向こうにすれば、民自党王国に無謀な喧嘩を売った人間、しかも女性だから生意気に見えたのだろうが、今の涼子は多少の攻撃ではビクともしない。

宴席の最後で、涼子は「民自党の候補が決まらなかったら、よろしくお願いします」とさらりと言って、参加者の苦笑を引き出した。向こうにしても、冗談にできない発言だっただろう。何しろ自前の候補が決まっていないのだから。それで悪い印象を与えたとも思えない。

八時半……涼子はスマートフォンを取り出し、結子の自宅に電話をかけた。結子とよく似た声の女性が電話に出たのですぐに話し始めようとしたが、微妙に声が若い――娘の綾だと気づいた。

「綾ちゃん？　中司です。涼子です」

「あ、こんばんは」綾の声が弾んだ。

「夜にごめんね。結子、帰ってる？」

「はい。代わりますね」

四年前は反抗期と言っていたけど、いい子じゃない……待っていると、すぐに結子が電話に出た。

「ごめん、昼間、変な電話かけちゃって。池内さんと話したわ」

「こっちこそごめんんね。気遣いが足りなかったわ」結子が怒っている感じではなかったのでほっとしながら、涼子は謝った。「知事室では大丈夫なの？」

「仕事では特に困ってはいないけど、露骨に警戒されてる感じが嫌ね」

「今後、連絡には気をつけるようにするから。というより、昼間は電話しないようにするわ」

「そこまで気にしなくても大丈夫よ」結子が笑った。「私もちょっと迂闊《うかつ》だったのよ。こういう時は、気をつけないといけないのよね。何でも筒抜けになるから……田舎は嫌よね」

「本当にごめんね。お願いだから見捨てないで」

結子が声を上げて笑った。これでわだかまりは解消。後で美味しいモンブランを奢《おご》ってあげないと――結子は無類のスイーツ好き、中でもモンブランに目がないのだ。この嗜好は高校時代から変わらない。

今回は一泊で、涼子の地元でミニ集会と講演会をこなすので、便利な駅前にホテルを取っていた。といっても、いつも泊まるようなビジネスホテルではなく、高級な和風ホテルである。最近、リゾート地などでよく見かけるタイプで、和室にベッドを入れて使いやすくしてある。お値段かなり高め――しかし、打ち合わせなどができる広い部屋があるホテルはここしかなかったのだ。

　和室に入ると、ほっと落ち着く。池内と古屋がビールを酌み交わしていたが、二人とも顔は赤くなっていなかった。夜になっても打ち合わせはまだ続く……深酒は避けているのだろう。

「おにぎりを頼もうかと思いますけど、食べる人は？」

　由奈が声をかける。涼子は反射的に手を挙げた。先ほどの宴席ではろくに食べられず、お酌をしてばかりだったのだ。

　由奈がフロントに電話をかけるのを横目に、涼子は古屋に声をかけた。

「古屋君、今日は帰らなくて大丈夫なの？」

「ああ。こっちでちょっと仕事の用もあるから」

「こんなところで？」

「こんなところ、はひどいな。地元じゃないか」古屋が苦笑する。「ゴルフ場開発の調査だよ」

「この県でゴルフは……イマイチでしょう」何しろ冬は、雪でプレーできなくなる。

「調査だけでもと思ってさ……ま、それは言い訳で、たまには出張しないと息が詰まる」

「奥さんに怒られるわよ」

「嫁だって仕事で忙しいんだよ。こういう時なら、打ち合わせもしっかりできるから」

「ボランティアスタッフの確認だ」池内が、凝視していた紙を振ってみせた。「そろそろ、選挙本番の配置を考えないといけない」

「必要な人数は揃ったんですか？」涼子は訊ねた。

「はっきり言って、人は余ってる」池内が困ったような表情を浮かべた。「あなたの人気も大変なものだね」

「古屋君が頑張ってくれたんでしょう？」

「むしろ都子のおかげだよ。彼女の娘さんが、学生ボランティアをたくさん引っ張って来てくれただろう？」

「そうね。ありがたい話だわ」

「後援会の方も、順調に人数が増えている」池内が別の書類を取り上げた。「告示前だから投票は呼びかけられないが……それにしても、なかなかいいペースだよ。やはり顔と名前が売れているのが大きい。これで、資金の方もだいぶ楽になってくるね」

年会費五千円。単純に百人集まれば五十万円、千人で五百万円になる。これが、今後の政治活動のベースになるのだ。何の実績もない自分に、多くの人が期待を寄せて金を出してくれるのだと思うと、涼子はにわかに緊張した。

「楽勝な選挙ですか」古屋が揶揄するように言った。

「楽な選挙など一つもない」

池内がぴしりと言った。途端に古屋が、顔をしかめる。それを見てから、池内が涼子に視線を戻した。

「戻ってから、後援会長の三郷《みさと》さんと会って下さい」

「ここへ来る前にも会ったばかりですよ」

「向こうから会いたいと言ってきたんです。それにあなたも、三郷さんをもっと上手に使わないと」池内がさらりと言った。

「使うって……」

涼子は思わず眉をひそめた。三郷一子《かずこ》は尊敬すべき大先輩である。それを「使う」などとは……。

「三郷さんも最後のご奉公と張り切ってるんですから、たくさん仕事を振った方がいい。彼女から学ぶことは多いですよ」

三郷一子は、昭和の終わり頃からたった一人でこの県で頑張ってきた女性政治家だった。元々は弁護士で、無所属で県議を五期務めた後、衆院選に二度挑戦したものの、僅差で続けて落選。それを機に表立った政治活動から足を洗い、その後は弁護士業務を再開すると同時に、女性問題を積極的に取り上げる社会活動家としても活動している。七十五歳の今も矍鑠《かくしやく》として声には張りがあるし、仕事もてきぱきとこなす。何より姿勢がいい。

彼女を紹介し、後援会長に据えてくれたのも古屋だった。彼の会社の顧問弁護士という縁だったが、一度会っただけで、涼子は完全に一子を信頼する気になった。向こうも同じだったようで、以来、歳の離れた友人のような関係を続けている。何かと皮肉っぽい一子は、「選挙のことは私に聞かないで」と口癖のように言う。「衆院選で二回も落ちてるから」と。

おにぎりが届けられ、四人は座卓——和室なのでテーブルはない——についた。涼子はさっさとおにぎりを頬張り、お茶で流しこんだ。

「相変わらずよく食べるねえ」古屋が呆れたように言った。「お前、高校の時、弁当を二つ持ってきてなかったか？」

「あの頃に比べれば、食べる量は半分になったわね」当時は、昼に食べて、放課後の練習が始まる前にもう一つ食べて、というのが普通だった。両親が民宿をやっていてよかった、とつくづく思ったものだ。弁当は、お客さんに出す食事の残り物だったから。

「さっきの勝手連の話ですがね」池内がビールを一口すすってから切り出した。

「はい」涼子はおしぼりで手を拭いて座り直した。座卓を囲んでいると、どうも打ち合わせという感じにならないが、何とか気合いを入れる。

「あれは、牧野さんのところの人だ」

「まさか……」先日の話が本当になったということか。「直当たりしたんですか？」

「もちろん」

「それで向こうは白状した？」

「白状って……」池内が苦笑する。立ち上がり、鞄《かばん》からビラを取ってきた。「何も、連中は秘密工作をしていたわけじゃない。これを見れば一発で分かるよ」

そこそこ立派なビラだった。


中司涼子さんと県を変えよう！

若者世代が勝手に応援します！


大見出しが横に二列に並び、その下に檄文《げきぶん》、さらに公式サイトから引用した涼子の「公約」が並んでいた。

「これ、無断引用じゃないですか」今度は涼子が苦笑する番だった。

「無断引用っていうのは、出典を示さずに引用することだよ」池内がなだめた。「この場合、『公式サイトから』としっかり書いてあるから問題ないし、内容にも悪意はない。それに、こっちの宣伝になるのは間違いないんだから。一番下の連絡先の番号、見てごらんなさい」

090から始まる携帯電話の番号が書いてあった。事務所はないわけか……別におかしくはないが、何となく釈然としない。

「そこにかけてみたんだ。何と、牧野の秘書と名乗る人間が電話に出た」

「本当ですか」涼子は目を見開いた。

「何だか素人臭いやり方だけど、向こうも別に隠すつもりはないんだろう。本当なら、牧野の顔もこのビラに載せたかったぐらいじゃないのかな」

「秘書の人と話したんですか?」

「ああ。牧野の指示で、後援会の青年部が始めたらしい。勝手連が流行ったのはもうずいぶん前だけど、今こういうことをやったら、一周回って新しい感じで目を引くかもしれない」

「だけど、おかしなことになりますね」涼子は首を捻った。「現職の民自党代議士が、勝手連を作って無所属の私を応援するなんて、完全にコースアウトじゃないですか」

「ちょっと調べてみないと分からないけど、民自党の中で何かトラブルがあったのかもしれないな。それで牧野がブチ切れたとか。そもそも牧野は、党本部の方針に逆らって、中央では干されている状態だった」

「牧野を味方につければ、奴の選挙区の四区では、圧倒的な票数が期待できるよ」古屋が話に割りこんだ。「女性票をごっそり確保できる」

「そうなんだけど、やっぱりまずくない？」涼子は目を細めた。「牧野さんが民自党とトラブっているとしたら、民自党を完全に敵に回してしまうでしょう。完全無所属を名乗っている限りは、党対党の戦いにはならないけど、牧野さんが入ってきたら、民自党は私たちを敵対視するかもしれない」

「敵になるのはお前じゃなくて牧野だろう」古屋が反論した。

「それを材料にして、我らが候補を攻める手はいくらでもあるよ。最初から裏で手を組んでいたとか、そういう嘘の情報を流しても、人は信じるだろうな」池内が解説した。

「まさか」

「人間は、自分が信じたいことしか信じない。嘘だろうがデマだろうが関係ないんだ」

「じゃあ、牧野の件は——勝手連についてはどうするんですか」古屋が唇を尖らせる。

「放置だな。取材などで聞かれても、『分からない』『向こうの独自の判断』で通すんだ。民自党に、つけ入る隙を与えてはいけません」

「そうしましょう」

涼子は話をまとめた。その一言に敏感に反応して、池内がニヤリと笑う。いやらしい笑い方だったので、涼子は思わず「どうかしたんですか」と訊ねた。

「いや……こういうのは天性のものなのか経験しているうちに身につくものなのか分からないが、あなたはもう、リーダーシップを発揮しつつあるね」

「そうですか？」

「今の『そうしましょう』は、なかなかの破壊力だった。皆さん、そう思わないかな？」

「確かに、本日はこれで終了、という感じがしましたね」古屋が同意する。

「リーダーにもいろいろなタイプがいるんだが、あなたは周りの人に自由に喋らせて、最後に結論を出してまとめるタイプだと思う」

「特に意識してませんけど……」涼子は戸惑った。もちろん、知事にリーダーシップが必要なのは間違いないだろうが。

「意識してリーダーをやろうとするような人間は、ろくな者にならないよ。あなたの一言は、周囲を自然に納得させる。それは極めて大きなメリットだね」

池内と古屋がそれぞれの部屋に引っ込み、涼子はメールの返信をした後、ようやくベッドに潜りこんだ。既に日付は変わっている。夜のニュースも終わり、あとは寝るだけ……池内からは、最低七時間の睡眠は確保するように、と厳命されていた。何より大事な喉を守るため、そして体力温存のためである。もっとも、わざわざ言われるまでもなく、涼子は昔から最低七時間は寝るようにしていた。体を酷使するアスリートとして、寝るのも訓練のうちだったから。

「由奈ちゃん、私、本当にリーダーシップ、あると思う？」先ほど池内に言われたことが気になり、隣のベッドで寝る由奈に思わず訊ねてしまった。

「あるんじゃないですか」由奈があっさりと答える。

「そんな、簡単に答えることじゃないと思うけど」

「じゃあ、ないって言った方がいいですか？　そんなこと言われたら凹《へこ》むでしょう」

「そうだけど……」

「涼子さん、結構面倒臭い人ですか？」

「そんなことないわよ」四六時中行動を共にしている由奈とは、あけすけに話ができる関係になっていた。こういう人が一人近くにいると、何かとやりやすい。

「私、結構面倒臭がりなんですよ」

「そう？　そんな風には見えないけど」

「本当です。その面倒臭がりの私が、こんなに人のお世話をするなんて、初めてですよ。それで推して知るべし、ということにしてもらえませんか？　リーダーシップのない人が相手だったら、こんなことはしませんし」

「そうか……」

「寝ますよ」

宣言した直後、由奈が軽い寝息を立て始めた。何と健全なことか……由奈の寝つきの良さが羨ましい。最近、七時間睡眠の習慣が次第に守れなくなってきていた。七時間睡眠を確保できるような時間にはベッドに入っているのだが、以前のようにすぐには寝つけない。あれこれ考える——本格的な選挙戦が始まってもいないのに、「落ちたらどうする」とつい考えてしまうのだ。背水の陣のつもりで、これまでの仕事は全て整理してしまった。大学にとってもＪＯＣにとっても、自分はまだ利用価値のある人間だとは思うが、落選したら、再度受け入れてくれるかどうか……メディアへの露出も難しいかもしれない。選挙に落ちた人は、しばらくは——少なくとも一年ぐらいはメディアへの登場を控えるものではないだろうか。となると、田舎へ引っこんで、スキー場で子どもたちに教えるのがいいかもしれない。幸い、スキーシーズンはそれほど先ではないから、失業期間は長くはならないだろう。父に相談しておこうか……。

マイナス思考は駄目。分かっているけど、自分の思考は自分ではコントロールできない。漂うに任せるだけだ。

昔もこういうことはよくあった。特にレース前日……寝なくてはいけないと分かっているのに眠れず、睡眠不足で本番に臨んだことが何度あっただろう。メンタルトレーニングも積んでいたのだが、こういう性格までは矯正できなかった。

何か、安眠グッズでも手に入れた方がいいかもしれない。明日の朝、由奈に相談しよう。

三郷一子は、非常に印象的な外見の持ち主だ。髪は真っ白。敢えて染めずに、白くなった髪をいつもふわりとセットしているので、頭に綿菓子が載っているようにも見える。一方顔には皺もなく、血色もいい。複数の世代の女性が、一人の人間の中に同居している感じだった。

昔は相当尖っていた、と古屋から聞いたことがある。数少ない女性県議、しかも民自党王国のこの県で完全無所属を貫いてきたので、何かと風当たりも強かったようだ。女性有権者からの圧倒的な支持で当選を重ねてきたのだが……ついに国政には届かなかった。長い政治キャリアの中で、どれだけ攻撃され、反撃してきたか。残念ながら一子のキャリアのほとんどは、「女性が議員であること」に費やされ、政策的に県を動かすことはなかったようだ。しかし一子が道を切り開いてくれたおかげで、今では県議会にも常に一定数の女性議員がいる。

翌日、五区回りを終えて県都に帰った涼子は、その足ですぐに一子の弁護士事務所に向かった。駅前のビジネス街――金融機関や企業の支社などが集まった地域の一角にあるビルで、ロケーションは最高だ。一子はそこの最上階に、事務所と自宅を構えている。部屋は隣り合っていて、極端な職住近接だ。

政界から身を引いた直後には、一子は事務所をかなり大きく構えたようだが、今は業務を縮小し、こぢんまりとしている。弁護士は一子一人で、他にパラリーガルが二人、事務職員が一人。地元企業の顧問が業務の中心だから、これで十分なのだろう。

「遅くなりました。すみません」

「いいのよ。会いたいと言ったのはこっちなんだから」一子は笑顔で迎えてくれた。相変わらず、年齢不詳で戸惑わされる。しかしここには最高の楽しみがあった。一子が自ら淹れてくれるカフェラテの味が最高なのだ。

涼子はカフェラテを一口飲んだ。基本的には専門のコーヒーマシンで作るものだから、誰がどうやっても同じ味になるはずなのに、どこで飲むより美味しい。弁護士も引退することになったら、こぢんまりとしたカフェでも開けばいいのに、と思った。

「いい機会だから、最初に言っておくわね。まだ誰にも言ってないんだけど、あなたに対しては責任があるから」

「はい」重大な宣言でもあるのかと、涼子は姿勢を正した。

「私、ガンだって」

涼子は言葉を失った。そんな馬鹿な……目の前の一子は極めて元気そうで、にわかには信じられない。

「本当なんですか?」訊ねる声がかすれる。

「人間ドックで引っかかってね。大腸ガンだったわ」

「選挙どころじゃないじゃないですか」顔から血の気が引くのを感じる。

「普通はね」

「治療に専念して下さい。今は、ガンだって治る病気なんですよ」涼子は気色ばんで言った。

「もちろん、治るわよ」笑みを浮かべたまま一子が言った。「セカンドオピニオン、サードオピニオンも求めて、ベストの主治医も決めた。信頼できる先生よ……東京の病院だけど」

「だったらすぐ、東京へ――」

「それは先送りにしました」一子が、涼子の言葉を遮った。

「冗談じゃないです」涼子は憤然と言い放った。「命と引き換えにするものなんて、何もないですよ」

「医者とは入念に相談したわ。十一月からは治療に専念します。それまで一ヶ月と少し――選挙が終わるまでは、あなたと一緒に走らせてもらいます。医者もOKを出してくれたから、引き続きあなたの後援会長を務めさせてもらうし、選挙も一緒に戦う。だいたい、後援会にも順調に人が集まっているのよ？　その人たちに対する責任もあるでしょう」

涼子は唇を噛んだ。目が潤み、涙が滲んでくる。今まで、近い人を病気で亡くしたことはなかった。敢えて言えば、心の師匠と呼ぶ北村ぐらいである。しかし彼の場合、闘病していることを知らずに、いきなり「亡くなった」と知ったのだから、一子の場合とは状況が違う。

「あのね、そんな簡単に私を殺さないでよ」一子が苦笑した。「元々大腸ガンは進行が遅いし、年齢的な問題もあるのよ。私ぐらいの歳になると、そう急には悪化しないの。十一月から治療を始めても十分間に合う、と医者も言ってくれてるから」

「そうかもしれませんけど……」

一子が眼鏡を外し、カフェラテを一口飲んだ。椅子を回して窓の外を見やる。見えるのは、隣のビルの壁だけだが。

「あなたとは知り合ってまだ間もないし、私は基本的に自分のプライベートな部分を喋らない人間だから――あなたは私のことをあまり知らないわね」

「はい」実際、彼女に関する情報は、ほとんど古屋から仕入れたものだった。こうやって面と向かって話したのも、まだ数回だけ。会う度に感銘を受け、仕事上の、そして人生の先輩として尊敬はいや増していたのだが……政治的な理念、女性としての考え方には賛同させられる部分が多い。しかし、彼女がどんな人生を送ってきたかは、公的な部分を除いてはほとんど知らなかった。

「私、五年前に一度死んだと言ってもいいと思うの」

「病気ですか?」

「違うわ。心が」一子が両手で胸を押さえた。「私は、一度も結婚したことはない。その意味ではあなたと同じね」

「はい」

「でも私には、事実婚の相手がいたわ」

「初耳です」涼子は思わず背筋を伸ばした。彼女のことを何も知らなかったのだと実感する。

「わざわざ話すようなことじゃなかったから」一子が苦笑した。「この件では、結構問題もあったのよ……相手は同業者、つまり弁護士だったの」

「はい」

「知り合ったのは、私が県会議員になってからだったんだけど、当時、彼には奥さんがいたのよ」

「つまり……」

「不倫よね」一子がうなずいた。「言い訳するなら、彼の結婚生活は、私に会う前から完全に破綻していた。裁判的な考え方で言えば、実質的に離婚しているような状態だったわけ。でも奥さんが、絶対に離婚はしないと言い張ったの」

「意地、ですかね」

「そうかもしれないわね」一子がうなずく。「でも、どういう状況であっても、気持ちは抑えられないでしょう？　これが私には、地雷になったのよ。県会議員が不倫――しかも女性の権利云々《うんぬん》を旗印に活動している議員が不倫してたら、大問題でしょう」

「分かります。もしも今なら――」

「週刊誌に書かれて、ネットで叩かれて、すぐに議員辞職に追いこまれていたでしょうね。でもそれは、平成が始まってすぐぐらいの時期だったから、まだネットもなかったでしょう。知ってる人は知ってたけど、騒がれることはなかった。私を嫌っていた民自党の人たちも、選挙で攻撃材料に使おうとはしなかった。民自党の人たちも、あの頃は大人だったのよね」

「私には何とも言えません」

「気にしないで……とにかく、何年かかかって彼の離婚は成立したんだけど、結局私たちは結婚はしなかったの。弁護士として離婚案件はほとんど扱ったことがなかったけど、自分が離婚のトラブルを経験したら、何だか結婚という仕組み自体が馬鹿馬鹿しく思えてきてね。それで事実婚という形を取ったのよ。それが二十年も続いたかしらね」

「それだけ長く一緒にいれば、籍を入れているかどうかなんて関係ないですよね」

「そう。お互いにかけがえのない存在になって、彼は私の政治活動も理解して応援してくれて……でも、五年前に亡くなったの。私と同じ大腸ガンで。一緒に暮らして、同じような食生活を送ってると、どうしてもこうなるのかしらね」

　一子がカップを持ったまま立ち上がり、窓辺に寄った。窓に背中を向けた格好で話し出す。西日が射《さ》しこみ、後光のようだった。

「さすがに私も、あの時は心が折れたわ。もう仕事も辞めて、完全に引退してひっそり暮らそうかと思ったぐらい。ここじゃなくて、熱海《あたみ》辺りに老人用のマンションでも買って、毎日温泉にでもつかりながらぼんやり暮らそうかなって。実際、物件を見に行ったりしたのよ。そんな気持ちをずっと引きずってきた。でも今回、古屋さんからあなたの話を持ちかけられて……急に、目の前に光が見えたようだった。たぶん、あなたの中に昔の私を見たんでしょうね。私が初めて県議選に挑戦したのも、あなたと同じぐらいの年齢だったし。この人を助けてあげたいって猛烈に思ったの。こんな感じ、初めてだわ」

「はい」

　涼子も立ち上がった。座ったまま聞くような話ではない。窓際で、向き合って立つ格好になった。

「最後のご奉公かもしれないと思ったのよ。もう政治の世界から離れて結構経つけど、女性にとって状況は決してよくなっていない……だからあなたに、起爆剤になってもらいたいと思った。女性知事が誕生すれば、この県も大きく変わるでしょう」

この辺りは、一子と微妙に意識がずれているところだった。一子はフェミニズム的な考えを前面に押し出してくるが、涼子はあまり意識していない。その辺は、世代の違いかもしれないと割り切っている。喧嘩しても仕方のないことだ。

「だから元気なうちに——治療を先延ばしにしても、あなたの選挙の面倒を見ようと決めたの。体調には十分気をつけてるし、いきなり倒れるようなことはないと思うから、一緒に選挙を戦わせてくれるかしら」

「もちろんです……でも、一つ約束してもらえますか?」

「何?」

「少しでも体調が悪くなったら、引いてもらいます。私が強制入院させますから、そのつもりでいて下さい」

「あなたの『強制』は怖そうね」一子がにやりと笑う。「私も歳ですからね、変な意地は張らないようにするわ。でも、私にはあなたにはない経験と人脈があります。それはフル活用させてもらうから。私の経験を、あなたの政治家としてのキャリアに引き継いでもらいたいの」

「身に余るお言葉です」涼子は深々と頭を下げた。涙が溢《あふ》れそうになるが、何とか堪《こら》える。

理想は人を強くする。その見本を目《ま》の当たりにして、涼子は頭を下げ続けるしかできなかった。

8

夜回りは記者の基本——植田は入社以来先輩たちから叩きこまれてきたので、日が暮れてからの隠密行動にはすっかり慣れていた。人の家の前で張り込み、帰宅をひたすら待つ。居留守を使われても何とも思わない。

役所や会社など、公の場では喋れない、そもそも会えない相手の自宅を訪ね、寛いでいる時に本音を引き出す——このやり方は、戦前に全国紙の記者が始めたと聞いたことがある。公務員が相手だと、厳密には法律違反になる可能性も高いし、最近はプライバシーを大事にする人が多く、自宅を割り出すだけでも一苦労だ。訪ねて来ただけで激怒し、その後一切口を開かなくなってしまう人もいる。

それでも深く濃い関係を築けた取材相手はいたし、それが特ダネにつながったことも一度や二度ではない。しかし……女性スキャンダルを追うことが新聞記者の仕事なのか？

牧野が入居している議員宿舎は六本木にある。東京で大学生活を送った植田もあまり知らない街……とにかくごちゃごちゃしているというのが、少し歩いた後の感想だった。

意外に古い感じもする。都内でもいち早く、高級なマンションなどができた地域なのだろう。それがそのまま歳月を経て、古くなっている。

マンションや企業のビルなどに囲まれた一角に宿舎はあった。敷地に入るのはご法度……何ともやりにくかった。せめて車があれば、その中で待つことができるのだが。張り込み初日にして失敗を予感した植田は、明日はレンタカーを借りてこようかと考え始めていた。

写真も不安だ。写真部の連中に相談して、カメラを忍ばせることができるバッグを借りてきたのだが、これで上手く撮影できるかどうか……レンズを撮影対象の方へ向けて安定させるだけでも苦労する。バッグを脇の下に抱えこんで固定し、体ごと対象を向くのが一番上手くいくようだ。

議員宿舎から少し離れた場所で、ひたすら立って待つ。時に場所を変えて……午後八時過ぎ、一台の車が近くまで走ってきて停まった。タクシーでもレンタカーでもない、一般の車。しかしどこか怪しい。乗っているのが若い男二人というのも何か奇妙だ。もしかしたら、週刊誌の記者かもしれない。連中は、ばれにくくするように、都内ではマイカーを使って張り込みすることもあるという。

それにしても、暇だ。

都内はだいたい路上喫煙禁止なので、煙草を吸うわけにもいかない。見つかったからといって逮捕されることもなかろうが、頻繁に巡回してくる警察官の記憶に残ったらまずい。「記者だから」で言い抜けできるかどうかも分からなかった。地方紙の記者など、東京ではどうでもいい存在だろう。

午後九時。一台の黒塗りの車が、議員宿舎の玄関ホール前で停まった。牧野。一瞬で判断してカメラを向けたが、一人である。さすがに、公用車に女を乗せるようなことはしないか。今日はこのまま無駄足に終わる可能性が高い。引き上げるかまだ待つかと迷い始めた時、玄関ホールから牧野が出て来た。スーツ姿ではなく、半袖のポロシャツにコットンパンツという気軽な格好に着替えている。まさか、あの格好でデートでもするつもりじゃないだろうな……。

植田は牧野の尾行を開始した。こちらの顔は割れていないはずだから、気づかれる心配はないだろう。

牧野は、ごちゃごちゃした細い道を迷わずに歩き、一軒のバーに入った。外観はなかなか洒落た雰囲気で、相当高そうである。自分も中に入ろうかとも思ったが、やめておいた。金が心配というより、牧野に見つかるとまずい。幸い、ドア横の大きな窓から、中の様子がうかがえた。牧野は、入り口に近いカウンター席についている。仕事の関係者と落ち合うような雰囲気ではなかった。

五分ほどして、一人の女性が店に入って行き、すぐに牧野の隣に座るのが見えた。これが浮気相手か……身長百七十センチぐらい。スタイル抜群で、落ち着いた雰囲気だった。大本は「元CAらしい」と言っていたが、それも納得だ。

植田は我慢しきれず、煙草に火を点けた。ターゲットを捕捉した興奮は一瞬にして沈静化し、やはり「俺は何をやってるんだ」という情けない気持ちが膨れ上がってくる。

二人が長居しなかったのは幸いだった。三十分ほどすると、牧野が先に店を出て、後から女性が続く。女性は密かに牧野の後ろをついていく訳ではなく、横に並んで普通に歩き出した。手をつないだり腕を組んだりはしないものの、いかにも親しげで距離が近い。年齢もそれほど離れていない感じなので、知らない人が見たら夫婦だと思うだろう。植田は慌ててバッグに手を突っこみ、カメラのリモコンボタンを押した。これで上手く撮れているといいのだが……写真の出来はやはり気になってしまう。

こういう場合、あとは近くのコンビニで飲み物でも買って帰るのが典型的なパターンだろうが、二人はどこへも寄らずに議員宿舎に戻った。鍵を解除したのは女性の方――これはまずいだろう。議員宿舎の鍵を、関係ない第三者に使わせるだけで問題だ。

このまま彼女は、朝まで出て来ないのだろうか。荷物は、一日分の着替えぐらいは入りそうなサイズのトートバッグである。あるいはほぼ同棲《どうせい》状態で、宿舎内には自分の服を置いてあるのか……いや、それはあるまい。牧野の妻は地元に完全張りつき状態だと聞いているが、この宿舎に泊まることもあるだろう。そこで女性の服を見つけでもしたら、大騒ぎになるはずだ。

朝まで、あるいは十分深い時間まで張り込みを続けることも考えたが、馬鹿らしくなってきた。明日の朝一番で、もう一度来てみよう。それで女性の姿を確認できるかもしれないし、二人一緒の場面を押さえられる可能性もある。よし、今夜は引き上げだ――それに、先ほど誰かがスマートフォンに電話をかけてきたのも気になっていた。二人を尾行している最中で、確認できなかったのだが……スーツのポケットから取り出してみると、見知らぬ電話番号が残っている。メッセージは録音されていなかった。

中岡だな、とピンときた。彼は「連絡するかもしれん……気が向けば」と言っていたのだが、何となく、連絡してくれるような予感がしていた。この場ですぐにかけ直してもよかったが、引き上げてホテルから電話することにする。街中では、密かに話はできない。

植田が確保したホテルは、宿舎からは歩いて二十分ほど。途中、コンビニエンスストアでミネラルウォーターとビール、つまみの乾き物を仕入れて、二十五分後にはホテルの部屋に戻っていた。

カメラを仕込んだバッグをベッドに放り出し、スマートフォンに残っていた電話番号に電話をかける。相手はすぐに出た――予想通り、中岡だった。

「こういう電話を取り逃すのは、記者としていかがなものかね」中岡がちくりと皮肉を言った。

「すみません。張り込み中だったので」

「それはいかにも記者さんらしい話だね」

中岡がそれほど機嫌を損ねていないようなので、ほっとする。実際植田は、中岡の本質を「気のいい土建屋のオヤジ」と見抜いていた——それは当たりだったと思う。

「あんたに渡せるものがあるんだが、必要か？」

「もちろんです」

「すぐに会えないかね」

「それは……すみません、今、東京なんです」

「東京」中岡が声を潜める。「あんた、間が悪い男だね。こっちがその気になった時に、近くにいないなんて」

「すみません」植田はもう一度言って、壁に向かって頭を下げた。クソ、本当に間が悪い。こんなどうでもいい仕事のために、肝心の自分のネタを逃してしまうとは……。

「いつまでそっちにいるんだ？」

「まだ決めていないんです」牧野の浮気は自分ではどうでもいいこと——大本を納得させることができれば、すぐにでも帰れるだろうが……いずれにせよ、今夜はどうしようもない。最終の新幹線にはもう間に合わないし、仮に帰れたとしても、明日の朝までに東京へ戻っては来られない。車でも借りようか、と一瞬思った。往復六百キロは相当ハードだが、徹夜を覚悟すればやれないことはない。

「窓越しに、あんたの前でひらひらと紙を振ってやりたいよ」

「紙なんですか？」

「紙というか、写真」

「だったら、そのデータをメールで送って――」

「冗談じゃない」中岡が憤然として言った。「メールが信用できるかね。誤送信でもしたら一発でアウトだろうが」

「それはそうですが……」植田は基本的に、資料のやり取りは全てメールで行っている。誤送信を心配する気持ちは分からないでもないが。

「直接手渡しが一番安全なんだよ」

「すみません。しかし今は、動きようがないんです」

「しょうがねえな……だったら、そっちに人をやるよ」

「え？」

「東京へ出張する若い奴がいるから、ついでに持たせてやる。もしも写真を見て興味が湧いたら、また俺に電話してくればいい。話せることと話せないことがあるが――まあ、何を話すかは後で考えよう」

「いいんですか？」

「こういうのが手元にあるのも、何だか気分がよくないんでね。あんたに託すよ」

植田はホテルの名前と部屋番号を教えた。明日の午後一時、メッセンジャーに部屋まで来てもらうことにする。これで仕事を二つ、同時に抱えこんでしまった。しかもどちらも手間がかかる——仕方ない。仕事があるだけましだと考えなければ。社内で、一日中新聞を読んでいるだけの人間が何人もいるのを植田は知っている。あんな風にだけはなりたくないと、常々思っていた。暇を持て余すぐらいだったら、フル回転で徹夜が続く方がましだ。

しかし、どうにも釈然としない。大本の真意も分からないままだ……佐野に電話しようかとも思ったが、あまり彼に迷惑をかけるわけにもいかない。

結局今夜は、ビールを呑んでひっくり返るしかないのだ。酒に逃げるようで、あまりいい気持ちはしない。

翌日午前六時、植田は再び議員宿舎の前にいた。九月の東京の朝……さすがにかすかに秋の気配が感じられ、スーツを着ていてちょうどいいぐらいの陽気である。都会の空気は、どことなく埃《ほこり》っぽい。土埃ではなく、長年ろくに掃除されていない部屋の埃。

この時間だと人気はない。路上喫煙しても文句は言われないだろうと思い、一時間で煙草を三本灰にしてしまった。七時を過ぎると、議員宿舎にも人の出入りが始まる。この時間から黒塗りの車が何台もやってきて、議員たちを乗せては去っていく。驚いたのは、ジョギングに出かける議員が何人もいたことだ。一人でジョギングしているのも意外だったし、この辺に走る場所があるのも驚きだった。近くの六本木通りなら、歩道も広くて走りやすそうだが、こんなに空気が悪いと、走っているだけでむしろ健康に悪いのではないか。

七時半。牧野が出て来た。迎えの車が遅れているようで、立ったまま腕時計を眺め、苛ついた表情を浮かべる。牧野といえば女性受けしそうな笑顔しか思い浮かばなかったので、少し意外な感じだった。早朝から勉強会か何かだろうか……しばらくその場でスマートフォンを見ていたが、ほどなくやってきた車に乗りこむ。

女性の方は、このままずっと議員宿舎にいるつもりだろうか……と思っていたら、八時過ぎに姿を見せた。ジャケットとスカートは昨夜と同じだが、中に着ているカットソーだけ色が違うので、着替えてきたと分かる。

ふと気になって、女性を尾行してみることにした。いったい何者なのか、まだ分からない——この仕事自体を馬鹿馬鹿しいと思っているのだが、手をつけてしまった以上、中途半端にはできない。

女性は六本木通りに出ると、タクシーを拾うでもなく、かなりのスピードで歩き続けた。植田がきちんと距離を保って追跡するのに苦労するほどの早足だった。背筋もピンと伸びて、まるで競歩の選手のようだ。

ふと、息苦しさに気づく。そうか、首都高のせいだ。六本木通りの上を首都高が走っているので、空が切り取られて視界が狭くなってしまっているのだ。大学時代の四年間には特に感じることのなかった不快な感覚が、波のように体を洗っていく。

女性は途中、カフェに立ち寄った。朝のコーヒーか……しばらく外で待っていると、かなり大きめのカップを持って出て来た。朝食は牧野と一緒に摂り、午前中の仕事用のエネルギー源——コーヒーはほぼゼロカロリーのはずだが——を手に入れてきたのだろう。

さらに歩くこと五分。交差点を右に折れ、すぐに五階建てのマンションに入った。慌てて足を止め、女性が完全にホールに姿を消すのを待つ。こういうのはタイミングが大事だ——植田は急いでホールに足を踏み入れた。オートロックのドアが閉まる直前に何とか中に入ると、女性はちょうどエレベーターに乗ったところだった。追いかけるわけにはいかないが、四階で止まるのは確認した。

いかにも住人然とした態度を装い、ホールのソファに脚を組んで座り、時間を潰す。エレベーターは四階で止まったまま動かない。ここが彼女の家か、あるいは勤務先なのだろう。五分待って、植田はエレベーターのボタンを押し、四階に上がった。

小さいマンションだと思ったが、実はワンフロアに二部屋しかない豪華な造りだった。植田はそのうち、「K&Tスクール」の表札がある方に注目した。もう一部屋は「村木《むらき》」と個人名。女性が何か会社をやっているという情報は大本から聞いていたから、「スクール」の方が彼女の会社、ないし自宅兼仕事場だろうと見当をつけた。

そこまで分かればもういいか、とも思ったが、やはり中途半端な感じがする。植田はもう少し、ここで張ることにした。誰かに見つかったらアウト。何か言い訳を考えないと……と思いながら、何も思いつかないまま時間が過ぎる。身を隠す場所といえば、廊下の端にある非常階段の出入り口ぐらいだ。階段室に入り、ドアを細く開けて廊下を監視する。

じりじりと時間が過ぎたが、九時前、エレベーターに動きがあった。女性が三人、揃って出てくる。顔見知りなのか、内容までは分からないものの、歩きながらお喋りに興じている。三人は「K&Tスクール」のドアの前に立ち、インタフォンを鳴らした。

当たり。

先ほどまで後をつけていた女性が、笑みを浮かべてドアを開ける。愛想たっぷりの朝の挨拶。スクールというからには、何かを教えているのだろう。今の三人の女性が生徒ということか。

ひとまずこれでよしとしよう。「K&Tスクール」がどういう会社なのか、調べる手はあるはずだ。そこまで分かれば、もう東京での取材は打ち止めにしてもいいだろう。念を入れるとしたら、今晩、明日とまた議員宿舎で張っていればいい。二人がまた会う現場を押さえられれば、半同棲状態と断定していいはずだ。

　週刊誌の記者たちの苦労を思う。彼らは、こういう仕事ばかりしていて、虚《むな》しくならないのだろうか。

　そんなことを考えていたせいか、思わぬところで声をかけられた。マンションを出た途端、「記者さん？」と訊ねられる。誰だ……顔を上げると、中肉中背の男が立っていた。自分と同年輩だろうか、黒いジーンズに黒いTシャツ、黒いジャケットと全身黒ずくめの格好で、足元の白いスニーカーだけが完全に浮いている。

「同業……いや、そちらは週刊誌の人じゃないですね」相手はやけに人懐っこかった。

「そちらは？」

「ああ、失礼」

　男はジャケットの胸元に手を突っこみ、名刺を取り出した。無視してしまいたかったが習慣で受け取ると、「週刊ジャパン」の記者、島光太郎《しまこうたろう》とあった。

「同着だと嫌ですねえ。そちらは？」

　名刺を渡すべきかどうか迷う。しかし相手は週刊誌……直接の競争相手ではないから、問題はないだろう。名刺を渡すと、島が納得したようにうなずいた。

「なるほど、牧野の地元の民報さんですか。でも、こんな件を取材するんですか？」首を傾げる。

「まあ、いろいろあって」

「今、知事選でそれどころじゃないでしょう。それとも、選挙の取材はしないんですか」

「担当が違うので」植田はうなずいた。

「こんなことより、安川知事を追いかけてる方がネタになるでしょう。談合絡みの話があるそうじゃないですか」

どきりとして口をつぐんだ。週刊誌の力も馬鹿にできない。これまで、新聞が書かない――書けなかった特ダネを何本ものにしているのだから。しかし、地方の知事のスキャンダルまで摑んでいるとは……談合の件なのかどうか確認してみたかったが、彼の方で先に話し出した。

「談合の情報があるそうですね」

「よくご存じで」

「面白そうな話かな、と……でもまあ、まずは色男の取材が先ですけど」

「牧野？」

「ここ、牧野の愛人の家でしょう」島がマンションを見上げる。「ちょっと突撃してみようかな」

「後にした方がいいですよ。今、来客中ですから」

「そうですか……ご忠告どうも」

これ以上余計な話をしない方がいい。植田はさっと頭を下げ、大股でその場を後にした。

週刊誌とは競争にならない——そう思ったが、どうしても引っかかった。一週間に一度しか発行されない週刊誌に負けたら恥だ。いや、そもそも牧野のスキャンダルを自分が取材する意味は、未だに理解できないが。


ホテルに戻ってパソコンで検索を試みると、「K&Tスクール」は、マナースクールだと分かった。住所も一致。昨日からつけ回していた女性はスクールの代表で、顔写真、プロフィールが載っている。

矢萩尚美《やはぎなおみ》、三十五歳、東京都出身。大手航空会社のCAを経て、三十歳で独立。三十二歳の時にこのマナースクールを開いたとある。CAが、経験を生かしてマナー教室を開くことは珍しくないようだ。

その他のプライベートなデータはなし。

写真はバストアップのものだった。こういう写真は、しばしば写真修整ソフトを使って、「詐欺か」と思えるほど修整されるものだが、どうやら尚美はそういうことを気にかけないタイプのようだった。実際に見た姿と写真に、ほとんど相違はない。それだけルックスに自信があるのかもしれないが。

調査はかなり進んだと言っていい。昼食は外に出て、中華料理店のランチを急いでかきこんだ。昼少し前に店に入ったのだが、十二時を過ぎると一気に席が埋まってしまった。やはり東京は人が多い、と変なところで実感する。

急いで部屋に戻り、午後一時の訪問客に備える。部屋を片づけ、ルームサービスでコーヒーを頼み……コーヒーが運ばれて来た直後、ドアがノックされた。

のぞき窓で確認すると、女性だった。別に、建設会社に女性社員がいてもおかしくないのだが、予想もしていなかったので驚く。自分より少しだけ若く見える感じ。部屋に入れるのはまずいのではないだろうか……中岡がこの女性を送りこんできたことに、何か意図はあるのだろうか。

ドアを開ける。向こうは緊張した表情で一礼した。

「植田さんですか？」

「植田です」

「中岡からお届けものです」

手にしていた封筒を差し出す。植田はうなずいて封筒を受け取った。中でコーヒーでも、と誘うべきか……しかしこちらが言い出す前に、彼女はもう一度さっと頭を下げ、「では、失礼します」とあっさりと告げた。

植田は慌てて、「ありがとうございました」と言うしかなかった。女性がもう一度うなずき、踵を返す。ドアを閉めたところで、結構可愛い人だったな、と場違いなことを考えた。やはり、声をかけておくべきだったのではないだろうか。

クソ、何だか損した気分だ。コーヒーも余ってしまう……まあ、いい。午後、このデータを精査するためには、眠気覚ましのコーヒーがたっぷりあった方がいいだろう。必要なかった。データの意味を呑みこんだ瞬間、眠気は一気に吹っ飛んでしまった。

9

「体調はどうだ」

会えば必ず体の話になる——年齢を意識させられる瞬間だ。しかし、互いに無事を確認し合うのは大事である。七十を超えると、亡くなった同級生も少なくない。

「お陰様で、無事だよ」

「奥さんは……」

「ああ……ぼちぼちだな。最近は寝ていることが多いが」安川は両手で顔を擦った。

「心配だな」

「歳も歳だから、しょうがない」

「まあ、今夜は呑んでくれ。奥さんの面倒を見てくれる人はいるんだろう？」

「姪っ子におんぶに抱っこだよ。大した額はないが、遺産は全部あの子に残そうかと思う」

「借金までは負わせるなよ」

「それは心配ない」

軽いジャブのやり取り。これでいつも、気持ちがすっと楽になる。高校時代から六十年にも及ぶつき合いで、互いに表も裏も知り尽くしているのだ。

長岡孝臣《ながおかたかおみ》。高校の三年間ずっと同級で、学部こそ違え大学も同じだった。貧乏な大学時代は、東京で互いに支え合った仲でもある。卒業後に長岡は研究生活に入り、地元の国立大学で定年まで勤め、さらにその後は私立大の教授に転身していた。そちらも数年前に定年になり、今は本に囲まれて悠々自適の日々である。ただし、時々は忙しい――国立大の教授を辞めてから、安川の後援会の会長に納まってくれて、選挙の度に世話を焼いてくれるのだ。

それも間もなく終わる。知事を辞任すれば後援会は解散し、安川も長岡も本格的な隠居生活に入るのだ。

長岡は、海岸近くの小高い丘に家を建てていた。一等地の中の一等地と言っていい場所で、二階のサンルームからは海がくっきりと見渡せる。夜なのでさすがに海は真っ暗だが、波の音と香りははっきりと感じ取ることができた。もう少しすると風は強く冷たくなり、二人が座っているサンルームも窓を閉め切りにせざるを得なくなる。今がぎりぎり、風を感じられる季節だった。

二人とも、昔から好みのダルマを呑んでいた。学生時代は結構贅沢な酒だったのだが、今は安い部類に入る。それでも二人だけで呑む時は必ずダルマ、というのがお約束だった。

水割りを一口含み、口中でゆっくりと転がす。すっかり驕《おご》ってしまった舌は美味さを感じないが、とにかく懐かしい味だった。

「しかし、よく俺と一緒に呑む余裕があったな」長岡が言った。

「俺にはもう、大した仕事はないからな。九月の定例会も、送別会みたいなものになるだろう」

「最後まで気を抜くなよ」

「ご忠告、どうも」安川は顔の高さにグラスを掲げてみせた。この男は昔からこうだったな、と思って頰が緩んでしまう。自分にも他人にも厳しく、気を抜くことが大嫌いだ。

「しかし、肝心の後継候補はどうするんだ」

長岡が核心に入った。こういう話をするために彼の家を訪れたわけではないが、話題に上ることは覚悟していた。彼は自分にとっては身内——後援会長なのだから。

「正直、困っている。ここまでぐずぐずになるとは思っていなかった」

「牧野はともかく、高桑は何故イエスと言わないんだ？　こっちから美味しい材料を投げてやったようなものだろう。それとも、そこまでの野心や責任感はないのか」

「よく分からん」

結局高桑は、回答を約した日に、答えを先延ばしさせてくれと言っただけだった。一週間だけ——その期限も、明日に迫っている。前沢はあくまで高桑を説得しようと考えているようだったが、安川自身は多少うんざりした気分だった。ここまで態度をあやふやにするのは、高桑の方に大きな問題があるからだ。それとなく周辺から探りを入れているのだが、手がかりは何もない。

「高桑がノーと言ったらどうするつもりだ」

「分からん」

「おいおい——」

「俺は辞める身だ。後に影響力を残そうとも思わない。正直、誰が次の知事になろうが、どうでもいい」

「民自党県連は、そういう訳にはいかないだろうが」

「そうなんだが……俺が積極的に口を出すのも筋違いだ」実際は、今まで散々口出ししてきたのだが。「キングメーカーになるつもりはないしな」

「お前の容貌は、キングメーカーそのものだよ。アメリカのギャング映画なんかで、よくそういう悪人が出てくるだろう」

安川は苦笑せざるを得なかった。実際、何かの映画で、自分そっくりの人間を見たような記憶もある。あれはギャング映画だったか……確かに、裏で糸を引く方が合っているのかもしれない。

「牧野は本当に駄目なのか」

「こちらが想像していたよりも駄目な人間だった。中司女史を応援する勝手連を立ち上げたのは知ってるか？」

「ああ……地元でかなり目立った活動をしているようだな。俺の耳にも入ってくるぐらいだから」

「民自党の県連がかんかんになって、除名すべきだという声も出ているぐらいだ。ただしあくまで勝手連……牧野の名前が表に出ているわけじゃないから、押し切れない。しかし脇が甘いというか、連絡先は秘書の携帯になっている」

長岡が声を上げて笑う。しかしすぐに真顔になり、安川の顔を正面から見た。

「このままだと、民自党は不戦敗になるぞ。中司女史が頑張ったからではなくて、単なる民自党の自爆だ。俺は民自党員でも何でもなくて、単にお前の応援団長だが、気分はよくないな」

「ああ」

　安川はグラスを持って立ち上がった。開いた扉から外に出て、ベランダの手すりに腕を預ける。目を細めてみたが、海は闇に沈んでよく見えない。昼間は最高の景色なのだが……本当は使いやすいマンションを購入するのではなく、長岡の家の近くに同じような家を建てたかった。海を見て、感じて暮らしたかった。太平洋側と違い、海は時に荒々しい表情を見せるのだが、それもまた渋く美しい——しかし、妻の病気のことを考えると、手軽なマンションの方が絶対にいいのだ。

　長岡も出て来て、横に並ぶ。「何だか久しぶりにパイプが吸いたくなったな」とぽつりと言った。

「構わんよ。ここなら臭いも気にならない」

　一時、長岡はパイプに凝っていた。四十代から五十代にかけてだっただろうか……どうもあの頃の長岡は、自分を「大学教授」らしく見せることに熱中していた感じがあった。パイプに、肘当てつきのツイードのジャケット。本気でそういうイメージを演出しようとしていたのか、洒落だったのかは分からない。昔——高校時代から、冗談と本気の境目が曖昧な男だったのだ。

パイプ煙草特有の香ばしい香りが流れてくる。一瞬嗅いだ時には「いい匂いだ」と顔が綻ぶのだが、部屋に煙が充満するに連れ、辛くなってくる。しかし今は、海風が煙を全て流し去ってくれた。

「そろそろ別の道を考えた方がいいかもしれないな」長岡がぽつりと言った。「どうも、高桑は断りそうな気がする」

「何か知ってるのか？」

「いや、勘だ」

「で、別の道とは？」

「お前の中では、もう考えがあるんじゃないのか」体の向きを変え、長岡が安川の目を見た。風が一瞬強く吹き抜け、残り少なくなった長岡の髪を揺らす。

「俺は何も考えてないよ。いや、引退して、平穏無事に過ごすことだけは考えてる」

「仁絵さんのためにもな」

「ああ」

「仁絵さんはそれでいいと思ってるのか？」

「どういう意味だ？」

「仁絵さんは今まで、実によくお前を支えてくれたじゃないか。そもそも知事選に出ていなければ、今頃は生まれ育った東京で悠々自適の生活を送っていたかもしれない」

「そうだな」実際、安川も気にしていることだった。この県に骨を埋《うず》めることになるかもしれない――知事選出馬含みで副知事に就任した時、それに知事になってからも、何度も仁絵の意思は確かめていた。その都度仁絵は笑って、「私はいつでもどこでもサポートしますよ」と言ってくれたのだが……。

「お前が仁絵さんのために身を引こうとするのは立派な考えだと思うが、仁絵さんはそれで嬉しいのかね」

「どうだろう」指摘されると、自分でもよく分からなくなってきた。

「もう一期、やったらどうだ。その間に、次の知事をしっかり固めて、シームレスに引き渡せばいい」

「もう一期やったら、退任する時には俺は八十だぞ」

「だから何だ？」長岡が笑い飛ばす。「俺も一緒に八十になる。だけど俺は、あと四年ぐらいは風邪も引かないで元気にやれるぞ。八十になるまで、後援会長としてお前を支えてやる」

「やれるかね」

「それを決断しなくちゃいけないタイミングは今だぞ」

翌日、安川と前沢は高桑と面会した。例によって「水亀亭」の洋室。前沢は先に来ていたのだが、安川の顔を見るなり首を横に振った。不安になって訊ねる。

「高桑さんの件、何か分かりましたか」安川は、大本から何の情報も得られていなかった。

「どうも、奥さんの件らしいですな。体調を崩しているようだ」

「ああ……」自分と一緒か。高桑が、出馬要請に対して渋っていたのも、それなら理解できる。

「今、入院中のようですよ。難しい病気で、回復できるかどうかは五分五分……今までと同じ県議としての活動ならともかく、知事の激務に耐えられる自信はないようです」

「そうなると、仕方ないですかな」条件は自分と同じようなものなのだが、こういうことに対する考えと対応は人それぞれだろう。

「いよいよ追いこまれましたかな」前沢の眉間に皺が寄る。

「前沢先生、あなたが出るという手はどうなんですか？　県連会長として責任を取る――」

「私が選挙に弱いのはよくご存じでしょう」前沢が、思い切り腰が引けた発言を口にする。「だいたい――」

　ノックの音がして、前沢の言い訳は断ち切られた。安川に向かってうなずきかけると、立ち上がってドアを開ける。高桑が一礼して入って来た。顔を上げると、ほとんど蒼白に近く、唇にも血の気がなかった。

「どうぞ」前沢が椅子を勧めたが、高桑は座ろうとしない。

「まことに申し訳ありません」高桑がまた頭を下げる。

「高桑先生、頭を上げて下さい」

安川が声をかけると、高桑はゆっくりと腰を伸ばした。それで、ほとんど最敬礼していたのだと気づく。

「返事を聞かせていただけますか」

安川に促され、高桑が口を開いた。低く元気のない声で、いつもの勢いはまったくない。

「返事が遅れてまことにすみません。今回の知事選の件、せっかくお声がけいただいたのに、期待に応えることができません。お詫《わ》び申し上げます」

「高桑先生、まあ、座りましょう」

前沢がまた声をかけた。それでようやく、高桑が椅子に腰を下ろす。しかしひどく浅く腰かけていて、いつでも逃げ出せるようにしているようだった。

「理由をお聞かせ願えますか」安川は切り出した。

「実は、妻がずっと体調を崩していまして、ここ一年は入退院を繰り返しています」

やはりそこか、と安川はうなずいた。高桑の声は震えており、相当悩んでいたことが窺《うかが》える。

「これまで支えてくれた妻を、今度は私が支える番だと思いました。当面、県議としての活動は続けますが、次の選挙に出るかどうかも検討中です」

「そこまで思い詰めておられるんですか？」安川は訊ねた。

「はい」

高桑が真剣な表情を浮かべて答える。そこに苦渋の色が滲んでいるのを、安川は素早く見て取った。

「高桑先生、理由はそれだけですか？」

「それは……」高桑が、色のない唇を舐めた。

「この際ですから、言いたいことがあるなら言って下さい」

「失礼を承知で言わせていただければ、今回の知事選……どうも、ばたばたし過ぎではないでしょうか」

「それはどういう――」

前沢が怒りの声を張り上げたので、安川は鋭い視線を送って黙らせた。どんなに失礼な話でも、一応、高桑の言い分は聞いておく必要がある。

「白井副知事が急逝されて、予定が大幅に狂ったのは大変だったと思います。しかしその後、牧野先生に声をかけられたのはいかがなものかと……実際今、『牧野の乱』が起きているじゃないですか」

　このところ、「牧野の乱」という言い方をあちこちで聞くようになった。牧野は、県連の事情聴取要請を拒否。このまま揉め続けると、離党の話も出るかもしれない。そんなことになったら、県連は党本部から突き上げを食らうだろう。牧野が中央で干されていることとは関係ない――前沢の顔色が一気に白くなった。

「民自党員――当事者でもある私が言うのも何ですが、このドタバタは、支持者、有権者に極めて悪い影響を与えます」

「それは分かりますが、選挙というのはこういうものでしょう」前沢が反論する。

「私は正直、自分も含めた今回の民自党の対応は間違っていたと思います。そういう状況で、私が出馬するわけにはいきません」

　要するに、一連のドタバタ劇にうんざりしたわけだ……本当は見限りたいぐらいだが、これまでの義理もあり、そこまではできないのだろう。今の言葉は、精一杯の批判なのだ。

「高桑さん、今の言葉は胸の中に秘めておいて下さいよ」前沢が怖い表情で忠告した。

「もちろんです」高桑も真顔でうなずく。「私は牧野先生とは違います。胸に秘めておくべきことはちゃんと心得ていますよ」

「では、この件はこれで……しかし残念ですな。高桑さんは知事の器だと思っていましたが」前沢が言った。

「そもそもそこが判断ミスですよ」高桑が苦笑する。「私は、知事になれるような人材ではありません」


　高桑は食事をせずに帰って行った。前沢と二人きりでの食事は沈鬱な雰囲気になり、会話も弾まない。前沢が必死に考えているのが分かった。A案は自壊し、B案は拒否され、C案はそもそもない——時間がない中、別の可能性も探っているだろう。これから中司涼子に接近して、正式に公認候補になってもらう。あるいは今回は推薦候補を出さずに自主投票とする。どちらにしても、民自党県連は「負けた」と見なされ、党本部の当たりも厳しくなるだろう。

「牧野先生はどうしますかね」

　前沢が深刻な口調で言った。そこを気にしているのか、と思いながら安川はうなずいた。

「手は打ってあります。黙らせればいいんでしょう?」

「しかし、はっきりとした罰も必要だ。県連を馬鹿にするような行動をしているんだから」にわかに前沢の目が吊《つ》り上がる。

「それはあまり関係ないんじゃないですか?　取り敢えず、余計なことをやめてもらえばいい。はっきりとした罰を与える必要はありませんよ。そんなことをしたら、県連内部が揉めていると世間に印象づけてしまう」

「釈然としませんがね」むっとした口調で前沢が吐き捨てる。

「この件は私に任せておいて下さい」

「知事自ら、何とかしてくれると言うんですか？」

「あなたが手を汚すことはないでしょう。これまで支えていただいた皆さんに対するご奉公ですよ……それと、候補者のことなんだが」

「誰か、いいタマがいますか？」箸を握ったまま、前沢が身を乗り出した。

「いいかどうかはともかく、タマはいる。ただし、有権者がどう判断するかは分からない……勝てる保証はないですよ」

「そこは、県連が全力でバックアップしますよ——誰ですか？」

「私だ」

「知事が？　いや、しかし……」前沢が目を見開く。

「引退表明したのは事実だ。しかし九月定例会でそれを撤回して、五期目の出馬を表明します」

「間違いなく反発を食らいますよ。大騒ぎになる」前沢の顔から血の気が引いた。

「しかし、他にタマがいない、しかも時間がない状況で、誰かが引き受けねばならない。

そもそも、この状況を引き起こしてしまったのは私だとも言えるんだから。責任を取ります」

「知事の責任ではありませんよ」

「いや、私が白井副知事を早く後継に指名していたら、状況は変わっていたかもしれない。全ては私の読み違い、判断の遅れによるものです。白井副知事をあんな形で死なせてしまったのも、私の責任と言えるだろうな……」

「知事……大丈夫なんですか？」

「誰かが捨て石にならなければならない時もある。引退撤回の理由は——やり残した課題があると言えば十分だ。だいたい、三歩歩いたら前言をひっくり返すのが政治家だからな」

「分かりました」前沢が真顔でうなずいた。「知事がそのおつもりなら、県連は責任を持ってバックアップします。恥をかかせるようなことは絶対にしませんよ」

「中司女史は強敵だが……とにかくよろしくお願いします」安川は頭を下げた。「ただ、関係者に話をするのはちょっと待って欲しい。話をしておかなくてはならない人が、一人いるんです」

　その壁が一番高い。

　自宅に戻ると、幸い仁絵は起きていた。最近は寝たり起きたりの毎日で、会話も少なくなっていたのだが、今夜は比較的元気な様子である。

「薬は飲んだか？」つい訊ねた。仁絵が服用する薬を一日分並べると、まるで食事のような分量になる。

「ちゃんと飲みましたよ」仁絵が苦笑する。「玲香がきちんと管理してくれてますから」

「そう言えば、玲香は？」この時間——九時過ぎに家にいないのも珍しい。自分でお茶を淹れながら、安川は周囲を見回した。

「デートですって」

「デート？」初耳だ。つき合っている男がいたのか？　もちろん、安川としては歓迎すべき話だが。これまでずっと、自分たちのために私生活を犠牲にしてもらったのだから、そろそろ自分の幸せを追って欲しい。

「高校の同級生だそうよ。向こうはバツイチ……先月の同窓会で再会して、たまに会ってるみたいだけど」

「全然気づかなかったな」

「あなたは家にいないからよ」

「まあ……そうだな」安川は苦笑いした。「相手はどんな男だ？　バツイチは、あまり格好いい話じゃないぞ」

「子どもはいないそうだから、そんなに問題にはならないでしょう。仕事は市役所の係長――市民課に勤務しているそうよ」

「悪くない。結婚相手なら堅実な公務員が一番だ」

「そうですね。私もそれで正解だと思ってますよ」

仁絵がにっこり笑った。そう、彼女にすれば、結婚する時は公務員が相手、という意識だったに違いない。知事夫人としての生活は十六年にも及んでいるが、それについてはどう考えているのだろう。

この状況はまずいのではないか……これから四年間、さらに知事を務めるとしたら、家のことをバックアップしてくれる人間は絶対に必要だ。玲香が嫁に行ったら、もう助力は頼めないだろうが、身内以外の人間を家に入れることには抵抗がある。しかし、これはもう決めたことだ。

「仁絵、一つお願いがあるんだが」

「いいですよ。好きにしてもらって」

「まだ何も言ってないぞ」

「今まで、私が反対したこと、ありました?」

「そうだが、また面倒をかけるかもしれん。体のことも大変なのに」

「私はいいんですよ」仁絵が微笑んだ。「あなたの判断が間違っていたことは一度もないし、私はついていくだけですから。それに、体の方も心配ないですよ。最近は調子もいいし、お医者さんも大丈夫って言ってくれてますから」

「医者の保証があるなら、心強いな」

「私も、このまま寝たきりなんて嫌ですからね。絶対に治しますよ。それでまた、あなたの面倒を見ます」

「申し訳ない」自然に頭が下がる。この女房がいなかったら、自分などとっくに潰れていただろう。仁絵によって、自分は何とか一人前になれたのだ。「あと四年間だけ、力を貸してくれ。ここを引っ越す話も先送りになるだろうが……」

「いいですよ。マンションの方が楽ですけど、この公舎にも慣れてますからね」

「よろしく頼む」

「こちらこそ」

　急須からお茶を注ぎ、ほっと一息つきながら啜《すす》る。しばらく急須の中にあったお茶は、想像していたよりも苦かった。

第三部　勝　者

1

二日連続で、議員宿舎での牧野の密会現場を撮影した植田は、ホテルに戻って写真をじっくり確認した。昨日よりも今日の方がよく撮れている。こういうのも慣れるものかね、と皮肉に考えた。

写真データをパソコンにコピーして、カメラのメディアを空にする。データはできるだけ、安全に保管しておかないと……外部メディアに残しておくと、「物理的に」なくしてしまう恐れがある。一方クラウド保存だと、ハッキングされる危険性がある。会社の写真用サーバーが一番安全なのだが、記事になるかどうかも分からないから、今回撮影した写真をそこに送るわけにはいかない。

気になるのは、今日入手したデータだ。こちらの方が、牧野の不倫問題よりもよほど重要ではないか――とにかく、こういうどうでもいい問題からは早く解放されたい。そのために、大本に連絡を取ることにした。牧野の不倫は確定したと言っていいが、「こんなものは記事にならない」と突っぱねて、さっさと地元に戻ればいいのだ。その後は自分の取材に専念したい。

大本はすぐに電話に出た。植田の話を、相槌も打たずに聞いていたが、話し終えるとすぐに「本人に直当たりしてみろ」と指示を飛ばした。

「すみません、こんなこと――記事にするんですか？　民報の紙面で、政治家の不倫がどうのこうのなんていう記事を読んだことはないですよ――週刊誌ならともかく」

「記事にするかどうかはどうでもいい。向こうの反応を見るんだ」

「それでどうするんですか？」

「その後で判断する。明日の朝、直接本人にぶつけてみろ」

「構いませんが……」よくない。戸惑いしかなかった。しかしここは、大本と取り引きできればそれでいい。「明日、本人に確認できたら、そちらへ戻りたいんです。途中になっている取材もありますので」

「お前が追っているでかいネタか？」

「材料が集まってきたんです。そろそろ書けるかもしれません」

「いいだろう。そっちの件も相談に乗る。本当にいい記事だったら、俺が一面にプッシュしてやるぞ」

これは強い誘惑だった。植田はこれまで、一面に記事を書いたことはあるが、それは大きな事件・事故の第一報で、誰が書いてもそこに載るようなものだった。

「明日の朝、もう一度連絡します」

「頼むぞ」

どうにもおかしい。大本には、何か別の考えがあるような気がしてならなかった。しかしここで反発しても立場が悪くなるだけだし、操られている振りをして、本音を探ってみるか。二十四時間縛られているわけではないから、自分の仕事もできる。

植田はデータの分析に再度取りかかった。やはりこちらの方がはるかに重要だ。


翌日、植田は午前六時半から議員宿舎の前で張った。牧野は昨日七時半に宿舎を出ていたので、おそらく今日も同じような時間になるだろうと判断したのだ。

ところが牧野は七時半になっても出て来ない。昨夜も牧野と一緒に議員宿舎に入って行った矢萩尚美も同じだった。もしかしたら二人とも、張り込みを始める前に出てしまったのか……あるいは島の直撃取材を受けて警戒しているのかもしれない。もしもそうなら、今後の予定が大幅に狂ってしまう。焦り始め、何か打つ手を……と考え始めたところで、牧野が一人で出て来た。反射的に腕時計を確認すると、午前八時。今日は少し遅かっただけなのだ、とほっとする。

　植田は急いで牧野に駆け寄った。車に乗られたらアウトである。警備員が気づいて駆け寄って来たが、それより一瞬早く牧野を摑まえることができた。

「牧野先生、民報の植田です」

　突然声をかけられ、牧野がびくりと身を震わせる。流れる動きで名刺を差し出すと、牧野が受け取り、確認して警備員に向かって首を横に振った。

「大丈夫、地元紙の記者さんだから」

　警備員は渋い表情を浮かべたものの、うなずいて去って行った。

「どこかでお会いして……いませんね？」牧野が確認する。

「お初にお目にかかります」

「こんな朝早くにどうしました？」

「矢萩尚美さんは、まだ中にいらっしゃいますか？」

　瞬時に牧野が固まった。表情は強張り、顔面は真っ青になっている。

「牧野先生、矢萩さんと一緒に住んでいるんですか？」

「そんなことはない」

「だったら、おつき合いしているだけですか？」

「そんなことをあなたに言う必要はない」

「否定しないんですか」植田は突っこんだ。

「否定も肯定もない。話す意味がないだろう」

「これは重要な問題ですよ。関係ない人を議員宿舎に入れていいわけがない。それとも、矢萩尚美さんは仕事上で何か関係がある人なんですか？」

下らない取材だと思いながら、つい熱くなってしまう。だいたい牧野は、ルール破りをしているのだ。国会議員として致命傷ではないだろうか。

「マナースクールを経営されている方なんですよね？　元ＣＡですから、その経験を生かしたビジネスということですか？　例えば、国会議員としてのマナーを学ばれているとか？」

植田は矢継ぎ早に言葉を並べたてた。向こうが言い訳を始める前に、こちらであらゆる可能性を潰してしまおう。相手を追い詰める格好になるが、こういう局面も必要だ。最初に優位に立てば、その後はこちらの思うように進められる。

「言うことはない」

「ノーコメントですか？」

「言うことはない」牧野が繰り返した。

「矢萩さんは、今も部屋にいるんですか？　まずいですよね？」

「民報は、いつから週刊誌みたいな取材をするようになったんだ？」牧野が唐突に反論する。「こういう取材は恥ずかしいと思わないのか?」

「ルール違反をしている人がいる――しかもそれが国会議員だったら、取材して書く意味はあると思います」

「こんなことを書く気なのか!」牧野が嚙みついた。

「総合的に判断します」

「冗談じゃない……」

クラクションの音で、二人の剣呑《けんのん》なやり取りは中断された。黒塗りの車が滑りこんできて、牧野の前に停まる。牧野は自分でドアを開け、さっさと後部座席に乗りこんでしまった。ドアが閉まるまでの一瞬で、植田は「支援者にどう説明するんですか!」と質問をぶつけた。

答えがないままドアが閉まり、車はタイヤを鳴らして急発進した。植田は思わず「クソ」と吐き捨てた。ダメージを与えることはできたと思うが、結局牧野は事実関係をまったく認めなかった。スーツの胸ポケットに突っこんでおいたICレコーダーを確認しようとしたが、警備員がすっと近づいて来て、「危ないですからどいて下さい」とつっけんどんに言った。危ないことなどまったくないのだが。

大股で議員宿舎を後にする。ホテルの方へ向かって歩きながら、植田はICレコーダーを耳に当てて録音内容を確認した。さすがに最近のICレコーダーは高性能で、今のやり取りがかなりクリアに録音されている。

もういい。これを持って帰ろう。大本に聞かせて報告し、それでこの仕事は終了。本当にやるべき仕事に戻らねばならない。大本の本当の狙いも気になるのだが。


急いで荷物をまとめ、ホテルをチェックアウトして新幹線に乗る。二時間半の道のりが、ひどく遠く感じられた。隣にずっと人がいたので、資料を広げるわけにも原稿を書くわけにもいかない。新聞を読み、コーヒーを飲み、少し居眠りをしてと無駄な時間を過ごしているうちに、いつの間にか完全に目が冴えてしまった。

地元に到着したのは昼前。戻ることは事前に知らせてあったので、駅のホームを歩きながら大本に電話をかけた。

「よし、戻って来い。昼飯でも食いながら話をしよう」

タクシーを飛ばし、五分で本社に帰った。この時間、人の出入りは激しい。特に、昼食を摂ろうと出て来る社員が多かった。大本はロビーのソファに腰を下ろして新聞を読んでいる。すぐに植田に気づくと、ゆっくりと立ち上がった。

「ご苦労」

上機嫌だろうと思っていたのだが、表情はいつもと変わらなかった。結局、この人のことはよく分からない……調子に乗って、あまり親しげな態度は取らないようにしよう、と植田は自分に言い聞かせた。本能が、「危険だ」とアラートを鳴らしている。

「昼飯に『うな川』を予約しておいた」

いいんですか、という言葉を呑みこんだ。「うな川」は市内で一番老舗のうなぎ屋で、植田は一度も入ったことがない。昼でも五千円ほどかかるので、さすがに手を出しにくい……千円でそこそこのうなぎを食べさせる店だってあるのに。

というわけで、いつも外から眺めるだけだった「うな川」に、生まれて初めて足を踏み入れた。外にまで流れ出していたうなぎの匂いは、店に入ると一段と濃くなり、頭の中はてかてかと光る茶色い蒲焼《かばや》きの画像で埋め尽くされた。

大本はこの高級店も行きつけのようで、店員に声をかけるとさっさと二階に上がって行く。二階は大きな畳の部屋、それに個室がいくつか……大本は六畳の個室に入った。やはりよく使っているようで、まったく迷いがない。

「本格的なうなぎ屋だから、出てくるまで結構時間がかかるぞ」腰を下ろすなり、煙草に火を点けて大本が言った。

「はい」

「時間はあるから、先に録音を聞かせてもらおうか」

植田はＩＣレコーダーを取り出した。大本が聞いている間に、黙って待機というのも嫌なものだが、考えてみたら自分と牧野のやり取りは、それほど長くはなかったはずだ。

三分……いや、二分もないだろう。

大本が、火を点けたばかりの煙草を灰皿に置き、ICレコーダーを耳に押し当てた。音が漏れ伝わってきて、何だか落ち着かない気分になる。ほどなく大本が、ICレコーダーを耳から離してテーブルに置いた。煙草を取り上げ、美味そうに一服する。

「だいぶ追いこんだな」

「まずかったですか？」

「逃げ道を一本は残しておいた方がいいんだが……こういう突撃取材の時は仕方ない」

「逃げ道のことは考えていたんですが、議員宿舎の前で立ち話しかできませんでしたから、余裕がありませんでした」

「これで十分だろう。今の録音は、後でファイルにして俺にも渡してくれ」

「はい……この件、どうするんですか？」

「取り敢えず様子を見よう。最近、牧野がおかしな動きをしているのは知ってるか？」

「いえ……東京でですか？」

「いや、県内でだ」大本も表情が険しくなった。「知事選の動きぐらいはチェックしておけ。記事にならない話も知っておかないと」

「すみません」思わず頭を下げてしまった。

「牧野は、自分の地元の四区を中心に、中司涼子を勝手連的に応援し始めたんだ」

「中司涼子は無所属を表明していますが……」

「牧野が、民自党に対して裏切り行為をしている、ということだろうな」

「意味が分かりません」植田も煙草に火を点けた。そう言えば、新幹線の中では煙草を吸えなかったので、数時間ぶりだ。

「どうも牧野は、県連と揉めたようだ。それで意趣返しとして、そういうことを始めたんだろうな。県連が、牧野本人に知事選出馬の打診をしておいて、掌を返したという情報もある」

「それは……怒りますよね」

「だからといって、民自党に籍を置いたまま、無所属候補の応援をするのは筋が違う。本人は、自分の知り合いの若い連中が勝手にやっているだけだと言い訳しているが、活動費用を渡しているのは間違いないだろう」

「政治のことはよく分かりません」植田は首を横に振った。

「記者をやっていく以上、政治のことは知らない、では済まされないぞ。お前もこれから、しっかり勉強しておけ――まあ、今回の取材でよく分かった」

「何がですか？」

「お前は、俺が想像していたよりも優秀だった。次の異動では県政担当をやってもらう。それで、本格的に政治の取材を始めるんだ」

そんなことが自分に向いているかどうか、分からなかったが……褒められて悪い気分になるものではない。

運ばれてきたうなぎは香ばしく、タレも引き締まった辛さで美味かった。硬めに炊き上げられた米が、うなぎによく合っている。陶然と食べ続けられたのは、褒められたからかもしれない。しかし食べ進めていくうちに、何か苦いものを感じ始める。うなぎがおかしいのか？　いや、そんなことはない。

何かが引っかかっている。

大本の狙いが何となく読めてきた。牧野の弱みを握り、県連に情報提供しようとしているのではないか……そんなことが記者の仕事なのか？

2

選挙はもう少し先。今はあくまで準備期間なので、ミニ集会を開いても「中司涼子に投票して下さい」とは言えない——そういうもどかしさにも次第に慣れてきた。ただ疲労は、予想していたよりも体に残っている。毎朝起きるのが辛くなってきて、このところ由奈にモーニングコールを頼むのが常だった。そもそも、借りたマンションがあくまで「仮暮らし」のせいもあって、落ち着かないのだ。選挙が終わるまでは、自分の生活基盤が決められない。当選すれば公舎に住むことになるから家の心配はしなくていいのだが、もしも落ちたら……いや、絶対にマイナスに考えてはいけない。「候補者の弱気は周囲に伝染する」と池内も言っていたし。

その池内は今、移動車で涼子の隣に座り、タブレットの画面に視線を落としている。メールを読んでいるらしいが、ちらりと見ると表情が険しい……いったい何だろうと心配になり、「どうかしましたか？」と訊ねた。

「いや……例の、牧野議員の勝手連の話なんだがね」

「ええ」思わず眉根に皺が寄るのを意識する。ありがた迷惑というか、あまりいい話ではあるまい。

「消えたらしいですよ」

「消えた？」

「気になって、ちょっと情報を集めていたんですがね」池内がタブレットの画面を指で擦った。「あの連中が出て来るのは、だいたいあなたの集会や講演会の後だ。人が多く集まるタイミングを見計らっているような……あなたのスケジュールは、ホームページで確認できるから、追いかけるのは難しくないんだろうね」

「でしょうね」

「今日の講演会の後では、連中は姿を見せなかった」池内が額を指で突いた。「昨日、ミニ集会を三ヶ所回ったでしょう？　あの時もいなかった」

「それで消えた、と？」

「勝手連だから、基本的には決まった動きがあるわけではないだろうがね……指揮命令系統もはっきりしないから、いつの間にか始まって、いつの間にか消えてもおかしくないでしょう。もちろん、言葉のイメージだけを利用して、組織的に動くこともありますがね」

「言葉のイメージ、ですか？」涼子は首をすくめた。

「いかにも、無所属候補を皆が自発的にボランティアで応援しているように聞こえるでしょう。つまり、無党派の大きな波が動いている——という風に見せつけるんだね。今回はまさに、そういうことだったと思う」

池内が顎に拳を当て、体を前に倒した。いわゆる「考える人」ポーズ。しばしそのまま固まってしまう……涼子は窓の外を見た。夕方、県南部の五区で講演会を終え、県都に向かって移動中。高速道路で一時間ほどの道のりで、空は赤く染まり始めていた。高速道路は、この辺りではひたすら真っ直ぐで、高低差がなければあっという間に居眠りしてしまいそうな単調さだ。周辺は一面の田園地帯。刈り取りを待つばかりになっている稲が、黄金の波のように揺れている。昔から見慣れた光景は、この県の豊かさの象徴だ。

「よし、念のために探りを入れますか」

池内が突然声を上げたので、涼子の意識は車内に引き戻された。

「近くにサービスエリアはなかったかな」

「この先……あと五分ぐらいのところにありますよ」

運転担当を引き受けてくれた、地元大学の四年生、稲本《いなもと》翔太《しょうた》が言った。彼の運転はプロのドライバー並み——大学ではずっと自動車部で活躍し、レースにも出場していたという。ダートやラリーの攻める走りと、人を乗せて安全に移動する走りはだいぶ違うと思うが、彼がハンドルを握っていると安心できる。

「じゃあ、稲本君、サービスエリアで停めてくれ」池内が指示した。「そこで休憩がてら、ちょっと探りを入れてみよう」

「了解です」稲本が軽い口調で言った。

五分後、車はサービスエリアの駐車場に滑りこんだ。助手席に座っていた由奈が、飲み物を買いに行く。池内はすぐに、作戦——作戦というほど大袈裟なものではないが——を説明した。

「勝手連の連絡先になっていた、牧野議員の秘書の携帯番号は控えてあります。そこに電話すればいい」

「池内さんは、一度話してますよね」

「そう。しかし何だね、若い議員秘書っていうのは、どうしてあんなに間抜けなんだろう。あなたも、知事になって公設秘書を選任することになったら、よくよく考えて慎重にやった方がいい」

「僕、お手伝いしてもいいですけど」稲本が遠慮がちに言った。「車の運転も得意ですし、役に立てると思います」

「あなたは、就職が決まってるじゃない」涼子はすかさず忠告した。「自動車部での活動を生かせる就職先なんだから、袖にすることはないわよ」

稲本は既に、自動車メーカーから内定を取りつけていた。

「取り敢えず今は、君の力を貸してくれないかな」池内が声をかけた。

「はい」稲本が緊張しきった声で言った。

「俺の電話番号は、向こうに記録されている可能性がある。それに、牧野議員の勝手連は基本的に若い人ばかりだから、俺みたいなジジイが電話したら変に思われるかもしれない。自分の携帯から電話をかけて、ボランティアで参加したいんだけどどうしたらいいか、と聞いてみてくれないか」

「分かりました」稲本が携帯を取り出した。

涼子は一度車の外に出た。高速で三十分ほど走っただけだが、早くも体が凝っている。移動が多いせいか、最近肩凝りと軽い腰痛にも悩まされており、少しでも時間があるとストレッチをするようにしていた。腰を思い切り反らしていると、ちょうど由奈が戻って来て、全員に飲み物を配り始めた。稲本が、妙に明るい笑顔を浮かべてペットボトルを受け取る。どうも稲本は、少し年上の由奈に好意を持っているようだ。それは構わないのだが、これから選挙本番で忙しくなるのに、恋愛沙汰でのごたごたは困る……一度、由奈の方に釘を刺しておこうか。彼女なら、しつこく言い寄られてもさらりとかわせそうだ。

稲本が電話をかけ始める。相手はすぐに電話に出たようで、にやりと笑うと、池内に向かって「ＯＫ」のサインを出してみせた。

「はい、すみません、私、稲本と言います。ビラを見てお電話しているんですが……はい、ビラです。中司さんを応援する会の……ええ、そうです。講演会場の近くでもらいました。はい？　ああ、大学生です」

稲本が池内にうなずきかける。今のところ、会話は上手く転がっているようだった。

「それで、中司さんの応援をしてみたいと思いまして、お電話したんですが、どこへどう――はい？　え？　そうなんですか？」稲本が大きく目を見開く。「もう活動していないって、どういうことですか？　え？　ああ、そうなんですか……今後活動を再開する予定は？　ないんですね……はい、分かりました。どうもすみません」

電話を切り、稲本が溜息をつく。首を傾げて、「もう動いていないそうです」と告げる。

「なるほど……どういうことだ？」池内が突っこむ。

「人手の確保が難しくなって、取り敢えず勝手連としての活動はやめた、ということです」

「そうか。いや、ありがとう。手間をかけたね」

「とんでもないです。これぐらい、いつでも——」

稲本が話し終わるのを待たずに、池内は車の外に出た。

「聞いてましたな？」

「ええ」

「何かおかしい。人手が足りない、ということはあり得ませんよ。牧野議員肝いりなんだから」

「事情が変わったんでしょうか」

「その可能性が高いな……どうも、この件については裏が読めない。今のところ実害はないから、放置しておいてもいいですけどね。ただ、引っかかるな」

「結子に聞いてみますか？」

「それは駄目だ」池内が即座に駄目出しした。「危険を冒すわけにはいかない——あなたも彼女も。別の手を考えますよ。残念ながら私も、この県の政界にはほとんど伝手がないんだが……」

「何か方法はありますか？」

「あまり使いたくないんだが、中央政界——民自党のコネを使いましょう」

「池内さん、民自党本部にコネがあるんですか？」何だか不安になる。池内がプロ意識の低い人間だったら、こちらの情報が民自党本部に筒抜けになっているかもしれない。

「私は不偏不党が基本ですから。民自党の候補を手伝ったこともあるし、政友党の議員を当選させたこともある。その後、個人的なつながりを持っている人もいます。組織ではなく、あくまで個人ですよ」

「分かりました」自分の疑念を見抜かれていた？　もしかしたら私は、感情が顔に出やすいタイプかもしれない、と涼子は反省した。

「一日、もらえますか？　こういうことは電話では話しにくい。ちょっと東京へ行って来ますよ。何だったら、この近くで降ろしてもらってもいい。新幹線の駅も遠くないでしょう」

「確か五キロぐらいですよ」涼子は言った。

「だったら、一度高速から降りて、その辺で放置してもらえばいい。タクシーを呼びますから」

「五キロ迂回するぐらいなら、大したことはありませんよ。今日は夜の予定も、内輪の打ち合わせだけですし、時間は調整できます。駅まで行きますよ……稲本君」

涼子が声をかけると、稲本が車から飛び出してきた。何事にも反応が大袈裟過ぎる……若者らしいとも言えるのだが。

「一度駅へ行って、それから高速へ戻ると、ロスはどれぐらい？」

稲本が腕時計を睨んだ。時計を見ればタイムロスが分かるわけではないだろうが……しかし彼はすぐに、「二十分か三十分ぐらいだと思います」と告げた。そして「混み具合にもよりますが」と遠慮がちにつけ加える。

「じゃあ、一度駅に寄って……由奈ちゃん、事務所に電話して、少し遅くなるかもしれないって言っておいて」

「分かりました」

四人とも車に乗りこみ、稲本がすぐに発進させる。何だか不安……これまでのところ、事前の活動は上手くいっていると言っていいだろう。どこへ行っても歓迎され、自分で予想していたよりも、自分には知名度があったと実感するばかりだった。もちろん、名前と顔を知られていれば、それで当選できるものではあるまいが、とにかく民自党が対抗馬の候補を立てられない状態なのだから、多少は楽観的にもなる。

そこへ紛れこんだ、小さな棘《とげ》のような問題。無視していいかもしれないけれど、小さな怪我《けが》が、知らぬ間に致命傷につながることも少なくない。現役時代、涼子は何度もそういう経験をしていた。怪我に弱かった……一つには、自分が楽天的だったせいもあるだろう。これぐらいの怪我は大したことはないと放置しているうちに、レースに出られないほど悪化する。現役引退を決めた膝の怪我も、最初はちょっとした打撲ぐらいに考えていた。

牧野の勝手連は、どれほどの怪我なのだろう。私の活動に、どれぐらい大きな傷をつけたのだろうか。

「牧野の乱、だそうですよ」

翌日の昼に東京から事務所へ帰って来た池内が、開口一番言った。

「何ですか、その日本史用語みたいなのは」

涼子が言うと、池内が声を上げて笑い、「政治の世界では、こういうことはよくあるんです」とつけ加えた。

事務所では、若いスタッフがブログとツイッターの更新作業中。こういうのは、大学生ぐらいの子たちに任せておくのが一番いい。デジタルネイティブ世代はネットをやすやすと使いこなすのだ。炎上だけは予想できないのだが。

彼らに複雑な話を聞かせるわけにもいかず、二人は小部屋に入った。小部屋というか、倉庫。事務用品などを押しこめて置いてあり、椅子が二つあるだけで机もないが、内密の話をする時には、ここを使うに限る。

「要するにこの事態は、民自党県連のヘマから始まっている」池内が解説を始めた。

「ええ」

「民自党が、身体検査を済ませていない状態で牧野に出馬を打診し、牧野はすっかりその気になった。ところが県連の身体検査で、牧野には愛人がいることが分かった。その愛人を議員宿舎に出入りさせていたそうで、これはセキュリティ上も問題です」

「でしょうね」同じようなスキャンダルは聞いたことがある。

「それで県連は、一転して牧野に『お断り』を突きつけた。ところが牧野はそれを逆恨みして、県連を裏切る形であなたの応援を始めたんです」

「自分で立候補すればよかったじゃないですか……無所属で」仮に民自党を離れての立候補であっても、牧野なら強力なライバルになるだろう。

「その辺、何を考えているか、本人に聞いてみないと分かりませんがねえ……」

「一種の意趣返し、みたいなものだったんでしょうか」

「あなたを使ってね。向こうから声をかけてきたのを放置しておいたのは、正解だったんですよ。変に絡んだら、面倒なことになっていたと思う」

「それで、今度はどうして急にやめたんですか？」

「この女性問題を、地元紙が嗅ぎつけたようだ」

「民報が？」それは……いったい何だろう？　涼子は混乱した。民報は当然、地元政界へ深く食いこんでいるだろう。しかし、法的な大問題でもない限り、女性問題――異性問題と言うべきか――を取材したりはしないのではないだろうか。そういうのはやはり、週刊誌の守備範囲のはずだ。

「東京へわざわざ記者を派遣して、議員宿舎で突撃取材したようですな。そしてその直後に、勝手連の活動がストップした……ここから先はあくまで推測ですよ？　牧野と県連の間で何かが話し合われたわけではないようだし」

「ええ」妙に緊張してきて、涼子は唾を飲んだ。

「忖度ということかもしれない。いや、忖度ではなく、牧野の『解釈』かもしれない」

「もしかしたら、その取材というのは、県連内部の誰かが民報に『やらせた』んじゃないですか？」

池内は何も言わなかった。だが目つきは、涼子の推測を肯定するものだった。

「もちろん、地元紙が常に地元政界と癒着しているとは限らない。距離を置いて、健全に批判をする地元紙も少なくないですよ。ただし、人間関係となると別でね……地元政界のメッセンジャー役というか、太鼓持ちというか、そういう人がいるのは事実です。政治家連中の意を受けて、関係者の間を渡り歩くような人間が。まあ、私はそういう存在を否定しませんがね。物事をスムーズに進めるためには、裏方も必要なんです」

「相当偉い人が、そういう太鼓持ちなのかもしれませんね。代議士にプレッシャーをかけるなんて、普通の記者ではできない――考えつかないことでしょう」

「その通り。地元政界が若い頃から目をつけて育てた記者が偉くなって――相当偉くなって政治家と癒着するというのは、いかにもありそうな話だ。政治家の方では、単なる駒としか考えていないでしょうけどね。ところが記者の方では、自分も権力を手に入れたと勘違いしてしまう」

「いかにもありそうな話です」涼子はうなずいた。冷房のせいもあるが、かすかに寒気がする。政治の世界は、どれぐらい醜いものなのか……知事は政治家というより行政の長の意味合いが強いが、選挙となれば政治と無縁とは言っていられない。こういう腹芸のような世界に、自分はどう対応していけばいいのだろう。

涼子はずっと、数字だけで結果の出る世界で生きてきた。もちろん、常に同じ条件で滑れるわけではないが、採点競技と違い、人の感覚が勝敗を決めるものではない。

政治の世界は、数字よりも人間関係で決まることが多いのだろう。そういう世界に馴染めるかどうか、改めて心配になってきた。

「とにかく牧野は、相当追いこまれたと思ったんでしょうな。それにしても覚悟ができていませんが」池内が皮肉っぽく言った。

「私には何とも言えませんよ」

池内がニヤリと笑う。「私としては、あのまま続けてもらった方がよかったですな」

「うちにとってはマイナスになったんじゃないですか？」

「そんなことはない。有権者も馬鹿じゃないから、民自党の中で何かトラブルがあったと気づくでしょう。それに、うちのウェブ部隊は優秀だ。こちらに有利なように情報操作することもできたでしょう」

「そういうのは、あまり好ましくないですね」

涼子は顔をしかめたが、池内は涼しい表情だった。

「公選法に違反しない限り、何でもやるべきなんですよ。この際、倫理観は無視して下さい」

選挙は、そういう汚い戦いなのか……涼子は唇を噛み締めたが、それも一瞬だった。池内の言う通り。「正々堂々戦いました」では何にもならない。勝つことこそが正義。負け犬には何の権利もない。

3

こういう件も、本当は直接会って頼むのが筋だろう。しかし時間もない……仕方なく、安川は知事室から高桑に電話をかけた。

「高桑先生にお願いするのもどうかと思いましたが、あなたぐらいの重鎮に代表質問で取り上げてもらわないと、格好がつかないんですよ」安川は持ち上げた。

「私は構いませんが……緊張しますな」

「高桑先生ほどのベテランでもですか？」

「大騒ぎになるのが目に見えているからですよ。こちらも叩かれることになりかねない」

「批判は全て、私が引き受けます。とにかく、議会での発言は議会で訂正するのが筋でしょう」

「……分かりました」高桑が不承不承頼みを引き受けてくれた。

電話を切り、ほっと一息つく。内線電話を取り上げ、お茶を持って来るよう、頼んだ。

さて、あとはどう喋るかをしっかり考えないと。民自党の連中は状況を分かっているから、何も言うまい。しかし政友党などの野党議員は、激しい野次を飛ばしてくるだろう。それを単なる「野次」だけに留めておくためには、高桑の質問を最後にしなければならない。初めの方に話してしまうと、後から質問する人間が突っこむ余地が生じる。

しかしこれも難しい……安川は一度しか経験がない——自分が副知事の時だ——が、知事が退任するタイミングの県議会の代表質問では、野党議員もこれまでの労をねぎらって拍手で締めるのが慣行のはずだ。他の議員に「お疲れ様でした」と言われた後で、

「実はあと一期やります」と前言を翻したら、それはそれで非難囂々《ひなんごうごう》だろう。それなら最初に出馬を宣言し、その後から出てくる非難は甘んじて受け入れた方がいい。

ノックの音がして、知事室のスタッフが入って来た。ちらりと見ると、何と小林結子である。遠ざけておくよう、森野には指示しておいたのだが……。

「失礼します」普段とは違う緊張した声で言って、結子が湯呑みをデスクに置いた。

「ああ、ありがとう」それだけで終わっておけばよかったのだが、結子の顔を見てつい、「君は……」と続けてしまった。

結子がぴくりと身を震わせる。ここでトラブルを起こす必要もあるまい。安川は首を横に振って、「いや、何でもない」と低い声で言った。

「失礼します」さっと頭を下げ、結子が知事室を出て行く。

今のはまずかったな、と反省する。素知らぬ振りをしていなければならなかったのに、思わず反応してしまった。結子はごく普通の職員――野心や裏表は感じさせないが、涼子とつながっている可能性は高いのだ。露骨に排除はできないにしても、接触はできるだけ避けないとまずい。状況はまた変わったのだ。自分が出馬することは間もなく表沙汰になるのだが、それまではあくまで機密保持でいきたい。ぎりぎりまでばれないことで選挙に有利になるわけではないが、涼子の陣営に衝撃を与えることにはそれなりの意義がある。

よし……ドアが閉まったのを見届け、またスマートフォンを取り上げる。根回ししなければならない人間は多く、九月定例会は間近に迫っている。

時間はない。

本当にない。


政治家の方針は、三歩歩くと変わる。政治家が言うところの「今のところは」「現段階では」は、本当に状況をその時だけに限定するものだ。

しかし、官僚として堅実なキャリアをスタートさせた自分が、そういう政治家らしい行動を取るようになるとは……安川は必要な根回しを終えて、つい苦笑してしまった。

高桑に、代表質問でのしこみを頼んだ日の夜、安川は一気に方針を変えた。九月定例会が開会する前日の定例記者会見で、五選出馬を表明してしまうことにしたのだ。議会で発言して揉めるよりも、その方がトラブルは少ないだろう。早く発表すれば、その分沈静化も早いはずだ。「知事が約束を反故《ほご》にした」という批判が出るかもしれないが、そんなことはどうでもいい。約束は破られるためにある——とは言わないが、政治家とはそういうものなのだ。政友党は今回相乗りしないことになるだろうが、それでも構わない。政友党は選挙の度に中央での議席数を減らしており、存在感は日に日に薄くなっているのだ。看板の掛け替えだけに止まらず、党の解体まで公然と噂されるようになっている今、相乗りでの推薦にそこまでの価値はない。

いずれにせよ、今のところ立候補を予定しているのは、実質的に涼子一人なのだ。このままではなし崩し的に勝利を奪われる。最悪、無投票もあり得るかもしれない。

この際、議会に筋を通すことは優先せず、県民に直接訴えるべきだ。しかもできるだけ大きな衝撃を与える形で——それには定例会見が一番相応《ふさわ》しい。既にレイムダック状態と思われている自分が五選出馬を表明すれば、当然記事は大きな扱いになるだろう。

自宅で、安川は大本に電話をかけた。民報に先に書かせるつもりはないが——全国紙の連中をカリカリさせても意味はない——事前に教えて準備させる必要はある。それに、牧野の件も確認しておきたかった。

例によって、大本はすぐに電話に出た。忠実なる犬。

「牧野が大人しくなったようだな」

「こちらのメッセージはしっかり届いたようですよ」大本が静かな口調で言った。

「結構、結構。あとは余計なことは言わずに、黙っていてくれればいい」

「本人は、しばらく大人しくしているしかないでしょうね。この件が表沙汰になれば、党本部でも当然問題視します。もちろん、我々が何もしなくても、週刊誌に嗅ぎつけられる恐れもありますが」

「そこまでは関知しない……しかし、君のところの記者も優秀じゃないか。かなり使える男のようだな」

「まだ若いですがね」

「君の後釜にどうだ」

「私もそう思っていました」大本が認める。「県政取材の経験はないんですが、次の機会に異動させようと思います。皆さんに鍛えてもらえば、いずれお役に立てるでしょう」

こうやって「犬」の役目は確実に引き継がれていく。安川は一人うなずき、今夜の本題に入った。

「私が出馬することにした」

「知事……」大本が絶句する。

「これまで後継候補を必死に探してきたが、どうにもならない。頼みの綱だった高桑にも断られた。もう時間がないから、私が出るしかない」

「しかし、奥さんは……」大本は何度も知事公舎を訪ねているので、仁絵のこともよく知っている。

「大丈夫だ。このところ体調は上向いているし、了解してもらっている。次の四年間を何とか乗り切って、その後の後継候補選びは絶対に成功させる」

「分かりました」気を取り直したように大本が言った。「知事のご決断なら、私は尊重しますーー」


「明後日の定例会見で正式に公表するつもりだ。それまでは伏せておいて欲しい」

「もちろん、了解してます。会見の記事は大きく扱いますけどね」

「頼む」

電話を切り、一つ溜息をつく。これで根回しは全て完了したと言っていいだろう。あとは定例会見に臨むだけ。議会での対応は、会見の反応を見てから考えればいい。あらかじめ先の先まで読んで予定を決めていても、その通りにはいかないのが政治というものだ。むしろ必要なのは、突然の波を乗り切るアドリブの能力だろう。

これまでの経験で、何とかやってやる。


週に一度の定例会見は、知事室のすぐ近くにある会見室で開かれる。ここで何百回、会見をこなしただろう。五十人ほどが入れる素っ気ない造りの部屋だが、そもそもここで行われる会見は素っ気ないものばかりだから、この雰囲気は合っていると言える。県章が入った壁紙をバックに立つ。席は半分ほどしか埋まっていなかった。テレビカメラは入っているが、これは「念のため」だろう。定例会見は毎回ニュースになるわけではなく、あくまで想定外の重大な発表に備えるためだ。業界紙やフリーのジャーナリストが入ることもあるが、今回は地元紙の民報、地元テレビ局、それに全国紙の支局の県政担当と、いつもの面子《メンツ》である。緊張しようがないシチュエーションだった。

会見内容はその時々によって様々で、県政の問題だけでなく、時事問題についてもコメントを求められることがある。今日、事前に提出された質問にも原発問題、北朝鮮問題などが含まれていたが、県政に直接関係ある話題はほとんどなかった。

そういう問題は後に回すことにした。最初に爆弾を落としてしまおう。

普段は、事前に寄せられた質問に関して、月替わりの幹事社が口火を切って質疑応答が始まる。しかし安川は、司会を務める森野に目配せして、こちらで決めた予定通り、出馬表明を最初に行うことにした。

「それでは知事の定例会見を行います。本日も多くの質問が寄せられていますが、予定を変更して、まず知事の方からお話しさせていただきます」

一瞬の沈黙の後、安川は少し身を屈《かが》めてマイクに口を寄せた。このマイクの高さが合わないといつも文句を言っていたのだが、どういうわけか、とうとう高さの合うマイクは用意されなかった。

「まず、皆さんにお詫び申し上げます」

そこで一度頭を下げると、ざわざわとした雰囲気が広がった。知事が「お詫び」と言うのは尋常な状況ではない。顔を上げると、意識して表情を消し、話を続けた。「二月定例会で、今期限りの引退を表明させていただきましたが、本日、それを撤回します。

来月の知事選に出馬することを、この場で表明させていただきます――以上です」

ざわめきがさらに大きくなり、ノイズのように安川を襲った。ここからは質問を受ける――その方が話しやすい。森野がマイクに向かい、「質問をどうぞ」と静かな声で言った。

民報の県政キャップが手を挙げる。

「一度決めたことを覆されたのはどうしてですか？　民自党の候補選定が揉めていたのが原因ですか？」

「民自党には民自党の事情がありますので、私にはコメントする資格はありませんが……いずれにせよ、白井副知事が急逝されたのが大きな痛手でした」

「副知事が亡くなられてからだいぶ時間が経っていますが」民報の県政キャップが質問を続ける。

「明言していませんでしたが、私は白井副知事に今後を託すつもりでいました。それが頓挫し、その後民自党推薦候補が決まらなかった、というのが今回の事情の全てです」

質問は途切れず、森野はきちんとさばくだけで精一杯になっていた。会見場を途中で飛び出して行く記者もいる。人の出入りが激しくなって、静かなはずの会見は不穏な雰囲気になってきた。安川は水を一口飲み、会見場の後ろの壁の時計を見た。午後三時……ローカル局の夕方のニュースまでにはまだ時間があるし、新聞の締め切りはずっと先だ。今日は相当長引く、と安川は覚悟を決めた。

「民自党が次の知事候補を決められなかったことが原因で、出馬を決断されたんですか？　県連から要請があったんですか？」

「要請があったわけではなく、私の判断で出馬させていただくことにしました。既に名乗りを上げている方もいらっしゃいますが、私にも県政への責任があります。現在、この県が抱える問題を解決するためには、私がさらに四年間、知事を務めさせていただくのがベストの決断だと考えています」

「民自党との調整は済んだんですか」

「話はしています。できれば今回も推薦をいただき、県内一丸となって知事選を戦いたいと思います」

「あまりにも唐突な感じがしますが、県民にはどう説明しますか？」

「県議会という公の場で発言したことを、何ヶ月も経ってから覆すのは、まことに申し訳なく思います。もう少し早く決断して、お知らせできればよかったのですが、状況の見極めや、私自身の年齢の問題などがあり、ここまで先延ばしになってしまいました。ちなみにあらかじめ申し上げておきますと、健康問題はまったく心配ありません」

「五期目となると、多選批判も免れないと思いますが」

「批判については受け止めますが、仕事の実績でカバーしていきたいと思います」

「中司涼子さんが既に名乗りを上げていますが、どうお考えですか」

「中司さんは、冬季五輪女子アルペン競技で日本人唯一のメダリストであり、我が県が誇るアスリート、そして県民栄誉賞の受賞者です。私も何度かお会いしたことがありますが、人間的にも非常に尊敬できる方です。公的な仕事の経験もおありですし、大きな理想を持って県政の運営に当たりたいということかと思いますが、立候補についてはコメントを差し控えさせていただきます」

会見が進むに連れ、意外に荒れないな、と安川は拍子抜けした。知事の発言は重い。十六年間の知事生活から引退するという二月の宣言を覆したのだから、もっと批判的な質問が出てくるかと思ったのだが……この連中も追及が甘くなったな、と安川は皮肉に思った。積極的に手を挙げる記者がいる一方、うつむいたままパソコンのキーボードを叩いている記者も多い。こういう光景は、自分が知事になった頃にはなかった。会見で、ろくに質問もせず、ただパソコンをいじっている記者が目立つようになったのは、いつ頃からだっただろう。あれなら、記者を派遣せずに、ＩＣレコーダーか携帯電話を置いておけば済む話ではないか。

いや、マスコミ各社は、この会見をある程度予想していたのかもしれない。彼らは、日々県政界の関係者に取材をしている。それに政治家は、基本的に口が軽い。自分が引退を撤回して立候補するという情報は、もう摑んでいたかもしれない。会見前に直当たりするほどの、はっきりした感触は得られなかっただけとか……。

会見は一時間以上に及び、終わる頃には記者の数は半分に減っていた。一刻も早く報告して原稿を書きたいのだろう。慌ただしいし無礼な感じもするが、仕方がない。マスコミの連中とはこういうものだ。いちいち怒っていたら仕事にならない。

会見が終わって知事室に戻ると、すぐにスマートフォンに電話がかかってきた。前沢。

「会見、ネット中継で拝見してましたよ」

定例会見は、基本的にストリーム配信される。普段は観ている人などほとんどいないはずだが、今日はアクセス数がうなぎのぼりだっただろうな、と安川は皮肉に考えた。

「どうですか？　何かまずい発言はありましたか？」

「知事がそんなヘマをするはずがないでしょう」

「静かな会見でしたな」

電話の向こうで前沢が小さく笑った。

「一度引退表明した知事が、それを撤回するという記者会見は、私も初めて見ました。だから点数はつけられませんが、記者連中に突っこませなかったのは大した手腕ですな」前沢が持ち上げる。

「情報は、どれぐらい事前に流れていたのかね」

「どうですかね……今、県政クラブにはそれほど優秀な記者はいません。知っていたのは民報ぐらいじゃないかな。今日の午前中、私にも当てにきましたよ」

「それで、何と？」

「もちろん、ノーコメントで」前沢があっさり言った。「ご本人が会見する前に、私が喋る訳にはいきませんからね」

「ところで、勝てるかね」安川は一抹の不安を抱えながら訊ねた。

「もちろん、勝っていただきますよ」

「かなり出遅れているが……」

「こういう時こそ、民自党の組織の出番じゃないですか。この県が日本一の保守王国と言われ続けてきたのは伊達《だて》ではないことを、今回の選挙で証明しましょう」前沢の声は自信に溢れていた。

この男は結局、選挙そのものが好きなのかもしれない。

選挙は祭りだ。非日常の世界が繰り広げられ、巻きこまれた人間は異様な興奮を経験する。当選が決まり、選挙事務所で万歳する時の高揚感は、他では経験できまい。選挙は全人格、それに加えて経験や思想を問われる戦いであり、負けると逆に、自分を完全否定されたような気分になるだろう。

安川は幸い、一度も落選を経験していないのだが。

「安心はできないな」安川は慎重な姿勢を崩さなかった。「中司女史の出馬で、今回の選挙は世間の関心を集める。投票率も上がるだろう。そうなると、どうしても民自党は苦しくなる。昔のようにはいかないでしょう」

投票率が下がると民自党有利、というのは根拠のない話ではない。

民自党には一定数の支持者がいる。選挙になれば確実に民自党に投票する人たちだし、こういう人は何があっても必ず投票に行く。それ故、民自党公認候補、推薦候補の得票数はある程度読めてしまうのだ。問題は、最近とみに増えている無党派層である。こういう人たちは雰囲気で投票先を決めてしまうし、著名人が選挙に出ると、政策もクソもなくそちらに流れる傾向が強い。投票に行かないことも多いのだが、行けば行くほど民自党の票は「薄れる」可能性が高いわけだ。

もちろん、投票率は高い方がいい。選挙へ行くのは国民の義務でもあるからだ。無関心は犯罪に等しい。

「そこは何とかします」前沢が請け合った。「これは、民自党の威信をかけた戦いになりますから」

「政友党は？　自主投票の形になるんだろうか」

「いえ、まだ諦めていません。県連の連中とは接触を保っていますから、推薦をもらえるように、最後まで努力しますよ。党本部の方でも、水面下で交渉中です」

「衰えたといっても、政友党の力はまだ馬鹿にできない。ぜひ推薦をもらえるように、努力をお願いします」

「もちろんです。知事も、お体には十分気をつけて」

「体力、気力とも万全ですよ」

そう、十六年前に初めて選挙に出た六十歳の時と、何ら変わっていないと思う。ある意味、六十歳の自分は相当老人だったとも言えるのだが……多少目は悪くなった。しかし持病もないし、頭ははっきりしている。長い選挙戦を戦ってもへこたれないだろうし、あと四年間、知事の激務に耐える自信もあった。だいたい、この県の知事選は必ず秋なのがありがたいではないか。真夏や真冬の選挙は地獄で、消耗戦の様相を呈するだろう。

やれる。出るからには必ず勝つ。

4

結局、一騎打ちか。

いや、まだ「実質的に」一騎打ちね、と涼子は自分の中で訂正した。

知事選の事前説明会に顔を出したのは、涼子の陣営と安川の陣営だけだった。もちろん、説明会に出ないと立候補できないわけではないから、まだ名前が出ていない人間が出馬する可能性もある。

説明会の内容を踏まえて、涼子たちはその日の夜、さっそく会議を開いた。池内が仕切る会議に出席したのは、涼子の他に古屋、由奈、そして——今回から新たに、無所属の県議二人が顔を出している。一人は元々民自党所属だったのだが、前回の衆院選での公認候補の選定を巡って揉め、離党していた。もう一人は、三郷一子の後継者と言われた女性県議・山田佐智《やまださち》。彼女の支持層を受け継いで当選し、三期目だった。政党の支援もない状態で、よく選挙に勝てるものだ——いや、自分もそれを目指しているのだ、と涼子は気を引き締めた。

三郷一子も、後援会長として当然参加している。彼女の存在は非常に心強い。

由奈が、全員分のお茶を用意する。冷たいペットボトルのお茶を楽しめるのも、この県ではあと一ヶ月もないだろう。十一月になると急に冷え込み、山の方では初雪も降るし、海が荒れて漁船が遭難することもある。涼子にとっては、それからが本番——スキーシーズンの始まりだったのだが、取り敢えず昔の話は忘れよう。今の自分は知事候補でオリンピックのメダリストではない。

池内が仕切って、会議を始めた。

「他に候補が出てくる可能性は否定できませんが、実質はあなたと安川知事の一騎打ちと言っていいでしょう。民自党対中司涼子と言ってもいい」

涼子は無言でうなずいた。さすがに緊張感が高まってくる。

「問題は、政友党が未だに態度を明らかにしていないことですな」池内が自分に言い聞かせるように言った。「もちろん、独自候補の擁立はないでしょう。今の政友党に、そこまでの力はない」

「政友党は本当は、民自党の推薦候補に相乗りしたかった――情けない話ね」一子が鼻を鳴らす。

「政友党の連中は、県議会でもすっかり萎縮しています」一子の後継者・佐智がテキパキとした口調で報告した。「次の総選挙では、党の存続自体が危ういと言われていますからね。はっきり言えば、知事選に注力する余裕もないでしょう」

「まあ、政友党は放っておいていいんじゃないかな」池内が結論を出した。

「万が一、これから推薦の打診があったらどうします？」涼子は訊ねた。

佐智と一子が顔を見合わせて苦笑する。今更……という感じだったが、涼子としてはそういう可能性がないとは言い切れなかった。むしろ今まで、まったく接触がないのが不思議なぐらいだ。

民自党に関しては、民報の編集主幹の大本が「取材」に来たのが、党としての接触だったのだろうと、今では考えている。池内も同じ解釈だった。大本はおそらく、民自党の使いっ走りなのだ。県連の意向を受けて、民自党に「乗る」意思があるかどうか、確かめに来たのだろう。彼によるインタビュー記事は、民報には載っていない。

「その時はその時——受けることはまずないにしても、話だけは聞くべきですな」池内がぴしりと言った。「何人《なんぴと》も、門前払いすべきではない。知事は、特定の敵を作らないのが得策ですよ」

会議はその後、情勢分析を軸に進んだ。池内はこちらが有利と分析しているが、県議二人は甘い見方をしなかった。

「知事に対する批判が出ていないんですよ」佐智が心配そうに言った。「前言を翻せば批判される——しかも、引退という極めて重要な決断を覆したんですから、それなりの批判の声が出るものだと私たちは思っていました。ところが、そういう声がまったく聞こえてこない。一般質問で辛うじて出た、という感じでしたね」

「ネットの方でも同じです」由奈が発言した。彼女は最近、ボランティアのウェブ部隊も束ねている。「関心がないというか……それも不安ですけどね」

「選挙が盛り上がってくれないと、無党派層を取りこめない」池内がうなずき、同意を示す。「知事は、そんなに人格者なのかね？」

「プラスもなければマイナスもない、というところでしょうかね」もう一人の県議、長《なが》井愛之助《いあいのすけ》が明け透けに答える。名前は可愛らしいのだが、年齢は五十八歳、ごつい体格で強面《こわもて》である。「身近で長く見てきたので言えるのですが、要するに失策がないんです。余計なことを言わないから失言もない。本音を覗かせることはほとんどないですが、民自覚との関係も良好で、とにかく敵がいません」

「了解です」池内が、手帳に何か書きつけた。

涼子はふと、その手帳が、最初に会った時には真新しいまっさらのものだったと気づいた。彼は暇があるとこの手帳に書きこみしたり、資料を貼りつけたりしており、既に相当ぼろぼろになって膨れ上がっている。もしかしたらこれが、彼のやり方、あるいは願かけなのかもしれない。一つの選挙を、一冊の手帳で戦う。

「そこで、選挙での作戦なんですが、絶対に安川批判の方向へ行かないようにしましょう。引退を撤回したことで批判が集まっているなら、『嘘つき』批判を展開してもいい。しかしネット上でも、今のところは批判の声がほとんど上がっていません。この状況だと、あなたが知事批判をすると上滑りする可能性が高い。あくまでこちらの政策を訴える方向でいきましょう。オリンピック招致、若者の雇用創出——その二本柱は変えない。選挙での公約はシンプルな方がいいですからな。とにかくオリンピック。そのインパクトを最大限に生かしていきましょう」

その後は由奈が話した。彼女は池内の指示で、選挙期間の十七日間の遊説スケジュールを既に組み終えていた。県内を三回り、大票田となる都市部は徹底的に絨毯爆撃——広い県であるが故に、相当の負担になるのは予想できた。しかし、体力的に心配はない。七十六歳の人に体力で負けたら洒落にならないし。

「あとは、明後日《あさって》の公開討論会ですな」池内がまた手帳のページをめくった。「ここで実質、最初の一騎打ちになる。マスコミの注目度も高いでしょうから、ボロを出さないことが肝要です」

「ボロって……」

涼子は苦笑した。池内が釘を刺す。

「あなたは、政治に関しては素人だ。特に経済関係についてはにわか勉強をしてきただけで、安川知事が本気でかかってきたら勝ち目はない」

「しっかり勉強してきましたよ」涼子は反射的に反論した。

「それは分かっていますがね」池内が皮肉な視線を向けてくる。「向こうはこの十六年間、実地でやってきた。というより、この県のあらゆる数字を決めてきたのは彼なんですよ」

「失礼しました。まさに当事者でしたね」涼子は苦笑しながら一歩引いた。毎晩の予習で、県の財政状態などについては頭に入れていたが、それはあくまでデータとしてである。討論の場で細かい数字の話になったら、言い負かされる可能性は高い。

「そこで、お二人にお願いなんですがね」池内が県議二人に視線を向けた。「模擬問答をやっていただけますか。立候補予定者の公開討論会でどんな質問が出るか、知事がどのような対応をするかは、お二人には予測できるでしょう」

二人が同時にうなずく。涼子も気を引き締めた。大勢の前に出るのは慣れているが、そこで討論となると話はまた別だ。

「では、明日もこの時間に打ち合わせにしましょう」池内がうなずく。「選挙戦が始まると、全員が集まっての打ち合わせは難しくなります。事前に決められることは、決めておかないと」

全員が立ち上がりかけた瞬間、長井の携帯が鳴った。

「ちょっと失礼」と一声かけて、事務所を出て行ったので、「解散」の気配が薄れてしまう。長井はすぐに、嫌そうな表情を浮かべて戻って来た。スマートフォンの送話口を右手で押さえている。「噂をすればですがね……政友党の県連会長です」

涼子は池内の顔をさっと見た。渋い表情……しかし池内は、「話を聞いて下さい」と長井に頼んだ。長井はうなずくと、椅子に腰を下ろし、会話を続けた。

「お待たせしました。はい、まあ、そうですね。お手伝いという感じですが……ええ、え？　そうですか……いや、私の一存ではちょっと何とも言えませんので、折り返しお電話させていただいてよろしいですか？　ええ。それは確実に。すぐに折り返します」

電話を切り、「困った」とでも言いたげに掌で顔を擦った。

「政友党の方で、中司さんにお会いしたいと言ってきていますよ」

「どうします？」涼子は池内に助けを求めた。

「時間の無駄なんだがな……」池内が吐き捨てるように言った。「ま、行って来たらどうですか。向こうの出方を見るのも大切だし。政友党の県連会長というと、一区の代議士の有山《ありやま》さん？」

「そうです」長井が答える。

「知事になれば、そういう人とのつき合いもできるでしょう。今のうちに顔つなぎをしておいて、悪いことはない。それに……政友党が自主投票になることも想定しておいた方がいいでしょうね。その場合に備えて――」

「向こうにいい印象を与えておくわけですね」

「そう」池内がうなずく。「少なくとも悪い印象は与えないようにして下さい。会うことさえ拒絶してしまったら、完全にマイナス状態からのスタートになる」

「愛想よく拒絶、ですね」

「そういうことです」池内がニヤリと笑った。「あなたもだいぶ、やり方が分かってきたようだ」


会談場所にカフェというのはいかがなものだろう、と涼子は首を傾げた。長井が調整して、さっそくその日の夜に政友党県連会長の有山に会うことになったのだが、場所を指定されてさすがに戸惑った。

重山川沿い……それほど遠くないので、涼子は由奈を伴い、歩いて出かけた。

「あのカフェなら、行ったことありますよ」由奈が切り出した。

「そう？　話なんかできるところなの？」

「それは大丈夫だと思います。個室もありますから。でも、カフェってやっぱり変ですね……県連会長が女性だからでしょうか？」

「そうかもしれないわね」自分が県連本部に顔を出すわけにはいかないだろうし──表沙汰になったら一騒動だろう──料亭というのもちょっと違う感じがする。かといってカフェは、政治のイメージとはほど遠い……。

九月半ば。既に秋めいた風が吹き始めており、夜になると、夏用のジャケットでは寒さを感じるくらいだった。冬の競技を長く続けてきたから、本来は寒さには強いのだが。

「とにかく会ってみましょう。あれこれ考えても仕方ないし」

「もうそこですよ」由奈が右手を挙げて前を指差した。

重山川沿いは細長い親水公園として整備されており、その一角に明るい光を放つ建物があった。二階建て、全面がガラス張りなので、店内の照明が、暗い街に灯りを投げかけているのだ。あんなに外から丸見えの店で、大丈夫なのかしら……心配になったが、考えても仕方がない──先ほど自分でそう言ったばかりだと思い出した。

店に入ると、すぐに店員が寄って来た。四十歳ぐらい、ほっそりとした男で、口髭《くちひげ》を生やしている。ダンガリーのシャツに、腰から下は茶色いエプロンという軽快な格好だった。

「中司です」由奈が先に名乗る。

「お待ちしておりました。こちらへどうぞ」

渋い声で言って、店員が先に立って歩き出す。広い店内には余裕を持ってテーブルが配され、客席はほとんど埋まっている。九時過ぎでこれだけ客が入っているということは、かなり人気の店なのだろう。幸い、涼子に気づく人はいない。通された個室は一面が総ガラス張りだが、川に面しているから、誰かに見られることはないだろう。

そこに有山香《かおり》がいた。五十歳、県議を経て政友党代議士になって三期目——というデータを涼子は頭の中で整理した。五十歳にしては若く見える。短くまとめた髪には艶があり、顔には皺一つない。女性代議士もエステに通って自分磨きをするものだろうか、とふと考えた。

「どうも」香が立ち上がり、ぱっと明るい笑みを浮かべる。深みのある声も魅力の一つのようだ。

「遅れまして、すみません」実際には約束の時間前なのだが、向こうは待っていたわけだから——涼子はさっと頭を下げた。

「とんでもない。どうぞ」

勧められるまま、広いテーブルの向かいに腰を下ろす。料理や飲み物を並べるにはいいのだろうが、話をするとなると、ちょっとやりにくい。香が一人だったので、由奈は遠慮してドアに近い席に離れて座った。

「飲み物は？」

「できればソフトドリンクを」

「そうしましょう。お酒を呑まないで済むように、この店を選んだんですから。何にしますか？」

「アイスティーをお願いします」それなら間違いなくあるだろう。

「じゃあ、私も同じものにします」

香がドアの方に視線を投げた。気づかなかったが、ドアは細く開いたままだった――すぐに、先ほどの店員が顔を覗かせる。香は気楽な口調で「アイスティーを二つ――いや、三つお願いします」と声をかけた。店員がうなずき、ドアが閉まったところで、由奈に声をかける。

「あなたもアイスティーでよかった？」

「大丈夫です。恐縮です」由奈がさっと頭を下げる。

「ここ、弟の店なのよ。今あなたを案内して来たのが、弟」

「そうなんですか」涼子は目を見開いてみせた。驚くほどの話ではないが……。

「人と会う時に、ここをよく使うのよ」

「こういう部屋なら目立たないし、いいですよね」

アイスティーはすぐに運ばれて来た。香はストレートのまま啜ったが、涼子は飲まずに脇にどける。考えてみれば、積極的にアイスティーを飲みたいような気候ではない。何でこんなものを頼んでしまったのだろう。

香もグラスを脇に置き直し、両手を組み合わせてテーブルに置いた。涼子との距離を少しでも縮めようというのか、身を乗り出してくる。

「さっそくですけど、お忙しいところお時間をいただいたので、率直にお伺いします。中司さんは、無所属での出馬を明言されていますね？」

「ええ」

「推薦も受けないということですか？」

「そういう方針です」

「ずばり聞きますけど、政友党の推薦を受ける気はない？　あなたの公約を見ていると、民自党寄りでも政友党寄りでもない。最大の目玉はオリンピック招致ですね？」

「はい。自分の経験を生かしたいと思っています」

「ＩＯＣにもコネがある？」

「コネという言い方には抵抗がありますが、知り合いが何人もいるのは確かです。選手時代、それにＪＯＣでの活動を通じて知り合った人たちです」

「それは、招致では大きな武器になるわね」香がうなずいた。「最近のオリンピック招致では、不正が問題になっています。せっかく招致に成功しても、そういう悪い評判があると、オリンピック自体にマイナスイメージがついてしまう。それは主に、コーディネーターの存在が原因では？　彼らがいろいろと裏工作をするわけですから」

涼子は返事をしなかった。オリンピック招致の実態については、いろいろと噂は聞いている。しかし自分で確かめたことはないので、確証は持てなかった。無責任な噂話に乗って、適当に相槌を打ちたくはない。

「あなたなら、そういうことはなしにオリンピックの招致で有利に動けると思うわ。政友党としても、そのお手伝いはできます」

「はい」

「私たちに、あなたの選挙のお手伝いをさせてもらえないかしら」香がさらに身を乗り出す。「もちろん、政友党に以前のような力がないことは、自分たちでも理解しています。でも私たちには、依然としてしっかりした地方組織がある。それが上手く稼働すれば、あなたの地盤は盤石になる——票も読めるし、それをベースに選挙戦を展開していけるでしょう？　無所属というのは、精神的にもきついものよ。どこに立っているのか分からない感じだから」

「そうでしょうね。でも、覚悟はしています」

「あなたは知事になれる器だと思います。県民にも親しまれている人だし、若いのも大きな利点だわ」

「評価していただいていることは、深く感謝します」涼子はさっと頭を下げた。「しかし申し訳ありませんが、私は今回の選挙では特定の政党から援助を受けるつもりは一切ありません。これまで政治活動とは無縁でしたし、選挙だからといって政党の力を借りるのは筋違いだと思います」

「今回は、民自党からも接触があったんじゃない?」

「ありません」大本のことは伏せておいた。「最初からずっと無所属です」

「そう、ですか……」香が唇を嚙む。「変な話ですけど、あなたは、どうしてオリンピックでメダルを取れたと思いますか?」

「全てのタイミングが合ったからです」涼子は笑みを浮かべた。

「実力あってのことでしょう?」

「それは否定しません。でも、どんな実力者でも、予想もできないギャップや障害に苦しむことがあります。アルペン競技は自然との戦いでもありますから、雪の状態、風の向きや強さによって状況は変わります。私の場合、条件が全て上手く嚙み合ったとしか言いようがありません」

「私は、あなたの実力というか、意志の強さが勝因かと思っていました。今日は、私も相当強い気持ちでここに来たんですけどね……あなたに推薦を受けてもらうまでは帰らない、ぐらいのつもりで。でも、少し話しただけで分かりました。あなたは、自分で決めたことを簡単には——いえ、絶対に変えない人でしょう」

「申し訳ありませんが、その通りです」涼子はさっと頭を下げた。「不偏不党、と格好をつけているわけではありません。ただ、広く県民の声を聞くためには、無所属が一番適していると思っただけです。無所属なら、どの党派の人とも等距離でおつき合いできると思いますから」

「分かりました」香が笑みを浮かべたままうなずいた。「残念ですけど、今回は推薦は見送ろうと思います。でも将来的には、どんな形でもいいからぜひご一緒したいわ。国政に興味があるなら、後押ししますよ」

「知事選に専念します」涼子も微笑んだ。「それに今回、勝ちますから」

店を出てしばらくしてから、由奈が口を開いた。

「あれだから、政友党は駄目なんじゃないですか？」

「どうして？」

「粘りがないですよ。私だったら、どんなに断られても、もっと頑張ります。あんな風にあっさりし過ぎてるから、どんどん離党者が出るんじゃないですか？　最近は離党ドミノ、なんて言われてるんでしょう？」

「あなた、いつの間にか政治に興味を持つようになったのね」

「涼子さんの近くにいれば、どうしてもそうなりますよ」由奈が歩きながら器用に肩をすくめ、短く笑った。

「何か、面白い？」

「何だか動物園にいるみたいです。猛獣ばかりで」

涼子も声を上げて笑った。それは的を射ている――コントロール不可能な人間ばかりが集まっているという意味で。

「じゃあ、あなたは飼育員か猛獣使いっていう感じかな？」

「ですねえ。やりがいはありますけど、手を嚙まれないか、怖いですよ」

「そうね……でも取り敢えずこれで、政友党にも民自党にも義理は果たしたことになるんじゃないかしら」

「義理とか人情とか、面倒臭いですけどね」

「田舎で選挙をやるなら、おじいちゃんおばあちゃんとのつき合いは必須でしょう？　それこそ義理人情の世界よ」

「そうですね……」由奈が視線を落とし、腕時計を見た。「あ、早く帰らないと。討論会の想定問答を考えましょう」

涼子はひそかに溜息をついた。義理人情に搦《から》め捕られたやり取りにも気を遣うが、想定問答の方がずっと気が重い。

5

中途半端とも言える。しかし一方では、「含みを残した」と言えないこともない。一回の記事で、全てを出し切る必要はないのだ。こちらが内偵して事実を抉《えぐ》り出した記事の場合、初報では手の内を全部出さないのが定石だ。一発花火を打ち上げただけで終わるのは、一番みっともない。

植田は、書き上げた原稿にもう一度目を通した。雪国博物館建設に関わる談合の事実を盛りこんだ記事。証拠は、談合に加わった人たちが残したメモの写真だ。

「中岡：50・5　倉持：50・3」

ひどい筆跡の手書きのメモは、入札額を書いたものだと簡単に分かる。単位は「億円」。倉持建設の参加したJVは、博物館建設を五十億三千万円で落札していた。事前に中岡建設の入札額が漏れ、それをメモしたもの……談合の動かぬ証拠と言える。おそらく誰かが、念のためにと密かに撮影したのだろう。何らかのトラブルがあってその人物が裏切り者になり、中岡たちに情報を流したということか。メモの写真はあるものの、これを掲載するわけにはいくまい。誰が書いたメモかはすぐに分かってしまうし、流出させた人間にも見当がつくだろう。倉持建設の関係者が撮影して、「裏切り」として中岡建設に持ちこんだものだ。あるいは中岡建設が、倉持建設にスパイを送りこんでいたのかもしれない。

建設業界は魑魅魍魎《ちみもうりょう》の世界だ。

もう一枚。こちらの方が意味深長で衝撃的だろう。

「知事　１００」

安川知事に百万円の謝礼——賄賂が渡ったということか？

内線電話を取り上げ、編集部に電話をかける。一番信用できるデスクの佐野に話そう。何も相談していなかったが、この段階で話を持ちかければ、向こうも乗り気になってくれるはずだ。取り敢えず、自分の記者パソコンというローカル環境で見せよう……記事サーバーに送ってしまうと、アクセス権のある記者なら誰でも読める。今はまだ、話を広げたくなかった。

佐野はすぐにやって来た。どうやら今日は酒も入っていない様子……家に帰りたくなくて、ただだらだらと編集部で時間を潰していたのだろう。あまり健全な生活とは言えない。

「どうした」

「原稿が一本あります」

「当番のデスクに言えばいいじゃないか」佐野が不審そうに言った。

「このまま出せるかどうか、佐野さんに見てもらおうと思いまして」

「そんなにやばいネタなのか」

「やばいですよ」

「じゃあ、ちょっと」

佐野が植田の椅子に腰を下ろした。植田は後ろから覗きこむ格好で、彼の動きを見守った。

長い原稿ではない。十一字詰で七十行ぐらい……一面トップに据えるには少し短い。当然、佐野はすぐに読み終えてしまう。横にスクロールして——原稿執筆ソフトは縦書きが基本だ——最初に戻ってもう一度読む。

二回読むと、腕組みして唸った。原稿を睨んだまま、「お前、これは……」と嘆息を漏らすように言った。

「談合原稿としては一級品でしょう」植田は自賛した。

「ある意味手遅れとも言えるがな。談合の原稿は、入札の前に出るパターンがほとんどだ」

植田は無言でうなずいた。「入札情報が漏れているとの指摘があり、延期になった」云々。そういう記事は、植田も何度も読んだことがある。だいたいが、談合に敗れたライバル社が、マスコミなどにタレこんで発覚する。マスコミの方では当然、発注者である自治体に当てて確認するわけだが、「公正を期するために入札を延期してやり直す」となるパターンがほとんどだ。ある種、お約束のようなものである。

「これだけ長い時間が経ってから談合情報が出てくるのは珍しいぞ」

「そうですね。入札が一年前……もう工事も始まっていますし」

植田は既に、工事中の雪国博物館の写真も押さえていた。近くに小高い丘があったので、その上から撮影して全容が分かる構図になっている。記事の添え物にするにはちょうどいい写真だ。

「問題は知事の関与だが……これじゃ、弱いよ」

「知事に百万円を用意した、と解釈できますよ」

「安川知事の指示があったと証言する人間、あるいは明確な証拠があればいいんだが……捜査当局は動いていないな？　あるいは行政当局がこの入札を調べ直すことにしているとか」

「それはまだ当ててません。当てれば、こっちが動き回っているのがばれますから」

「やるなら最終段階か……それにしても、ちょっと弱いな」

植田は、証拠になる写真を佐野に見せた。談合を相談する現場から流出した決定的な写真とも言えるのだが、佐野は納得しなかった。そうなると、植田の自信もなくなってくる。無用に鼻をへし折ってしまったと思ったのか、佐野は「まあ、軽く一杯やろう」と誘ってきた。といっても、外で呑むわけではなく、この遊軍別室で……佐野の意図は分かっていたので、植田は冷蔵庫から缶ビールを二本取り出した。応接セットに向かい合って座り、それぞれ缶ビールを傾ける。

「倉持建設って、四区の会社だよな？」

「ええ。牧野の後援会長が、倉持建設の社長です」

「ということは、この件には牧野も絡んでるんじゃないのか？」佐野がソファの肘かけを摑んだ。

「牧野は関係ないと思いますが……倉持建設の社長とも、親の代からのつき合いというだけですしね。それより牧野と言えば……」

植田は、大本から命じられた仕事の件を話した。その後、牧野陣営の動きを見て、自分の推測が正しかったと分かったのだが、気分は非常に悪い。悪事ではない……ないはずだが、正しいことに手を貸したとは言えない。

佐野は表情を変えずに聞いていた。本音が読めない——植田は一歩突っこんだ。

「大本さんが、牧野さんを潰すために、俺にこんな取材をさせたんじゃないですか？

記事にはなりそうにない話ですし」

「俺には分からん」佐野が力なく首を横に振る。

「佐野さんでも分からないんですか？」

「俺なんか、ただのデスクだからな……それでお前の方の記事では、知事の関与をどう書くかが問題だな。これは一番難しいぞ。とにかくあの原稿は、このままじゃ使えない。やるなら一気に、それこそ一日で詰めてしまわないと」

「そうですね……」他人の手は借りたくない。ここまで一人で取材してきたという自負があった。誰かと手柄を分け合うのは気が進まなかった。しかし佐野の言う通りで、本当にこれを記事にするつもりなら、複数の記者で一気に関係者に当たる必要がある。最後の当て先は安川知事。できるだけ知事を追いこむためには、まだまだ取材が甘い。それは自分でもよく分かっていた。

「どうだ、応援をつけてやるから、一気に攻める日を決めたら」

「それでいけますかね」

「いけるかどうかは、取材してみないと分からないが……俺に任せるか？　面倒を見るよ」

「お願いします」

「ま、一人でここまで調べあげたのは評価できるけど、抱えこみ過ぎじゃないか？　こういう取材はスピードも大事だ。何人かで組んでやらないと、相手に防御態勢を取られてしまう。こっちの動きは、結構簡単にばれるものだぞ」佐野がやんわりと忠告した。

「なかなか言い出すチャンスがなくて」

「しかし、安川知事が談合の指示ね……あの人、そういうことには縁がないと思ってたけど」

「十六年も知事をやってれば、どんなに清廉潔白な人間でも汚れますよ」植田は皮肉に言った。

「しかし、微妙なタイミングだよな。出馬を表明した直後……明後日には公開討論会だぞ」

「その前に記事が出れば、公開討論会は公開処刑になるでしょうね」皮肉が止まらない。

「政治的な意図がある記事だと受け止められる可能性があるぞ」佐野が急に声を潜めた。

「そんな忖度、必要ないでしょう」植田は声のボリュームを上げて言った。「タイミングなんか考えていたら、何もできませんよ。記事にできると思ったら出す、それだけです」

「お前はまだ若いな……」

「何ですか、それ」植田は嫌な予感を抱いた。

「いや、別にいい。この原稿、プリントアウトしてくれないか。家でもう一回、じっくり読んでみるよ」

あまり気が進まない。佐野は慎重な男で、納得するまでは何回でも原稿を読み返す。しかし今回は、少しニュアンスが違うような気がした。

聞かなかったことにして下さい――つい、そんなことを考えてしまう。しかし新聞記者はしつこいものだ。一度知ってしまった情報を、何もなく手放すことなどない。


ビール一本が高くついたな、と植田は舌打ちしたい気分だった。遊軍別室で呑んで、帰りは自分の車を置いてタクシーか……会社で風呂を浴びて、アルコールを抜いてから帰ろうかと思っていたのに、佐野に「タクシーで帰れよ」と釘を刺されてしまったのだ。彼が神経質になる理由は分かっている。一年ほど前、遊軍で同僚だった記者が呑んで車を運転して、自宅近くで衝突事故を起こして相手に軽傷を負わせたのだ。酒を呑んでの事故となれば、まず逮捕される――その記者もやはり逮捕され、事故はニュースになった。結局彼は懲戒解雇されたのだが、それ以来、飲酒運転に対して会社は非常に厳しくなった。当たり前と言えば当たり前なのだが……最近、植田も一人で会社の近くで呑むことは少なくなった。誘われればついて行くが、タクシー代がかさむのも馬鹿馬鹿しい。一人で呑みたい時は、一度家に帰ってから、近くの店に歩いて行くことにしていた。

悪いことに今夜はまだ夕食を摂っていなかった。会社の近くで牛丼でも食べて済ませてくればよかった……植田の家は住宅街にあり、周りには手軽に食事ができる店があまりない。一番近いのはラーメン屋だが、ラーメンの気分でもなかった。結局、自宅マンションの一階にあるコンビニエンスストアが台所代わり——ここに住んでから、いったいこの店にいくら突っこんだだろう。

麺ではなく米が食べたい。弁当を買って温めてもらっている間に、冷蔵庫の中がほぼ空っぽだったと思い出し、ビールとミネラルウォーターも追加して買った。

三階にある部屋に戻り、ダイニングテーブルに積み重ねておいた新聞を床に片づけて——断じて「移動」ではない——淡々と食事を始めた。昔は味つけが濃いと思っていたコンビニ弁当だが、今ではすっかり舌が馴染んでしまっている。こんなもの、体にいいわけがないのだが……。

弁当を食べ終えると、コーヒーが飲みたくなった。コーヒーだけは常備してある。朝食を抜いてしまうことも多いのだが、眠気覚ましのコーヒーを欠かすことはまずないから。薬缶《やかん》をガス台にかけたところで、スマートフォンが鳴った。反射的に腕時計を見ると、十時近い。原稿の問い合わせならこの時間に電話があってもおかしくないが、今日は原稿を出していない。

大本。

何だ？　緊張感が一気に高まる。いったい何の用事だろう。無視してしまいたいという気持ちが湧き上がってきたが、出ないわけにはいくまい。一つ深呼吸して、スマートフォンを取り上げた。

「ちょっといいか」

「はい」

「ベランダに出てみろ」

「え？」

「いいから出てみろ」

こんな謎めいたことを言う人だっただろうかと首を傾げたものの、指示を無視するわけにはいかない。ベランダに出て外を見回す——真下に、黒塗りの車が停まり、車体に背中を預けて大本が立っていた。直接話ができる距離なのに、大本の声がスマートフォンから耳に飛びこんでくるのは不自然極まりない。

「ちょっと出て来られるか？　ドライブしよう」

「いったい何の——」

「車の中で話す」

電話が切れ、大本は植田を見もせずに車に乗りこんでしまった。まるで、植田が下りて行くのは当然、とでも言いたげな態度だった。無視するか？　いや、無理だ。編集主幹の誘いを断れるわけがない。そもそも仕事の話かもしれないのだし。植田は脱いだばかりのジャケットをまた着こみ、スマートフォンと財布、鍵だけを持って家を出た。煙草を忘れてしまったことに気づいたが、取りに帰るのも馬鹿馬鹿しい。エレベーターを待たず、一気に階段を駆け下りる。

後部座席のドアを開け、中を覗きこむ。大本は植田を見もせずに、「乗れ」と短く命じた。これまで経験したことのない強圧的な態度に、植田は思わず警戒した。ドアを押さえて開け放ち、大本の様子を観察する。固まった姿勢で、前方を凝視したまま……煙草の煙が漂っていなければ、まるで彫像だ。

植田はゆっくりと、彼の横に滑りこんだ。ドアを閉めると煙草の煙が充満し、息苦しくなる。自分も吸っていると気にならないのだが、肝心の煙草を忘れてしまった……。

車が走り出す。窓を開けたいという欲望と、植田は必死に戦った。大本は口を開こうとしない。何か考えているのかいないのか。植田は両手で膝を摑んだ。落ち着け、別に殺されることはない――本当に？　大本が何をしに来たか分からない以上、安心はできない。

窓の外に視線をやる。見慣れた近所の光景が広がっているが、まったく気休めにならなかった。

「いいネタを摑んだな。あれが、お前が追いかけていたネタか」

大本が唐突に口を開く。その一言で、今夜の話題が分かった。談合問題だ――しかし、どうして彼が知っている？　瞬時に、佐野の顔が脳裏に浮かんだ。佐野のことは信用しているが、大本とどれほど深くつながっているかは考えてもいなかった。しかし……ここに落とし穴があったのだろう。

談合問題は知事にまで波及する可能性が高い。佐野は事の重大性に鑑《かんが》み、直ちに安川知事の腰巾着である大本に話したのだろう。こんなことは予想しておくべきだった。狭い会社だし、人間関係は濃厚だから、「ここだけの話にしておいて下さい」という口約束などあてにならない。そもそも佐野に、そんなことも頼んでいなかったし。

「どこで摑んできた？」

「ネタ元は言えません」

「そうか……だいたい想像はつくが」

その想像は間違っている。大本はおそらく、倉持建設のライバル社辺りがネタ元だと思っているだろう。談合情報が漏れるのは、大抵ライバル社からだ。

まさか、森野が最初のネタ元とは思うまい。自分と森野の関係を知れば、納得するかもしれないが……森野は、植田と同じ大学でゼミの先輩だった。二十年も年長なのだが、このゼミは先輩後輩の関係が深く、しかも植田の卒業が教授の退官と重なった。退官パーティに来ていた森野と知り合い、地元へ戻って民報の記者になると打ち明けて、すぐに懇意になったのだった。そして実際、地元へ戻ってからは、森野と頻繁に会うようになった。植田は事件取材の担当だったから、森野に直接取材することもなく、気楽な関係だったが……ところが突然、「知事が談合に絡んだ」という情報を打ち明けられたのだ。森野は知事に引き立てられ、忠実な秘書役を務めているのだが、心の底では含むところがあったのかもしれない。それが引退を前に噴き出したとか……。

「原稿は読んだ」

「編集主幹がわざわざ個別の原稿に目を通すのは異例ですよね」

「全ての記事に最終責任を負うのが、編集主幹の仕事だ」大本がちらりと植田を見た。

「はい」

「なかなかのネタだ。一人で掘り起こしたのか？」

「ええ」

「大したもんだな。俺が見こんだだけのことはある」

「とんでもないです」

「しかし、記事にはできない」

やはりそう来たか……植田は反論の言葉を考えたが、何も思い浮かばない。余計なことを言えば、百戦錬磨の大本に搦め捕られてしまうだろう。

「政治家が絡む記事は、扱いが難しい。特に選挙の時にはな。スキャンダルを書けば、選挙に悪影響を与えるためだと邪推されてしまう。つまり、対立候補を有利にするための手段ではないかと……今回の場合、安川さんにダメージを与えて、中司さんを有利に導くため——民報が中司さんを後押ししていると思われかねない」

「そんな意図はないですよ」

「お前にはないかもしれない。だがな、記事を読んだ人間はそこまで深読みするんだよ」

「考えすぎじゃないですか?」植田は、膝に置いた掌が汗ばむのを感じた。

「談合はよろしくないな」大本が唐突に言った。「入札は公正に行われてこそ、意義がある。談合は、入札制度自体を否定する犯罪だ。しかし、書いていいタイミングとそうじゃないタイミングがある」

「今は違うんですか」

「違うな……ちょっと停めてくれ」

車が路肩に寄って停まった。大本がドアに手をかける。固まったままの植田に「お前も出ろ」と声をかける。いっそこのまま車を奪って逃げてしまおうかと思ったが、すぐに馬鹿馬鹿しいと思い直す。運転手がいるし、そもそもそんなことをしても何も解決しない。ここは、大本と正面から対決し、何とか突破口を見つけるしかないのだ。

外へ出ると、西浜《にしはま》海浜公園に来ていると気づいた。海岸沿いに細長く広がる公園で、夏場は海水浴客で賑わう。今も駐車場には何台かの車が停まっていた。雪が舞う真冬でない限り、デートコースとして定番の場所なのだ。

風が強かった。防風林の松林がなければ、もっとダイレクトに海風が当たって寒いぐらいかもしれない。植田はジャケットのボタンをとめ、少しでも風を遮断しようとした。

大本は防風林の中に入って行く。足元は土、そして松の根っこがところどころでゴッゴッと地上に張り出しているので、気をつけないと足が引っかかってしまう。植田は松の幹を摑みながら慎重に歩いたが、大本はこのルートを完全に把握しているようで、暗い中、まったくスピードを落とさず歩いて行く。

やがて二人は海岸に出た。予想通り風がいっそう強くなり、植田は思わず肩をすぼめた。大本は風も気にならないようで、片手でお椀《わん》を作ると、その中で新しい煙草に火を点けた。

「吸うか？」

「結構です」低い声で断る。植田の声は風に吹き飛ばされそうで、大本の耳に届いたかどうか、自信はなかった。

大本の吐き出す煙はあっという間に風で薄れてしまい、植田のところまでは香りさえも届かない。無性に煙草が吸いたかったが、恵んでもらうわけにはいかなかった。

「あの原稿は取り敢えずボツにする」言葉を変えて大本が繰り返した。

「政治情勢に鑑み、ですか？」

「ああ」

「じゃあ、いつかは載せるんですか？　選挙が終わったら？　それじゃ、水に落ちた犬を叩くようなものですよ」

「知事が落選する前提で話しているのか？　誰が当選して誰が落選するか——そんなことは、今の段階では分からない」

「中司が絶対に有利なんじゃないですか？　安川陣営は完全に出遅れてますよ。今から巻き返すのは無理でしょう」

「お前は、安川さんを落選させたいのか」

「そんなことは考えてもいません！　でも、落選した人間はニュースバリューが落ちる。そんな人の昔の犯罪行為を暴いても、見出しは大きくなりません」

「結局お前が気にしているのは、記事の大きさだけか」大本が嘲《あざわら》笑うように言った。

「違います。違法行為が分かっていて書かなかったら、新聞記者失格じゃないですか」

「大局に立って物を見ろ。民報は県紙だ。常に県の利益のために動く——それが唯一の編集方針だ」

「県の利益じゃなくて、権力者の利益じゃないんですか？　要するに、知事の番犬みたいなものだ……主幹は、そういう状態に満足しているんですか？　中司が新しい知事になったら、今度は彼女に尻尾を振るんですか？」

「言い過ぎだ」大本が低い声で言った。「お前も民報の記者である以上、社の方針に従え。それができないなら、飛び出して勝手にやるんだな。ただ、フリーでできることなんか、ほとんどないぞ。大きい組織にいるからこそ、こういうネタは手に入るんだ……今回は諦めろ」

植田は黙りこんだ。予想していた通りの展開……反論もできないし、同意もできない。答えはない。

「家まで送ってやろうか」

「結構です。勝手に帰ります」

「原稿は出しても無駄だ。紙面に載ることはない」

大本が踵を返して去って行った。一人取り残された植田は、強い海風を正面から顔に受けた。これで終わりか？　いや、まだ負けない。この事実を外に出す方法は必ずあるはずだ。

6

いやいや、なかなかの盛況じゃないか。

安川は、袖から客席を見渡した瞬間、目を見開いた。五百人が入る市民会館の大ホールが満員で、立ち見さえ出ている。知事選立候補予定者の公開討論会は、毎回ここを会場に開かれているのだが、満員になったことは一度もないのではないか。これなら、キャパ千五百人の県民会館でも満員になったかもしれない。注目度の高さをいやが上にも意識する。

「今回は関心が高いですね」森野がつぶやく。

「中司人気だろうね」

「それに、一見分かりやすい構図だからでしょう」

森野があっさり言ったが、安川は納得できなかった。選挙における構図とは、すなわち候補者同士の対立構図である。保守対革新、ベテラン対新人、男性対女性——分かりやすい対立構図と言っていいのだが、安川は状況を摑みかねていた。何だか、自分がよそ者のような感じがしてきた。涼子が一気に飛び出し、県内が彼女の色一色に染まり始めた中に、後から飛びこんだタイミングの悪い男……。

反対の袖で待機している涼子とふと目が合った。涼子が軽く頭を下げる。会釈を返しながら、安川は急に不安になった。自分が出馬する大義名分は何なのだろう……これまでも選挙では、特定の政党色を薄め「オール県民態勢」で戦ってきた。そして行政の専門家として、県政に寄与してきた自負がある。

しかし実際は、知事など誰でもいいのだ。

県の職員は優秀な人材揃いである。変な話、知事などいなくても、行政は遅滞なく進んでいくだろう。涼子が知事になっても、おそらく問題はまったくない。だったらどうして自分は、彼女の対抗馬になろうとした？　地位にこだわるわけではないし、息のかかった人間を後継者にして影響力を残そうとしているわけでもない。白井を副知事に据え、今回の知事選に担ぎ出そうとしたのは、主に民自党県連の意向によるものだった。

選挙でこんな思いをしたことは一度もなかった。

これは負けるな、と安川は覚悟した。候補者本人に熱がない選挙で、勝てるわけがない。こんなことなら黙って身を引き、涼子に県政を任せてもよかったのではないか？　彼女の主張を分析した限り、突拍子もないことを始めて県政を混乱させるようなことはなさそうだ。オリンピック招致も、予算という大きな問題があるとはいえ、夢があっていい話ではないか。県議会との関係はまったくの未知数だが、これも当面は、彼女有利で進む可能性が高い。初の女性知事、しかも五輪メダリストという県民にとっての英雄……そんな知事に県議会が協力しない、あるいは敵対関係に出たら、議会の方が県民にそっぽを向かれるだろう。彼女には熱狂的ファンも多いのだ。

「さて、私は客席で見ていますよ」

森野が言って踵を返した。ずいぶん淡々としたもので……もしかしたら森野の心も、もう自分からは離れてしまっているのかもしれない。選挙での苦戦――負けることを見越して、ずっと仕えたボスに尽くす意味を見失っている可能性もある。

そんなものだ。人は来ては去っていく。人間関係もどんどん変わる。未来永劫《えいごう》、影響力を残せる人間など一人もいない。

落選しようが、気にすることはないのではないか。もちろん、一時的に気分は落ちこむだろう。支援者にも申し訳ないと思う。しかし知事の仕事がなくなれば、その後は仁絵と二人の静かな生活が待っているのだ。待望の、穏やかな余生。

老後のために購入したマンションで仁絵と暮らし、できたら玲香もそこからちゃんと嫁に出してやりたい。玲香がいなくなったら、家事全般を自分がやらねばならないかもしれないが、なに、それもまた一興だろう。一から料理を覚えるのもいい。

何を考えているんだ、俺は。

安川は両手で頬をさすった。負けることを考えて選挙に出る人間などいない——そんな人間にはそもそも、選挙に出る資格はない。

「それでは、知事選に出馬予定のお二人、安川美智夫さん、中司涼子さんにご登壇願いましょう」

司会——青年会議所の幹部だ——が二人を紹介すると、これまで経験したことのない大きな拍手に身を包まれた。よし——やるからにはしっかりやろう。そして勝つ。自分に気合いを入れ直し、安川はステージに出た。反対側から涼子が出て来る。こうやって近くで見ると、女性とはいえなかなかの迫力だ。現役ではないもののアスリートらしく引き締まった体型で、背筋はピンと伸びて歩き方も堂々としている。背中には自分も気をつけないと。若さ対経験、という対決の構図に持ちこむつもりはなかった。

壇上中央に、二つの演台が置かれている。客席側を向いているが、やや斜めに、互いの存在が意識できるような配置だ。このポジショニングも、以前の討論会と同じ。安川は、四年前、八年前の記憶が鮮明に蘇ってくるのを意識した。二回とも安川は淡々と臨んだ——露骨に攻撃してくる相手もいたが、軽くいなして政策についてだけ喋り、相手を圧倒できたと思う。

涼子が、自分の立ち位置の演台を過ぎて、こちらに向かって来た。演台が逆なのか？一瞬安川は混乱したが、涼子が右手を差し伸べてきたので、さらに仰天した。どんなに荒れても、終われば握手で別れる——それが討論会の儀礼だが、始まる前に握手というのは一度もなかった。

それでも、差し出された手は受け止めねばならない。安川は右手を出して、軽く涼子の手を握った——しっかりと力強い握手。女性にしては手が大きいせいもあるだろうが、現役の運動選手のような力強さを感じさせた。しかも顔には笑みを浮かべたまま。笑うと同時に、こちらに対する尊敬の念もにじませる——なかなかの役者だな、と安川は感心した。自分はたった一つの表情を使うしかない。ポーカーフェイス。

二人が握手する様子を見て、客席からまた拍手が湧き上がる。何だか、試合前の選手に声援を送る感じがしないでもない。

安川は演台についた。この討論会では「カンニング」が許されており、各自の演台にはあらかじめタブレット端末が置いてある。数字などのデータに詰まったら、これを見てもいい、という約束だった。自分にはこんなものは必要ないけどな——頭がはっきりしていることを示すためにも、今日は一度も下を向かないことにしよう、と安川は決めた。

「それでは、討論会を始めたいと思います。本日は時間設定を一時間としていますので、お二人それぞれの発言には時間制限を設けさせていただいております。一つの発言は一分以内。それを過ぎると、タイムキーパーがこのように合図します」司会が言うと同時に、「チン」と澄んだ音が流れ、会場に軽い笑いが起こった。これが曲者《くせもの》だ、と安川は思う。この仕組みはこれまでも導入されていたが、発言の途中で鳴ると焦るのだ。時間内に話をまとめられない能無しと思われる可能性もあるし、チャイムを無視して話していると、自分勝手な人間だと印象づけてしまう。チャイムのせいでペースを崩し、発言がメロメロになってしまった立候補予定者を、安川は何度も見ていた。安川自身は、チャイムが鳴る前に発言を終えるよう、常に意識している。本当に重要なこと、ややこしいことであっても、実際には一言か二言で話せるものだ。それ以外は全てつけ足しか言い訳——安川は腕時計を外して演台に置いた。こういう時のために用意してある、見やすいデジタル式の腕時計。時間確認だけはしっかりしないと。

それにしても、プロジェクターの光が邪魔だ。自分たちの背後にある巨大なスクリーンに様々なデータを映すためなのだが、客席が暗い分、プロジェクターが発する蒼白《あおじろ》い光は強烈である。あれが目を直撃したら、視界が白くなってしまうだろう。

神経質になっているな、と意識する。

「まず初めに、お二人の公約について伺っていきたいと思います。事前に取材させていただいたので、それに基づいて、直接語っていただきます。その後、県政が抱える課題について、青年会議所の方でまとめた質問がありますので、そちらに答えていただく段取りで話を進めます。では、レディファーストということで、中司さんからでよろしいですか？」

司会がにこやかに話を振ると、涼子が困ったような笑みを浮かべた。何を困っている？　涼子が先攻、自分が後攻ということは、事前に決めていたではないか？

「申し訳ありませんが、後からにしていただいてよろしいでしょうか。なにぶん選挙は初心者なので、これまでにないほど緊張しています」涼子が右手で胸を押さえた。「レディファーストと仰るなら、できれば後ろにしていただけると……現役時代も、後から滑った時の方が成績がよかったんです。勝手なジンクスですが」

再度、小さな笑いと拍手。司会は困った表情を浮かべ、安川に「いかがですか」と話を振った。こんな風に言われたら拒絶はできないものだ。ベテランが、初めて出馬する新人を虐《いじ》めるように見えたらマイナスイメージになる……。

「どうぞ。私の方から始めます」と言ったものの、既に涼子の術中にはまってしまったのではないかと安川は困惑した。

「それでは予定を変えまして、安川さんの公約の方からご説明をお願いします」

戦闘開始。まだ選挙戦も始まっていないが、この討論会がかなり重要な意味を持つことを安川は理解していた。何とか自分に有利な方に持っていかないと。

討論は盛り上がらなかった。討論会というより、単なる意見発表会……互いの公約の問題点を突き、激しい議論になるぐらいでないと、勝ち負けがつかない。安川は淡々とそのタイミングを狙った。

まず、揺さぶりをかける。涼子が数字に弱いようだというのは、インタビューした大本から聞いていた。県の基本情報について、数字で押さえていないようでは知事は務まらない。

「中司さんは、税収減について、現状、どうお考えですか？」

「はい。昨年度のデータですが、個人県民税が二十六パーセント、法人県民税が三パーセント、法人事業税が十九パーセント、地方消費税が二十三パーセント……大きいところではこれぐらいかと思いますが、法人事業税が五年連続で微減になっているのは気にかかります。こちらではまだ、企業の体力は回復していない証拠ですね。新しい企業の誘致等も考えていく必要があります」

おいおい……数字に弱いという話は何だったのだ？　完全に暗記しているではないか。この件で突っこんでも意味はないか。会場で聞いている人も、数字の応酬になったら意味が分からなくなるだろう。司会が振った次の話題でも、数字が出てきた。

「中司さんの今回の公約の目玉、冬季オリンピックの招致についてですが、まず莫大《ばくだい》な招致費用などについてどこから捻出するか、という疑問の声があります。その辺りについて、具体的に教えていただけますか？」

「はい」涼子が静かに話し始めた。「これまで日本で二回開かれた冬季五輪、それに世界各地の大会からのシミュレーションですが、招致経費は五十億円程度が見こまれます。このうち十五億円程度は組織委員会の負担、残り三十五億が開催地の負担になりますが、そもそも招致経費を圧縮することは可能です。これまでの招致運動を精査してみたのですが、コーディネーターを使う費用が馬鹿になりません。私は、自分でも動き回るつもりです。ＩＯＣ役員ともコネクションがありますから、それを最大限に生かし、経費をなるべく圧縮するつもりです。もちろん、運営費についてはさらに巨額になる可能性が高いですが――」

　そこで時間切れの「チン」が鳴る。涼子は顔色一つ変えずに説明を終えた。司会が、安川に話を振ってくる。

「安川さんは、五輪招致についてどのようにお考えですか？」

「オリンピックを実現できれば、県内は大変盛り上がり、日本経済全体への寄与も少なくないと思います。県内のインバウンド需要も無視できない額になるでしょう。ただし、招致費用と運営費を考えた場合、費用対効果の点で疑問符をつけざるを得ません。札幌市が策定した招致計画では、総費用は四千億円を超え、そのうち札幌市の負担は七百億円をオーバーします。冬季五輪の場合、新設した施設が年間を通じて使えるわけでもありませんから、負の遺産にもなりかねない。慎重に考えるべきかと思います」

　タイムアップ前に終了。司会の発言を待たずに、涼子がさらに自説を展開した。

「既存施設がかなり利用できますから、新規の施設建設は抑えることができます。競技施設の建設に関して、札幌市は約一千億円の経費を想定していますが、こちらは半額で済むと計算しています。算定している額を詳しく公表することもできますが、また『チン』が鳴りそうなので、この場では控えさせていただきます」

　上手く逃げたな、と安川は感心した。堂々と相手を論破する――議論に持ちこむのが好きなタイプではなく、際どい話題は巧みにスルーしていくのが得意らしい。これはなかなかの強敵だ。こういう討論会では、特定の問題について結論が出ることなど絶対にない。単に、見ている人に立候補予定者のイメージを植えつけるのが目的だ。涼子は、いい感じで聴衆を自分の方へ引き寄せようとしている。

このような討論会が大きな意味を持つようになったそもそものきっかけは、一九六〇年の米大統領選だったと思う。既に歴史の中の話だが、若々しいイメージのケネディが、妙な焦りを見せる堅苦しい感じのニクソンをイメージで圧倒し、選挙での勝利に結びつけたと言われている。

今回の涼子も、イメージでは明らかに安川に勝っている――はるかに若いし、立ち姿もいい。ピンと伸びた背筋は、「力強さ」や「若さ」を強く感じさせる。一方自分の方は「老い」「老獪《ろうかい》さ」の印象を植えつけるだけではないか……選挙は所詮、イメージの戦いだ。頭の中は空っぽで、私生活にも問題がある牧野が、連続で圧勝して当選しているのがいい証拠である。

涼子の発言には中身があまりないのだが、それでも口跡はいい。これもイメージ戦略……とにかくはっきり発言することで、政治家としての「自信」を、聞いている人に感じさせることができる。実際、会場の雰囲気が涼子の方に傾いていることを、安川は感じ取っていた。涼子が発言した時の方が、会場の反応が早い。どうやら彼女には、かなりいいブレーンがついているようだ。無所属の県議二人が応援に回っているのは分かっているが、彼らのアドバイスだけではあんな風に上手くはできないだろう。

五輪招致問題にも、当然答えは出ない。話題は、二人とも公約に掲げている「若者の雇用創出」に移ったが、ここでも議論は空転した。安川は企業誘致による雇用増を訴えたが、これは前回の選挙でも公約に掲げたことだった。しかも悪いことに、あれから誘致に成功した企業はわずか二社。百人程度の雇用を確保しただけで、とても公約を実現したとは言えなかった。

涼子が突然、批判めいたことを言い出した。

「製造業などの誘致に限界があることは、既に証明されたと思います。今後は企業誘致に関しても、ソフト的——サービス業を優先して誘致していく必要があるのではないでしょうか。具体的にはコールセンターなどで、製造ラインなどがない分、より少ない費用で誘致が可能になります。現在は、コールセンターは沖縄や北海道に置かれることが多いのですが、思い切って誘致を進めていきたいと思います」

安川はすぐに切り返した。

「コールセンターは、安い賃金で働く人が多いかどうかが進出の決め手になります。それ故、安い賃金で働かざるを得ない人を大量に生み出すことにもなりかねません」

「仕事がないよりはましかと思います」涼子が反論する。

「働き方が問題になっている中、ブラック企業を誘致するのはあまりよろしくないのではないですか」

「全てのコールセンターがブラック企業というのは、根拠のない決めつけかと思います。実は私も、コールセンターで働いたことがあります」

そんな話は初耳だ。彼女のように、若い頃から公的な場で活動してきた人間に、キャリアの「空白」があるわけがない。それともこれは、都合のいい嘘なのか？

「現役を引退して一年ほど経った頃ですが……それまで普通に働いたことがなかったので、一度ぐらいは仕事を経験してみようと思って、コールセンターでの派遣業務に登録しました。結果的には、出身大学で教えるようにと声がかかったので、一年だけしか働けませんでしたが、職場の環境は悪くありませんでした。もちろん、会社によって違うでしょうが」

そういうことか……これは反論しようがない。安川は話を畳みにかかった。

「いずれにせよ、県内にはまだコールセンターがありません。誘致に際しては、慎重な姿勢が求められるでしょう」

「仰る通りです」涼子があっさり同意した。「まず、現在よりも情報収集を強化しなければなりません。そのために、企業局と知事室のスタッフ増員などを考えています」

こういうことは自分が先に言うべきではなかったか？　行政の長として、県庁内の組織見直しは常に意識しておかねばならないことである。それを先取りされた感じで、非常に気にくわなかった。

あっという間に一時間が経った。発言にマイナスもなければプラスもない——これでは、有権者は公約では投票先を判断できないだろう。しかしイメージという点では、涼子がかなりリードしたはずだ。

「それでは、残念ながらここでお時間となりました。安川さん、中司さん、今日は本当にありがとうございました」

司会者の閉会の辞を聞き、安川は最後ぐらいはきっちり締めようと思った。自分の方から歩み寄り、握手を求める。積極的なイメージを植えつけなければ——と考えた瞬間、涼子がもう自分のすぐ近くに来ているのに気づいた。この素早い動きは何なんだ……不安になったものの、差し出された右手を拒絶するわけにもいかない。

涼子は、安川の目を真っ直ぐ見詰め、小声で「ありがとうございました」と告げた。先輩に対する気遣いと同時に「絶対に負けない」という強い意志が透けて見える。

彼女にとって選挙とは、スポーツと同じようなものかもしれない。尊敬できる相手と全力を尽くして戦う——全力を発揮するのが大事で、勝負を左右するのはその時々の運、ということかもしれない。

自分には経験と余裕がある。しかし彼女からは若さとやる気が透けて見える。有権者はどちらを選択するのだろう。

公開討論会が終わって控え室に戻ると、前沢が待っていた。渋い表情……俺が不利だと判断したな、と安川は思った。

「今の採点結果は？」

「五十五対四十五であちらさんですね」前沢がさらりと言った。

「十ポイント差か。厳しいね」言いながら、そんなものだろうと自分でも納得した。とにかく、政策論議がヒートアップしなかったのが痛い。そうなったら、彼女を自分の土俵に引きずりこんで、無知を証明してやれたはずなのに。予定を覆して出馬を決めたばかりなので、安川自身、まだエンジンが温まっていない感じではある。

「まあ、まだ序盤ですから」

前沢が慰めるように言った。しかし、既に彼の心は自分から離れているのでは、と安川は心配になった。

帰りの車では、後援会長の長岡が待っていた。こちらは前沢よりもはるかに厳しい表情である。

「惨敗したみたいな顔をしてるな」

「何でもっと突っこまなかったんだ」長岡が露骨に非難した。

「そういう流れにならなかったじゃないか」安川はさらりと言って息を吐いた。指摘されてみれば、反省点ばかりの討論会だったと思う。

「流れを作るぐらい、簡単だっただろう。あんたは海千山千なんだから」

「力が落ちたかな」顔を擦る。そう言えば、脂っ気も抜けてきたようだ……。

「馬鹿言うな」長岡が吐き捨てる。「あんたはまだまだ若い。十分やれる。ゴングが鳴る前から試合を投げるな」

「分かってる。しかし素人だとばかり思っていたんだが、あの中司涼子というのは、なかなかのタマだぞ」

「ああ」長岡も認めた。「何より、話し慣れている。講演やテレビ出演も多かっただろうし、緊張とは縁がないようだな。世界を転戦してきた人間ならではの度胸かもしれん」

「民自党として、もっと積極的に取りこむように努力しておけばよかったんだよ。あのタマなら、県連のうるさ方も納得しただろう。しかし彼女はどうして、あそこまで無所属にこだわるのかね」

「無所属でも――無所属だからこそ勝てる自信があるからかもしれん」長岡が解説した。「世の中の流れは、脱政党だからな。無所属で、しかも知名度の高い候補がいれば、有権者はそちらに流れる。いずれにせよ彼女は、自分の見せ方をよく知ってるよ。イメージカラーとか」

「黄色」が涼子のイメージカラーである。本当は「金色」にしたいらしいのだが、金色のジャケットなどお笑い芸人のようなので、それに近い黄色にした、ということらしい。本人曰く「銅までしか手が届かなかったので、この世界では金色を目指したい」。おそらく選挙戦では、ボランティアも黄色いTシャツを揃えて臨むだろう。灰色が多い街中でも、緑に包まれた山間地でも、あの黄色はよく目立つ。それに対して自分は、むさ苦しいグレー、というところだろうか。今更イメージ戦略を練っても、手遅れだろう。

「いずれにせよ、強敵だな。変な話だが、そもそも彼女を後継指名するように私自身が検討すべきだったかもしれない。何度か会ったことはあるわけだし」

「ずいぶん前の話だろう？　当時はどうだったんだ？　政治の世界に足を踏み入れる気配はあったのか？」

「ないね」安川は断言した。「田舎で特別運動神経がいい女の子、という感じだった。ただしそれが世界レベルということでね……だいぶ垢抜《あかぬ》けたな。経験は人を磨くということだろう」

　初めて会ったのは、実に十七年も前だ。自分は副知事になったばかりの頃。涼子が世界選手権で初の銀メダルを獲得し、県庁を表敬訪問してきたのだった。あの頃彼女は二十四歳、アスリートとしてピークを迎える頃で、その後にオリンピックでも銅メダルを獲得する……そうそう、何だか田舎じみた子だな、と無礼にも思ったのを覚えている。

頰は真っ赤で、化粧っ気もなく、話し方もたどたどしかった。

変われば変わるものだ。人間というのは、生きているうちに何度も変身する生物なのだろう。

「まあとにかく、選挙戦はすぐに始まるんだ。絶対にお前を勝たせる」長岡が強い口調で言った。「後援会も一致団結しているし、民自党も組織をフル回転させるだろう。負ける要素はない」

「油断は禁物だ」安川はうなずいた。「何が起きるか分からないのが選挙なんだから」

「もちろんだ。しかし今回は、ジイさんたちの力をしっかり見せてやろうじゃないか」

その前提――ベテラン対新人の構図が際立っていないのが問題なのだが。若手には任せられない、経験者に任せろと叫んでも、それほど効果はないような気がする。それを言ったら、こちらから喧嘩をしかけているような感じになってしまうわけで、イメージもよくない。

嫌な予感がする。

これまでの選挙で、こんな気分になったことはなかった。

7

　これは禁じ手だと分かっている。しかし記者にとっては、ネタを殺してしまうことの方がよほど辛い。罪と言ってもいい。

　大本に——会社にばれたらと思うとさすがに怖かった。閑職に追いやられるぐらいならともかく、馘も覚悟しなければならないだろう。だが何とか隠し通し、素知らぬ顔で今後も民報の記者としてやっていけるのでは、という楽観的な見通しもあった。十分な図々しさがあれば……。

　電話を手にしてから、何度も迷った。かけたら、間違いなく向こうは食いついてくるだろう。同じネタを追いかけていたところへ、格好の材料が飛びこんでくるわけだから、週刊誌の記者なら絶対に逃さないはずだ。まるで、でかい口を開けた鯉《こい》に向かって餌を投げてやるようなものである。

　意を決して名刺を取り上げ、電話番号を入力する。「週刊ジャパン」記者、島光太郎。一度話しただけで詳しい素性は知らないが、自分と同年輩だろう。

「民報の植田です」名乗った瞬間、不安になる。向こうは覚えているだろうか……変なタイミングで一緒になって名刺を交換したとはいえ、向こうから見れば単なる地方紙の一記者である。

「ああ、はい。どうも」島の声は不明瞭だった。まるで寝ていたような感じ……しかし一瞬間が空いた後で、声ははっきりした。「すみませんね、飯を食ってたもんで」

反射的に壁の時計を見上げる。午後十時……ずいぶん遅い時間の飯だ。しかしそういう自分も、近所のラーメン屋で夕食を済ませて帰宅したばかりである。

「邪魔じゃないですか？　かけ直しましょうか？」

「いや、いいですよ。人を待たせるのは嫌いなんで。いつでも歓迎です」

この前言葉を交わした時とまったく同じ、腰の軽さを感じさせる口調。実際、フットワークは軽いのだろう。

「実は、あなたが気にしていた問題なんですけどね……」

「牧野？　あのネタは使えないですね」

「どうしたんですか？」

「どうも二人は、関係を清算したらしい。その後はいくら張りこんでも、二人一緒のところを撮れないんですよ。もしかしたらあなた、その写真をお持ちだとか？　だったら、それなりに高く買いますよ」

「その件は置いておきましょう」金で情報を買う――その神経が植田には理解できなかった。「そっちじゃない別件です。あなた、安川知事のことを言ってましたよね」

「ああ、談合問題？　あっちの取材はちょっと……地元にいないと分かりにくい話ですからね」

「どこまで知ってますか？」

「俺から取材するつもりですか？」

「いや、材料を渡したいんです」

「え？」島が一瞬沈黙した。「……何ですか、それ」

「こちらには、それなりの材料があります。それを使って、そちらで書いて下さい」

「当然、何か裏がありますね？」探るように島が言った。

「そちらで書いてもらった方が、都合がいいというだけの話ですよ」

「民報さんでは書けない事情があるんですか？」

「田舎では、いろいろしがらみがありましてね」これ以上は喋れない――身内の情けない実態を晒すようなものだ。

「知事に対する忖度ですか？　そう言えば、そちらの知事選、だいぶ揉めてるようですね。現職の安川が引退表明を撤回して出馬するとか」

「よくご存じですね」

「揉めた」という意味でもニュースバリューがあるかもしれないが、所詮は田舎の話だ。よほど大きな問題がない限り、地方の知事選など、東京ではまったく注目されない。

「ニュースはよくチェックしてますよ。私、出身はそっちなんで」

「そうなんですか？」

「大学までそっちでしたから、やっぱり気になりますよ。民報さんのウェブも、毎日見てます」

「そうですか……では、いろいろな事情もお分かりですね？」

「忖度しますよ」

島が茶化すように言ったが、それは言葉の上だけだと植田には分かっていた。ネタを前にすれば、記者は真剣にならざるを得ない。

「重要なデータが一つあります。それをお送りしますから、検討して下さい」

「そうですか……だったらそれを見て、また連絡します」

「では、後ほど」

植田はパソコンを立ち上げ、問題の写真データを送った。すぐに島から折り返し電話があり、二人は状況について話し合った。驚いたことに、島は植田が想像しているよりも深く、この談合について知っていた。どうやら牧野の周辺を探るうちに、後援会長が建設業協会会長として何度も談合に関わっていたという噂を聞きこんできたようだった。正直、植田が知らない話もあり、改めて週刊誌の記者の取材能力に舌を巻くことになった。もちろん、噂はあくまで噂であり、そのまま書いたら訴えられそうな話もあったが。

「このデータの出どころがあなただとばれる可能性は？」

「疑う人間はいるけど、大丈夫でしょう」植田は開き直ることにした。「データはデータです。こんなものは、どこからでも広がる可能性がある。何とでも言い抜けできますよ」

「そっちは狭い世界でしょう？　変な疑いを持たれたら、今後取材がやりにくくなるかもしれませんよ」

「そうなったらなった時に考えます。今はとにかく、事実を公表することが大事なので……書けますか？」

「書きますよ。こっちの取材で抜けている最後のパーツみたいなものだから」島があっさり言った。彼にとっての「裏取り」は、植田が自分に課しているそれよりもはるかにハードルが低いのだろう。「あなたが摑んでいないネタもある——それより、そろそろ知事選の告示ですよね？　そこにぶつけると、影響が出ると思いませんか？」

「『週刊ジャパン』の部数を考えると、無視できないでしょうね。すぐにネットで拡散するだろうし」

「あなた、安川知事に何か個人的な恨みでもあるんですか？」

「いや」植田は唇を舐めた。「事実があるから書くべきだと思うだけです」

「しかし、安川知事も……俺はこういう人じゃないと思ってたんですけどね。あまり脂ぎった感じじゃないでしょう？　有能な官僚タイプですよね」

「十六年間も知事をやっていれば、増長してもおかしくないでしょう。県内では逆らう人はいなくなるだろうし、自分の一声でいろいろなことが決まるわけだから、鼻も高くなりますよ。怖いものなしでしょう」

「変な話ですけど」島が急に声を潜めた。「民報さんって、基本的には安川派ですよね？」

「会社としてはね」大本の顔を思い浮かべるとむかむかしてきた。

「これで、安川知事が選挙で不利になって、中司知事が誕生となったら、どうなります？　面倒なことになりませんか？」

「どうでもいいですよ」植田はソファに乱暴に腰を下ろした。「誰がトップだろうが関係ない。いいことは褒めればいいし、悪いことがあったら糾弾すればいい。余計な忖度をするから話が複雑になるんです。新聞は――新聞記者は、政治の内側に入るべきじゃないですね」


数日後、島から連絡が入った。あれからすぐに出張してきて、数人のスタッフと一緒に一気に取材を進めたらしい。「話が妙な方向にねじ曲がってきた」と言ったが、どちらを向いているのかは教えてくれなかった。「それは記事を読んで欲しい」と。

月曜日、植田は普段より一時間早く起き出して「週刊ジャパン」のホームページを開いた。毎週月曜日発売の「週刊ジャパン」の内容は、その日の朝にネットでも読めるようになっている。

トップ記事ではない。長さも見開き二ページ。しかし、「安川知事　建設業界と闇の癒着」という見出しは強烈なインパクトを与えた。

地方政界と財界の癒着は、批判を浴びながらも途絶えることはない。五選を目指して選挙戦を戦っている安川美智夫知事が、公共施設建設を巡る入札に介入し、特定の業者に有利になるよう取り計らっていたことが分かった。現職代議士が、現職知事の権力乱用を告発する。

現職代議士？　鼓動が高鳴ってきた。読み進めていくうちに、なんと牧野が安川を糾弾していることが分かった。この展開が、島が言っていた「妙な方向」だったのだろう。自分はこの線に突っこめなかったな、と唇を噛む。一歩踏み出せば、自分で書くチャンスもあったのではないか。

不正が行われたのは、現在建設中の「雪国博物館」の入札。入札は去年の二月に行われ、地元建設会社の倉持建設を含むＪＶ（ジョイントベンチャー）が落札した。

この入札に関して、安川知事の「天の声」があったと指摘するのが民自党の牧野崇史代議士。倉持建設の倉持安夫《やすお》社長（70）は、牧野代議士の後援会長でもある。

「安川知事は、十六年間の在任で、この県の絶対権力者になった。多くの人が知事の意向を汲み、知事の指示がなくても意向を忖度して動くようになった。この入札は、そういう馴れ合いの典型だ」と牧野代議士は指摘する。

記事を二回読み、朝のコーヒーを淹れた。カップを持ち上げようとすると手が震え、一度テーブルに置かざるを得なくなる。まさか、牧野が知事、そして自分の後援会長に後ろから斬りつけるような真似をするとは……いったい何のつもりだろう。牧野はこれまで、次点に常に大差をつけて三選を果たしているが、それは本人の人気に加えて、父親の代から続く強固な後援会組織があってこそである。「地盤、看板、鞄」と言われる選挙の三要素のうち、後援会組織である「地盤」と金の「鞄」を押さえている倉持建設に向かって、刀を振り上げたわけだ。

ただでは済むまい。

牧野と倉持建設は、絶対に喧嘩別れする。いかに本人の人気が高いとはいえ、後援会長を怒らせて、今後選挙で勝てると思っているのだろうか。これではまるで自爆——もしかしたら、島は例の不倫問題を持ち出して、牧野を脅したのかもしれない。将来的な選挙についてはともかく、現在の立場を守るために、牧野は後援会長を「売った」のだろうか。倉持の不正を証言すれば、不倫問題は書かないでおいてやる、とか——これではまるで恐喝だ。実際に記事では、牧野の個人的な問題にはまったく触れていない。

安川は、この件については「ノーコメント」を貫いていた。これも微妙な表現である。決して否定はしていない……安川本人ではなく、安川の個人事務所の名前でのコメントなのだが、同じことである。明確に否定しなかったということは、認めたのも同様ではないか？　しかし一方で「悪質な選挙妨害である」ともコメントしている。

説得力があるのかないのか……。

気になり、午前七時半になるのを待って、島に電話してしまった。早過ぎるかとも思ったが、彼の声は明瞭だった。

「ああ、どうも」声は弾んでいる。

「取り敢えずネットで読みましたよ……まさか牧野が出てくるとはね。脅したんですか？」

「冗談じゃない」島が鼻で笑った。「例の不倫問題で取り引きしたとでも思ったんですか？　後援会長が絡んでいるとなったら、代議士本人に直撃取材するのは筋でしょう。向こうがいきなりぺらぺら喋り始めちゃってねえ。まあ、今回の知事選では、いろいろ大変な裏があったようですよ。『週刊ジャパン』で書くような話ではないけど……むしろ、民報さんで、選挙の後に書くのが相応しいんじゃないかな」

島がやけに機嫌よく喋るので、かえって不安になってきた。朝七時半からこのハイテンションは、尋常ではない。何かクスリでもやっているのではないか……。

「民自党の県連は最初、牧野に出馬を持ちかけたらしいですね」

「そうみたいですね」

「ところが、牧野は梯子《はしご》を外された。本人は『県連の対応はいい加減で不当だ』と怒ってますけど、たぶん、身体検査で例の不倫問題がばれたんだな。怪しいと思ったから、『何か私生活が問題になったんじゃないですか』って聞いたら、否定しないで黙りこんじゃいましたからね……彼、政治家には向いてないんじゃないかな。とっさに嘘をつけるのが政治家ってものだと思いますけどね」

「私はそれについては何も言えませんが……牧野は、それで県連や知事に対して恨みを抱いたんですか?」

「おそらくね。いや、間違いないだろう」島が自信たっぷりに言った。「延々と知事批判を始めて、自分の後援会長が絡んだ談合についてもぺらぺら喋ったぐらいだから……次の選挙、どうするんでしょうね」

「さあ」

「不正に絡んだ人間は切る、なんて息巻いてましたけど、そんなに簡単にはいかないでしょう。倉持建設って、県内では大きな会社ですよね?」

「規模、売り上げともトップクラスですよ」

「代議士が後援会長を告発するなんて聞いたこともないけど……何なんでしょうね」

「牧野も、政治家としてはまだまだ素人ってことじゃないですか」

「確かにそんな感じはしましたね」島が皮肉っぽく言った。「いつまでもお坊ちゃん体質が抜けないというか」

しかし、安川に対する牧野の恨みは深い……植田は一瞬で、今回の一件の裏が見えたと思った。いったい何だったのか、確かめてみたい――こんな状況になっても、記者としての本能だけは健在だった。

電話を切った瞬間、今度は呼び出し音が鳴る。大本。一気に鼓動が跳ね上がった。

逃げる訳にはいかない。むしろ真相を解き明かすチャンスと捉えるべきだ――そうやって自分を励ましたものの、やはり真っ当な精神状態ではいられない。何とか対決の舞台を選んで、こちらに有利な状況に持ちこむべきだったのではないかと植田は悔いた。

とはいえ、そこまで作戦を考える余裕もなかった。

先日と同じ、西浜海浜公園。朝八時過ぎとあって、さすがに人気はない――いや、そんなこともなかった。この近くに住んでいるらしい高齢者が散歩で行き過ぎ、それに加えてジョギングする人も見受けられる。さらに、静かな海面で波を摑まえようとボードに跨《またが》っているサーファーもちらほらと見えた。朝日を受けて煌《きら》めく海面で漂うサーファーの姿は、どこか非現実的だった。

駐車場に車が停まると、大本はすぐに外へ出た。他に車はなく、話を聞かれる心配もない。かすかに波の音が聞こえてきて、眠気を催すぐらいだった。しかし、海風は早くも冬を予感させる冷たさを孕《はら》んでおり、それで目が覚めてしまう。

大本が煙草を取り出す前に、植田は素早く煙草をくわえて火を点けた。これで先手を取ったわけではないが……大本は煙草を吸おうとしなかった。

「お前が『週刊ジャパン』に情報を流したのか？」

「そんなことするわけ、ないじゃないですか」植田はさらりと言った。平然と嘘がつける自分に驚いた。

「週刊誌に情報を流す……新聞記者としてやってはいけないことだな」

「そうですね。全国紙の連中は、結構情報のやりとりをしているようですが」

「うちは県紙だ」大本が言い切る。「県民のために作る新聞だ。週刊誌に情報を売るようなことがあってはならない」

「仰る通りですね」さらりと言って、植田は携帯灰皿に煙草の灰を落とした。手が震えていたが、何とか大本には気づかれずに済んだと思う。

「情報を流したとしたら、記者のモラルに反するぞ」

「どこかへ飛ばしますか？　馘にしますか？」

大本が黙りこむ。表情に変化はない。当然植田を疑っているにしても、確証は摑んでいないはずだ。ここは勝てる。ヘマしなければ、絶対にこの窮地から脱出できると植田は自分を鼓舞した。

「『週刊ジャパン』の記事は読まれましたか？」

「ああ」

「ネタ元は牧野さんでしょう。コメントも載っていました。後援会長の不正を暴いたんですから、勇気ある行動でしたよね」

「どうかな」

「私に、その馬鹿者の不倫問題を取材させたのはどうしてですか？　あれは、絶対に新聞記事にはならない話ですよ。彼には、民自党の県連から知事選への出馬要請があったそうですね？　ところがこの不倫問題で、梯子を外さざるを得なかった。中途半端なやり方に怒った牧野さんは、あろうことか、中司さんの応援に回りました。本人が表に出るわけではないですが、勝手連として中司さんの応援を始めたんです。ところがその動きは突然止まった――私が、不倫問題で彼に直接取材した直後です。要するに主幹は、民報が取材していると牧野さんに知らせることで、余計なことをしないように忠告したんじゃないんですか？　つまり、圧力です。脅しです」

「新聞記者が政治家を脅すなど、聞いたこともないな」

「私もありません」植田も認めた。「聞いたことがないだけで、やらないというわけではないでしょう。主幹の――民報の最大の目的は、県民を守ることではないんですか」

「もちろん。民報は、県民の利益のための新聞だ」

「そうかもしれませんが、基本的には知事――安川さんを守ることが最優先事項でしょう」

「知事と県政は一体だ」

認めた――しかしこの議論を長引かせると、曖昧なうちに誤魔化されてしまうだろう。

植田は勝負に出た。

「嫌な予感がするんですが……『週刊ジャパン』が、民報と安川さんの協力関係を『不適切なもの』と糾弾する可能性もありますよね」

「そう思うか？」

ちらりと横を見ると、大本は依然として平然としていた。何とも思っていないのか？

植田はかすかな焦りを感じた。

「牧野さんは、俺から取材を受けたことを相当恨んでいるはずです。それが誰の指示によるものだったか、誰に対する忖度だったかは、少し考えればすぐに分かるでしょう。

牧野さんが俺の名前を出す可能性もあります。『週刊ジャパン』が俺のところに取材に来たら、どう答えたらいいですか？」

「話す必要は一切ない」

「分かりました。そうします……週刊誌に書かれるなんて、みっともないことこの上ないですからね。もしかしたら、主幹のところにも取材が行くかもしれませんよ」

「取材を受ける必要はない」

「そうですか……一介の記者の私ではなく、社の上層部にいきなり突っこむ可能性の方が高いでしょうね。対応は、会社にお任せします」

「選挙妨害と取られる可能性があるな」

「さあ、どうでしょう」植田は肩をすくめた。確かに、そういう側面はないでもないが……週刊誌の連中の感覚では、特に争点のない知事選など、どうでもいいものだろう。

「選挙は公正であるべきだ。特定の候補を利する記事など、絶対に出してはいけない」

「仰る通りです。民報ではそんな記事は一切出てませんよね……でも、週刊誌が何をやっても、こっちには関係ないんじゃないですか？　批判する権利もないと思いますし、言ってしまえばどうでもいい話――週刊誌と新聞を同じレベルで語ることが間違っているでしょう」

「そこに記事を流した人間がいるとしたら、それは大問題だ」

「そういう人間がいれば、の話ですよね」植田は肩をすくめた。「向こうだって、あちこちにアンテナを張ってるんじゃないんですか？　それがどこを向いているかは、俺には分かりません。それより、民報は公平性も大事にしますよね？　先ほど主幹は、特定の候補を利する記事など、絶対に出してはいけないと仰いましたね」

「ああ」

「では、特定の政治家を貶《おとし》める記事も駄目なんじゃないですか？　本当に法的に問題があることならともかく、下半身スキャンダルを取材する必要なんかあったんですか？」

「何が言いたい？」

「お分かりかと思いましたけど……説明しないといけませんか？」

大本は何も言わなかった。言葉を探っている——何とか追いこんでいるのでは、と思って植田はさらに続けた。

「民自党県連に反旗を翻そうとした牧野に釘を刺す目的だったんじゃないですか？　あんなことを取材しても記事になるわけがありませんけど、取材された方はビビります。狙われていると思えば、手を引くでしょう。事実あれから、牧野さんは中司さんに対する勝手連の応援を引っこめました」

「記事になるならないはともかく、何でも取材しておいて損はない。俺も現役の頃はそうだった。政治家の表も裏も取材した」

「何のためにですか？　誰かの命令を受けたんですか？　ボス格の政治家とか、あるいは当時の編集幹部とか」

「お前は、地方紙のルールをまだ知らないようだな」

「地方紙にもいろいろあると思います」植田はすっかり短くなった煙草を携帯灰皿に押しこんだ。ほとんど吸っていなかったのだと気づき、すぐに新しい一本に火を点ける。今度は深々と吸いこみ、それで気持ちも少し落ち着いた。大丈夫、今のところは突っこまれていない。「不正があればきちんと取材して、県の幹部を辞任に追いこむような気概のある地方紙もあると思います。一方で民報のように、権力に擦り寄るだけの地方紙もある……会社の方針は理解できないでもないですけど、俺は書くべきことがあったら書きます。あなたのようなタイプはもう古い。いずれ、健全な権力と新聞の関係を築きますよ」

「お前にはできないだろう」大本があっさり言い切った。「お前のようなタイプは出世できない。出世しなければ、新聞を変えることはできない」

「今、俺たちの頭を上から押さえている人がいなくなれば、何とでもなります。例えば主幹のような……あなたも、永遠に民報にいるわけではないでしょう。それに知事も代わります。中司さんが知事になったら、今後はどういうつき合いをしていくんですか？今度は中司さんに擦り寄るんですか？　それとも、攻撃するんですか？」

「今朝の世論調査の記事は見たか？」大本が唐突に話題を変えた。

「いえ。読む前に、主幹に呼び出されましたから」

「選挙戦は、中司有利で進んでいる。新聞では具体的な数字は出さないが、うちの調べで支持率は五十五パーセント対四十五パーセントだ。この時点で十ポイントの差は大きい――ひっくり返すのはまず不可能だろう。お前はその傾向に拍車をかけたわけだ。特定の候補が有利になるようにしたのか？」

「まさか」その発想に啞然とする。「敵か味方か」でしか、世の中を分析できない人間が本当にいるとは。

「つながっているかどうか、調べることはできるぞ」

「そういうことに、また若い記者を使うんですか？　時間と人手の無駄ですよ――そんな事実はありませんから」

「お前がそう言うのは勝手だ」

「どうぞ、好きなようにして下さい。でもあなたには、もう時間は残されていないんです。年齢を考えて下さい。それに、知事が代われば、あなたもこれまでの方針を変えざるを得なくなるでしょう。もしかしたら用無しになるかもしれない――権力にべったりの新聞記者は、権力が代わった瞬間に力を失うんですよ」

大本がかすかに笑った。この余裕は何なんだ？　本当に俺を潰すつもりなのか？　植田は背筋に冷たいものが走るのを感じた。

「そろそろ社へ行かないとまずいんじゃないですか？　お帰り下さい。自分は、主幹と一緒の車で行くつもりはありませんから」

そう、自分はここに残る。タクシー代を損するだけなのだが、これは一つの儀式だと思った。大本は尻尾を巻いて逃げ帰った——自分の中でそう意識していたい。

大本は何も言わずに去って行った。勝ったのか？　これから状況は変わるのか？　このまま中司が勝てば、大本は大幅な方針転換をせざるを得ないだろう。俺は——大本が混乱している間に中司涼子に接近してもいい。今度は彼女を味方につけて、大本を追い落とす。

それは、自分が権力に接近していくことに他ならない——違う。こちらが権力を利用するのだ。権力に搦め捕られることなく、こちらがしたいことのために権力を使う。

そして権力が駄目になれば、容赦なく切り捨てる。

8

池内は、世論調査の件について何も言わなかった。まるで世論調査自体がなかったかのように振る舞っていた。

しかし、後援会長の三郷一子は上機嫌だった。投票まで一週間を切った月曜日、朝から選挙カーに乗りこんで遊説につき合ってくれたのだが、普段にも増して笑顔は大きく、何かと涼子を気遣ってくれた。

昼休憩――今日は時間がないので、国道沿いの道の駅に選挙カーを停めての慌ただしい昼食になった。十月にしては冷えこむ日で、温かい物が食べたかったのだが、大勢の人がいる中に入って行って食事をすると、騒ぎになってしまう。仕方なく、あらかじめ用意してきた弁当で済ませることにした。

「これ、飲みなさい」

おにぎりを食べようとした瞬間、一子が小さな魔法瓶を差し出した。

「何ですか？」

「スペシャルドリンク。あなた、相当喉をやられてるわよ。このままだと、あと一週間持たないで潰れるわ」

「確かにちょっときついですね」涼子は掌を喉に当てた。

「飲んでみて。今回は特別に調合したやつだから」

「いただきます」コップに注いで一口飲む。すっとする感触……ミントなどではなく、もう少し穏やかな味わいだ。飲みこむと、喉の奥に甘く清涼な感覚が広がる。「何ですか？」

「カリンとはちみつ。のど飴にあるでしょう？　でも、飲み物の方がすぐ効くから」

「一発で効きそうですね」笑みを浮かべて飲み干し、弁当に取りかかる。幸いなことに、選挙戦が始まっても食欲はまったく落ちていない。むしろ一キロほど太ったぐらいだった。忙しいのが、基本的に自分には向いているのだと思う。

「少し引き締めないといけないわね」一子が突然言い出した。

「そうですか？」

「今朝の世論調査の結果、見たでしょう？　各紙出揃ったけど、全部あなたが有利になっていた」

「ええ」

「民報が一番信頼できるけど……ちょっと手を回して、具体的な数字を教えてもらったの。あなたが十ポイントリードしてるわ」

「それは……どれぐらいのリードなんでしょうか」新聞では、具体的なデータは掲載されていなかった。

「大量リードと言っていいわね」

涼子はほっと息を漏らした。一子が上機嫌なのも理解できる。

「これは、選挙中盤での世論調査だけど、この時点でこれだけリードする展開もあまりないわ。しかもこっちには追い風がある」

「『週刊ジャパン』の記事のことですよね？　世論調査の結果が出るのと同じ日に掲載されるなんて、何か裏がありそうな気がするんですけど……」

「そこはあまり考えないで」一子が釘を刺した。「こっちは何もしていないんだから。偶然の追い風と考えて、余計な論評はしない……街頭演説でも、この件にわざわざ触れる必要はないからね」

「取材を受けたら……」

「基本的には、状況が分からないのでコメントできません、ということにしましょう。水に落ちた犬をわざわざ叩くことはないし……問題は、世論調査の結果を見て、気を緩める、手を抜く人が出てくることなのよ。だから今夜、もう一度主要メンバーを集めて、引き締めるようにしないと」

「分かりました」

「これから北進して事務所の方へ戻って行くけど、街頭演説をする時、集まった人の人数と顔をよく見ておいてね」

「どういうことですか？」

「これで、選挙戦が始まってから、県内を二回りしたことになるでしょう？　二回目となると、飽きてくる人もいるのよ。最初は物珍しさもある——いつもテレビで観ていた人が生で目の前に現れた、みたいな感じでしょう。でも、二回目だと新鮮さも薄れる。しかも、今日の世論調査の結果は皆見ているから、もう自分が応援しなくてもいいと考えてしまう——以前に比べて熱がなくなっているかもしれないから、その辺を自分で感じて」

「今のところ、変化はないと思いますけどね」

「もっと敏感になって」一子は真剣だった。「試合前と同じよ。スタート直前には、風や気温、雪の具合を肌で感じるでしょう？　それで微調整してきたわよね？」

「はい」現役時代のコーチの言い方そっくりだ、と涼子は思った。ただ滑ればいいというものではない。相手は変化しない陸上競技場のトラックではないのだから、常に敏感にチェックして、修正――。「分かりました、コーチ」

一子が声を上げて笑った。豪快な笑い声で、かつて県議会のタヌキ親父どもを相手に奮闘していた現役時代はこうだっただろう、と想像させる。病気の影響も微塵《みじん》も感じさせない。

「じゃあ、絶対に気を抜かないで。あなたが気を抜くと、他の人にも伝わるから」

「あの……一子さん？」同行していた由奈が遠慮がちに切り出す。「仰ることはごもっともなんですけど、涼子さんもずっと全力疾走で疲れているでしょう。どこかで気を抜かないと、最後まで持たないかもしれませんよ。それとも、当選が決まるまではずっとこの状態なんですか？」

「あなた、何言ってるの」呆れたように一子が言った。「知事になったらもっと大変よ。基本的に、プライベートはなくなると考えて。つまり、今は特別に感じているこの状態が日常になるんだから。あなたの人生は永遠に変わってしまったの。自分から降りると言わない限りは」

涼子は、選挙の街頭演説というと駅前、というイメージを抱いていた。東京にいると、選挙期間中はターミナル駅前に大勢の人が集まり、候補者が声を嗄らして投票を訴える――ところがこの県では、自分が見てきたような感じでは人が集まらない。

人の流れが違うからだ。東京では多くの人が公共交通機関を使うから、駅には常に人が集まる。しかし地方は完全な車社会であり、新幹線の駅前であっても人がまったくいないことも珍しくない。人の流れは分散しており、大勢の人に生の姿を見せるのは難しい。これでは街頭演説の意味がないのではないか……もっとも、県都に戻るとさすがに事情が違う。駅前はビジネス街でもあるので常に人がいるし、県内最大の繁華街である新町は、買い物客などで溢れている。

二周目最後の街頭演説の場所は、新町交差点近くだった。午後七時半、選挙カーが交差点から少し離れた場所に停まると、自然に人が集まって来る。この参集はいつも通り……笑顔が多いのもまったく平常運転という感じだった。自分に集客力があることを、都市部に入る度に実感する。

「一子さん、さっきの飲み物、もう一杯いただけます？」選挙カーのルーフに上がる前に、涼子は頼んだ。

「喉、大丈夫？」

「予防です」

　カリンのドリンクを飲むと、その清涼さで気持ちまで落ち着いた。選挙演説は、声を張り上げて聴衆を興奮に巻きこめばいいというものではない。しっかり政策を聞いてもらうためには、静かな口調も必要だ。

「じゃあ、とにかく安川さんのスキャンダルのことはノータッチで」

「了解です」

　涼子は軽やかに車の横の梯子を上った。この選挙カーも何となく頼りない……ミニバンを改造してルーフに上がれるようにしただけなので、何だか足場が不安定だ。そこに三人も立つと、ちょっと揺れただけで車が横転するのでは、という恐怖に襲われる。この選挙カーはレンタルで、知事選の期間中ずっと借りて約二十五万円……これは安いのか高いのか。「選挙ビジネス」の相場が涼子には謎だった。

　足取りは軽い。疲れはまだないようだ。選挙期間中はいつも、黄色いジャケットにパンツという格好で、身軽に動けるようにしておいた。黄色いジャケットはあまりにも派手——最初はそう思っていたが、今では慣れた。街中では、やはり黄色は目立つのだ。

　壇上には、応援弁士の長井、そしてスタッフのユニフォームである黄色いトレーナーを着た由奈が立った。二人とも、選挙では本当によく尽力してくれた。特に由奈……本人は面白がってやっているのだが、選挙が終わったらそれなりに遇してやろう、と決めている。彼女は非常に信用できる。身近に置いておきたい人間だった。

先に長井が喋り——さすがに演説慣れしている——涼子の手にマイクが渡った。話し始めようとした時、道路の向かい側、少し離れたところに安川の選挙カーが停まるのが見えた。

「ただいま、近くに安川候補がいらっしゃっています。お疲れ様です」

ぱらぱらと小さな拍手。選挙には奇妙なお約束がいろいろあることを、涼子は学んでいた。対立候補が近くに来た時、選挙カーがすれ違った時にはエールを送る、というのもその一つである。そして、同じ場所に少しでも遅く着いた候補は、相手の演説にも気を配る。自分のスピーカーを、そちらには向けないようにするとか。怒鳴り合いになったら誰にも聞こえないし、時間の無駄だ。今は、由奈が素早くスピーカーの向きを変えた。

「皆さん、こんにちは。中司涼子です」深く一礼してから、百八十度体を動かして手を振り続ける。一際大きい拍手が起きた。若い人が多い……だいたい、自分が街頭演説をする時には若い人が多く集まる。

街頭演説では、なかなか話に集中できない。これがクローズドの講演会場なら、聴衆の反応を見て緩急を変えられるが、人の動きがある街頭ではそうはいかないのだ。取り敢えず、畳みかけるように喋るべきことを喋ってしまうのが鉄則である。

「投票まで一週間を切りました。私も県内を二周して、ここが二周目のゴールになります。皆さんとお会いするのも二回目になりますが、顔と名前は覚えていただけたでしょうか」小さな笑い声が連鎖して広がる。「今日は改めて、私が公約としているオリンピック招致について話をさせていただきたいと思います。ご存じの通り、日本ではこれまで二回、冬季オリンピックが開かれ、大きな成功を収めてきました。スポーツを愛する人、そして開催地の人々に大きな一体感を生み、その後も大きな影響を残してきたのは、皆さんご存じの通りです」

突っこまれると厳しい問題ではある。札幌の場合、オリンピックを契機に建設が進められた地下鉄が、今でも市民の足としてなくてはならない存在になっている。しかし長野では、競技施設の利用率の低さなどが、「負の遺産」として残ってしまっていると言われていた。

しかし——オリンピックのメリットならいくらでも話せる。少し脱線気味になり、時間をオーバーしてしまうこともしばしばだったが、最近はきちんと時間内に収まるようになって、スケジュール担当の由奈を喜ばせている。

オリンピックの話に五分。若者の雇用創出と企業誘致で五分。きっちり十分で話す技が身についた。あまり声を張り上げずに話す方法も……人間、何でも慣れるものだと我ながら感心してしまう。

演説が終わると、大きな拍手が湧き上がった。こういう話し方もこのターンで終わり——残る「一周」では、ひたすら投票を訴える作戦に変更することにしていた。

夜の街を数百メートルだけ移動し、事務所に戻る。お茶を飲んで一休みしていると、池内がぶらりと入って来た。最近は、事務所にいないことが多い。まるで、自分の役目はもう終わったとでもいうように……しかし今日は、偵察に行っていたことがすぐに分かった。

「安川陣営は、相当焦ってるようだね」

ボランティアたちが賑やかに夕食を摂る中で、池内がぼそぼそと話し始めた。

「そうですか?」涼子は首を傾げた。

「今、そこの演説を聞いてきたんだけど、『週刊ジャパン』の話をしてたよ。まったく事実無根、陰謀であると。まずいのは、『誰かが悪意のある情報を流した』と言って、暗にこっちを批判していることですな」

「冗談じゃないわ」涼子は声を荒らげた。「それこそ言いがかりです」

「あまりよくない状況です」池内が暗い声で言った。「『週刊ジャパン』の記事は俺も読んだけど、決定的と言えるものじゃない。安川サイドも『ノーコメント』で通しているし、問題はこの件を追いかけてくるメディアがあるかどうか……新聞が書いてくれれば、もっと多くの人がこの疑惑に目を向けるでしょう。しかし選挙期間中だから、遠慮して書いてこない。となると、『週刊ジャパン』の記事は、一発だけの打ち上げ花火で終わる可能性が高いんですよ。仮に『週刊ジャパン』が続報のネタを握っていても、発売日は来週の月曜日だ。投票は終わっているから、選挙には影響がないでしょう。安川サイドは『言いがかりだ』『陰謀だ』と主張して、年寄りの有権者の同情を買おうとするかもしれない――いや、まずそうするでしょうね」

「逆に、安川サイドを利する可能性もあるわね」

一子が心配そうに言った。何だか二人から責められているような気分になる……自分だけが座っているからだと思い、涼子は立ち上がった。

「若い人は、安川サイドの暗黒面に批判の目を向けるかもしれないけど、逆に高齢者からは同情も集まると思うわ」一子が分析した。「特に古くからの支援者は……自分が支援している人が悪いことをするわけがない、と思うでしょうから」

「仰る通りですな」池内がうなずいた。「万が一の可能性ですが、これは安川サイドのリークかもしれない」

「まさか」涼子はにわかには信じられなかった。

「この程度のネタだったらダメージはない、むしろ本来の支持者の同情が集まる――賭けですがね。最低限、民自党の組織を引き締めることにはなる」

「そんなことがあるんですか？」涼子は目を見開いた。諸刃の剣どころか、自分で体を切り裂くようなものではないか。

「勝つためには何でもするのが選挙だからね」池内があっさり言った。

「真相は、絶対に表沙汰にならないでしょうね」一子がうなずいた。「とにかくこちらとしては、向こうの挑発には乗らないことです。スキャンダルについてはノータッチ、ノーコメント。ひたすらあなたの政策を訴えて、中司涼子の魅力を知ってもらえばいいのよ」

「まあ、中司さんの魅力については、多くの人がもうご存じでしょうが……」池内が苦笑する。

「さあ、食事が終わったら会議にしましょう」一子が両手を叩き合わせた。「厳しい会議にしますよ。実際、少し皆の気が緩んでいるようだから」

「分かりました。一子さん、厳しく一言お願いできますか？」

「もちろん」一子がにっこりと笑った。「私の役目は鬼軍曹だから……覚えておいて。こんなに表に出てくる後援会長なんて、普通はいませんからね」

「感謝してます」涼子は頭を下げた。

さて、また弁当か……仕方がないのだが、いい加減飽きてきた。弁当を広げようとした瞬間、若いスタッフの歓声が上がる。見ると、古屋が大きな鍋を両手で持って台所から出て来たところだった。後ろには女性——古屋の妻も一緒だった。

「お待たせ。今日の夕飯だ。熱々だぞ」

古屋がテーブルに鍋を置こうとした。「熱々」という言葉に反応して、由奈が新聞を素早くテーブルに敷く。

「では、配膳を始めます」

古屋の一言に、また笑いが沸き起こる。あまり気が緩んでも困るんだけど……と涼子は苦笑した。

選挙運動従事者に対する食費は、一食千円。その範囲内で、古屋はわざわざ料理を用意したのだ。差し入れではなく、「自炊」になるように気を遣っている。冷たい弁当しかないところに、熱い豚汁はありがたい。ほっとして涼子も立ち上がろうとしたが、由奈に目で制された。候補者が自分で豚汁をもらいに行くなんて、聞いたことがありませんよ……とでも言いたげだった。

由奈がよそってくれた豚汁を一口すする。熱く、濃く、体に沁《し》みこんでいく——上品で甘い豚の脂の味が嬉しい。

古屋が横に座る。

「ありがとうね」涼子はすっと礼を言った。「忙しいんでしょう？　仕事の方、大丈夫？」

「目下の最重要事項はこれだから。豚汁、美味いだろう？」

「最高」

「『あたか豚』を使ってるんだ——最近、ブランド豚として売り出しているんだよ」

「そうなんだ」知らなかった。危ない、危ない……県の名産品ぐらい覚えておかないと。

「脂の質が違うらしいぜ。俺は単純に焼いて食べるのが好きだけどね」

「今回は……いろいろ迷惑かけたわね」

「よせよ」古屋が笑い飛ばした。「こっちが勝手に手を挙げさせてもらったんだ。それに、我が母校ＯＢの結束力を確認するいいチャンスになったよ」

「そうね。高安高校ＯＢの助けがなかったら、ここまでできなかったと思うわ」

「勝って美味い酒が呑みたいねえ。今から喉が鳴るよ」古屋が喉を触ってみせた。

涼子は、告示以来酒を断っていた。普段は夜に缶ビール一本、というのが習慣だったのだが、一種の願かけである。もちろん、翌日に残らないようにという狙いもあった。そう言えば現役の時も、レースの一週間前からは酒を呑まないようにしていたな、と思い出す。

「あなたも酒断ちしてるの？」

「何となくね」古屋が笑った。「おかげで、女房の評判は非常によろしい……ああ、そう言えばまだ紹介してなかったな」

古屋が、妻に目配せした。古屋にしては地味な女性を妻に選んだな、というのが率直な感想だった。中肉中背、大人しそうな顔立ちである。自分でフランス料理の店をやろうと考えるような積極的な人には見えなかった。

「貴恵《たかえ》です。主人がいつもお世話になっていて」

涼子はすっと立ち上がった。「慌ててはいけない」という池内のアドバイスに従って……ゆったりした動きは、「大物」を印象づけるのだ。

「こちらこそ。今回は私のわがままにつき合ってもらって、本当に感謝しています。今日の豚汁も……」

「賄いでよく出すんですよ」

「ご迷惑をおかけして、ごめんなさい」

「OGとして当然です……あの、私も高安高校ですから」

「そうなの？」

「二年下」古屋が照れ臭そうに言った。

自分たちが三年生の時に一年生か……記憶にない。もちろん、数百人いる高校の生徒を全て覚えていられるわけはないのだが。

「野球部のマネージャーだったんだよ」

らですよ」

「やだ」貴恵が声を上げて笑う。「つき合い始めたのは、主人がこっちに戻って来てか
「ああ、補欠は魅力的じゃないものね」

「補欠じゃなくてキャプテンだ」古屋が真顔で訂正した。

「じゃあ、魅力のないキャプテン？」

「俺は丸刈りにすると、魅力が三割減になるんだよ」

笑いが弾け、涼子は緊張感と疲労感が薄れるのを感じた。貴恵も微笑んでいる。どうやらいい子——「子」というほど年下ではないが——らしいわ、とほっとする。考えてみれば、こちらへ戻って来た時に、早めに挨拶しておくべきだった。

あちこちで小さな笑い声が上がり、リラックスした空気が流れる。これは——何に近いかというと、高校の文化祭の打ち上げだ。仲のいい同士が、一つのことを成し遂げ、高揚した気分で笑い合う感じ。

これでは駄目だ。

知事選は、高校の文化祭とは違う。涼子はすっと背筋を伸ばした。これから四年間の県政の行方は、自分とこの人たちの肩にかかっている。

涼子はきちんと揃えて箸——割り箸を置き、ゆっくり立ち上がった。

「皆、ちょっといい？　少し聞いて下さい」

　ボランティアたちが一斉に口を閉ざした。涼子の真剣な口調に敏感に気づいたのか、真剣な表情を浮かべている。涼子は一人一人の顔を見てから話し始めた。

「今朝の朝刊各紙が、一斉に世論調査の結果を伝えました。全紙が、うちの陣営が有利だと伝えています」

　拍手が響く――違うのよ、と涼子は両手を前に上げ、真顔で拍手を抑えた。いつもと様子が違うと思ったのか、ボランティアたちがすっと真顔になる。

「世論調査が、完全に正確なデータを拾い上げているわけではありません。ある程度は信用していいと思いますが、それ以上のものではないんです。世論調査に一喜一憂するのはやめましょう。投票まであと六日――六日あれば、逆転される可能性だってあるんです。安川さんの陣営にはしっかりした組織がありますけど、私たちはあくまで、手弁当で集まった仲間です。雰囲気は最高ですよ？　皆さんに支えてもらって、私は本当に幸せ者です。でも私たちには、バックボーンは何もない。ただ空気に支えられているだけなんです。絶対に安心はできません。ですから、これから五日間、今まで以上に気を引き締めて頑張っていきましょう。私も、さらに気合いを入れて頑張ります。六日後、日曜日に、ここで笑顔で皆さんと祝い合いたいと思います。そのためには、とにかくこれからが大事です。これまで以上に気合いを入れて、よろしくお願いします」

涼子が頭を下げると、大きな拍手が湧き上がった。拍手してもらう場面じゃないんだけど、と苦笑しながら腰を下ろす。一子の顔を見ると、真顔でうなずいてくれた。これでOK、ということだろうか。池内は仏頂面だが、これはいつも通りだ。

「お前、よく喋れるようになったなあ」古屋が感心したように言った。

「あなたほどじゃないわよ。社長さんは、皆の前で話すことも多いんでしょう？　それに、あちこちの講演で喋ってるし」

「そうですけど、上手いかどうかは別問題ですよ」貴恵が横から割りこんだ。「この人、ものすごい上がり症で」

「そうなの？」涼子はまじまじと古屋の顔を見た。にわかには信じられない。「高校時代のイメージからすると、人前で話すことなんて全然平気そうに見えるけど」

「あれとは違うよ。高校の野球部なんて人数も少ないし、知った顔ばかりなんだから。それに、監督が話している時間の方がずっと長かった」

「そうか……」

「ま、お前は大したもんだよ。高校の頃は、こんな風になるとは考えてもいなかった」

「そうね」

「アスリートとしても俺の予想を超えたけど、そこからさらに斜め上を行くんだから、ある意味怖いよ。この先、どこまで行くのかね」

「オリンピックを呼ぶまでは頑張るわよ」

「自信あり、か？」

「どうやればいいかは分かってるわ。それにこの戦いは、知事になれたところから本格的に始まるのよ」

「俺らもその夢に乗らせてもらうよ。こっちはビジネスとしてもありがたい話だし。オリンピックで大儲けして、さっさと引退するのが理想かな」

「あなたが引退できるわけないでしょう」貴恵が笑った。「いつも、コマネズミみたいに動いてないと満足できないんだから」

「ところが、俺以上にコマネズミみたいな奴がいるからな」古屋が涼子を見やった。「こんなにタフな人間、見たことないよ。涼子と結婚する男は、相当苦労するだろうな」

「もう諦めてるけどね」涼子は肩をすくめた。「これから、やることが山積みだし」

「そうだな」

涼子はそそくさと食事を終えて外に出た。後援会事務所はそのまま選挙事務所に衣替えし、新町の繁華街の中では異質な存在になっている。何しろ飲食店の街なので、選挙事務所はやけに目立つのだ。

ほっと一息……考えてみると、今まで県都にはほとんど縁がなかった。県境に近い田舎町で生まれ育ち、高校を卒業してからは国内、そして海外を転戦する日々が続いて……こんなに深く、この街に関わることになるとは考えてもいなかった。

広いこの県には、様々な表情がある。長い海岸線、深い山、中央部の穀倉地帯——豊かだ、と思う。オリンピックで、その豊かさを世界に発信したい。魅力ある街には、多くの人が注目し、住もうと考える人も出てくるだろう。オリンピックこそが、若者定住のための最高の方策——そうやってこの県を栄えさせていくことこそ、自分を応援してくれた人たちへの最大の恩返しなのだ。

ちょっと格好つけ過ぎかもしれないわね、と自虐的に思う。

でも私は、別に権力者になりたいわけではない。この県のために何ができるかと考えた時、知事になって先頭に立つのが一番手っ取り早いと判断しただけなのだ。もちろん、密かに「師匠」と慕う人の存在もあったわけだが……彼は、自分の素質を見抜いてくれていたのだろうか。そして今、自分は古い服を脱ぎ捨て、新しい自分に変わろうとしているのだろうか。

自分が変わると同時に、この県も変わるだろうか。何となく停滞が続いている状況を打破し、新しい一歩を踏み出せるだろうか。

エピローグ　宴の後

長岡に促され、安川は前に出た。拍手が上がらない。まるで負けたような……これまで四回の選挙では、この瞬間が一番盛り上がったのに。

それも当たり前か。安川は壁の時計をちらりと見た。日付はとうに変わっている。ここまで開票作業が長引いたのも初めてではないか？　集まった支持者も選対の人間も疲れきっている。夢ではないか？　テレビの画面に目をやる。ＮＨＫの開票速報は、間違いなく安川の勝ちを告げているのだが。

長岡の音頭で万歳三唱が始まったが、どうにも盛り上がらない。両腕を上げながら、安川は欠伸《あくび》をしている人がいるのを目ざとく見つけた。こんなのは、前代未聞ではないか。

いやはや……午前三時、ようやく知事公舎へ帰った安川は、まず溜息をついた。送ってくれた宮下も、ただ眠そうなだけだった。

「選管も、もう少し手早く開票してくれないと困るな」

「仰る通りですが、これだけ接戦になっていたら、仕方ないと思います」

「しかし、疑問票が多くなるような選挙ではなかったぞ」

「そうですね」

「今日は泊まって行くか？」

「いえ、帰ります。家の方がよく眠れますので」

「そうか……ご苦労だった。これから四年間、またよろしく頼むぞ」

「はい」

宮下が帰ると、一足先に選挙事務所から戻って来ていた玲香がお茶を淹れようとしたが、断る。

「今日はさっさと寝るよ……しかし、お前にも苦労かけたな」

「何言ってるの」玲香が笑う。

「これから四年間、またここで暮らさないといけない。だけどお前は、いいんだぞ。結婚したい相手がいるんだろう」

「やだ、伯母さんから聞いたの？」玲香が急に困ったような表情を浮かべる。

「俺たちの間では隠し事は一つもないからね。お前が結婚してここから出て行きたいなら、止めない。ちゃんと嫁に送り出してやるよ」

「あと四年でしょう？　私、ここにいてもいいわよ」

「あのな」安川は苦笑した。「お前はいいかもしれんが、向こうは待ってくれないぞ。男の方が精神的に弱いんだから」

「じゃあ、結婚しても、昼はここで伯母さんの手伝いをするわ。向こうも昼は働いてるし、家に一人でいてもしょうがないから」

「ああ、そういう手もあるな」安川はうなずいた。「通いで手伝ってもらうわけだ。それは助かる」

「じゃあ、そうしましょうか」

「お前、もうちょっと感慨深げにできんのか。ここで十六年も暮らしたんだろうが」

「それが通いになるだけの話でしょう?」玲香がさらりと言った。「それとも、長年お世話になりましたとか、ちゃんと挨拶した方がいいの?」

「いやいや、そういうのはやめてくれ」安川は顔の前で手を振った。「苦手なんだよ」

子ども二人が結婚した時も、挨拶はさらりと済ませた――いや、長男の時は、挨拶したかどうかさえ覚えていない。

「先に寝るわね。明日は?」

「普段通りだ。午前中に当選証書をもらいにいって、その後は記者会見だ。そのあとは普通に仕事」

「分かりました。ちゃんと寝てね」

「俺が寝られないなんてことはないよ」

今から寝ても、四時間ぐらいか……最近は、これぐらいの睡眠時間でも何ということはなくなった。これも歳をとった証拠だろう。

冷蔵庫からミネラルウォーターを取り出し、一口飲んでゆっくり息を吐く。そこへ仁絵が入って来た。

「何だ、寝てなかったのか」

「ごめんなさいね、事務所へ行けなくて」

「いや、いいんだよ。皆がちゃんとやってくれたから」

仁絵がテーブルについた。寝間着姿だし真夜中なのだが顔色はよく、体調が上向いているのが分かる。これが俺にとっては一番の安心材料だな……。

「今回の選挙は、今までで一番大変でしたね。ずっとテレビで見てましたけど」

「落ちていてもおかしくなかったな。大接戦だった」

安川は、背広のポケットからメモ帳を取り出し、挟んでおいた紙を取り出した。テーブルの上で広げ、掌で皺を伸ばす。スタッフが、今回の選挙のデータをまとめてくれていた。

当日有権者数、二百二万五百十五人。最終投票率は六十・七パーセントで、前回比で八・二ポイントのプラスだった。それだけ、県民の関心が高い選挙だった証拠である。

得票数、安川は六十一万千二十二票で得票率は五十・五パーセント。涼子は五十九万八千九百二十二票で得票率は四十九・五パーセントだった。極めて僅差と言ってよく、これまでの知事選での当選者と次点の最小差だったという。

世論調査では十ポイントもの差がついていたのに、一週間弱でよく盛り返せたものだ。民自党が本気を出すとこうなる。安川はこれまで、政党色を排した選挙を意識してきたが、今回ばかりは党本部から応援をもらって選挙戦を戦った。内閣、政党とも比較的高い支持率を保っている状態が続いているので、この作戦が上手くいったのだ。「演説の名人」と言われる党の選対委員長、谷岡《たにおか》が二回も県に入り、さらに選挙戦最終日には総理も街頭演説に立った。安川にすれば、不安でもあった——ここまで民自党色を強く出したことはなかった——が、結果的にはこれが功を奏したのだろう。この県では本来、民自党が非常に強かったのだ。高齢の有権者を中心に、昔からの民自党支持層の掘り起こしに成功したと言っていい。これだから選挙は蓋を開けてみるまでわからない。

「これからまた大変ですね。週刊誌に書かれたことは、どうなんですか」

「あんなものは、単なる臆測に過ぎん。何とでもなる」

「これから四年間、体に気をつけていかないといけませんね。任期が終わる頃には、八十歳になっているんですから」

「お互いにな。お前も体をしっかり治して、これまでと同じように支えてくれよ」

「もちろんです」

仁絵がにっこり微笑み、安川は初めて会った五十年前の妻の顔をはっきりと思い出した。そうそう、この笑顔にやられたんだよな……。

「でも、中司さんも大変な人よね。あんな若い人が出てきて、頼もしい限りですよね」

「ああ。向こうの敗戦の弁はどうだった？」

「堂々としてましたよ。涙もなくて、私はあんなに立派な敗戦の弁を聞いたことがありません」

「だろうな」

たぶん涼子は、人生において何回も負けてきた。国内では無敵でも、海外では強豪選手に打ち負かされ、何度も壁にぶち当たり——しかしそれで萎縮することもなく、その都度立ち上がり、また挑戦を続けて——スポーツと政治を一緒にするわけではないが、得難い人材であることに変わりはない。選挙の怖さを知って、また成長するだろう。

「あと四年か」安川はぽつりとつぶやいた。喫緊の課題はないが、問題は山積している。できる限りクリアしていかないと。

その後は——。

「申し訳なかった」

人気《ひとけ》がなくなった選挙事務所で、池内が初めて涼子に声をかけた。

「池内さんのせいじゃありませんよ」目は充血しているだろうな、と涼子は思った。泣いたからではない。既に午前三時だからだ。普段は、こんな時間まで起きていることはない。

でも別に、明日やることがあるわけじゃないし――選挙に落ちたらただの人。ぽっかりと時間が空いてしまった。しばらく実家で休むか、由奈を誘って温泉にでも行こうか……あの子には本当に迷惑をかけた。そうだ、一子さんも。お世話になった人たちと一緒に、慰安旅行に出てもいい。せめてもの恩返しだ。いやいや、その前にまずは自筆で挨拶状を書かないと。数百枚になるのでかなり大変だ。

「敗因の分析をしても仕方がない。最後までこっちに有利な風が吹いていると思ったんですがね。この負けは偶然のようなものです。最後でちょっとだけ、向こうに有利な風が吹いただけだ」池内が唇を嚙む。煙草を取り出したが、結局火は点けずに、ワイシャツのポケットに押しこんだ。

「選挙って、難しいですね」

「私も、何十回経験しても読み切れない。しかし、今回は……」池内が頭を掻《か》いた。

「歳をとったかね。すっかり勘が鈍っていたのかもしれない。あなたの個人人気は大変なものだったが、結局民自党の組織の力に負けた、ということでしょう」

「池内さんがいなかったら、そもそもここまでできなかったと思います」涼子は頭を下げた。「完全にゼロからのスタートでしたから。選挙のことなんか何一つ分からないで」

「誰でも最初はそうですよ。あなたは完全にゼロの状態から六十万票も積み上げたんだから、大したものです。変な話、知事選じゃなくて代議士の選挙だったら、楽勝で当選していたはずだ」

「国政に興味はありません。この県のために力を尽くしたいんです」

「そうですか。あくまで初志貫徹ですな。大事なことですよ……それで、これからどうするんですか？」

「一眠りしてから考えます」涼子は微笑んだ。「明日の朝になれば、何か考えが浮かぶかもしれないし」

「タフな人だねえ」池内がふっと笑った。

「もしも私がもう一度知事選に出るとしたら——またお願いできますか？」

笑みを浮かべたまま、池内が首を横に振った。

「私は失敗したんだから、二回は頼まない方がいい。縁起が悪い」

「池内さんが、私をここまで押し上げてくれたんですよ」

「そりゃあ、どうも」池内が頭を下げ、立ち上がった。「一晩寝て、また考えますよ。取り敢えずここは引き払って、東京へ帰ります……ま、四年後にあなたから電話がかかってきても、驚かないようにしておきましょう」

「一つ、聞かせてもらっていいですか？」涼子は思い切って切り出した。

「何でしょう」

「池内さん、そもそもどうしてこういう仕事を始めたんですか？　代議士秘書をやったり、政党職員として働いたり、選挙に近い仕事をしていたことは知っていますけど」

「ああ」池内が一瞬目を瞑った。「もう三十年も前……民自党の職員をしていた頃ですけど、以前秘書をしていた先生が落選したんですよ。ベテランの先生で、選挙にも強いと言われていたのに。先生はそれで政界を引退して、ほどなく亡くなりました。世間向けには『心不全』と発表されたんですけど、実は……」

「まさか」嫌な予感に、涼子は顔から血の気が引くのを感じた。

「自ら命を絶ったんです。その先生にとっては、代議士でいることは自分のアイデンティティだった。選挙にも自信を持っていた。初めて落選して、全てが否定されたような気持ちになったんでしょう。先生は、多くの人に遺書を残していましてね……私も受け取りました」

「どういう内容だったんですか」涼子はかすれる声で訊ねた。

「政治の怖さ、選挙の難しさを訴えていました。その中で、スタッフに対する恨み節があってね。連続当選を続けるうちに、スタッフにも気の緩みが生じてきたんでしょう。

それが落選につながった。先生は『君がいてくれれば』と繰り返し書いていました。もちろん、私が悪いわけではない。しかし、何となく責任を感じましてね。裏方として選挙を極めたい——その時に決めたんです。いわば、一人で先生の弔い合戦をしているようなものでしたね」

「そうだったんですか」

「選挙は怖い——負ければ辛い。しかし、しばらく経つと、その恐怖は薄れるんですよ。それがいいことかどうかは分かりませんがね」池内が一礼した。

涼子も立ち上がって頭を下げ、事務所を出て行く池内を見送った。

事務所に一人きりになり、涼子は肩を上下させた。まるで台風の後のようだ。パンフレットやボランティアたちのウエアなどが、あちこちに乱雑に置かれたまま。数時間前には、ここで敗戦の弁を述べて皆に謝ったのだ……残るのは悔しさだけだ。善戦も善戦、ぎりぎりまで現職を追い詰めたと言っていいのだが、満足感はまったくなかった。

何なのだろう、この感覚は。

オリンピックの銅メダルでは、やり尽くした感覚を味わった。今の自分に出せる全てを出し、結果は天に任せた——選挙はやはり、スポーツではなかった。勝つか負けるか、二つに一つしかないのだ。三位までメダルをもらえるスポーツと違い、負けた人間はまったく評価されない。

この決断は正しかったのだろうか。多くの人に迷惑をかけ、借金も背負ってしまった。これからどうやって暮らしていくべきかと考えると途方に暮れる。大学やＪＯＣは、一度選挙に出た人間を、また迎え入れてくれるのだろうか……。

数時間前までは、ジェットコースターに乗っているような気分だった。今は、ジェットコースターから転落して、瀕死の重傷を負ったような気分だった。意識はある？

西浜海浜公園。十一月の風は冷たく、車を降りた瞬間、何でこんなところに来たのだろうと後悔した。選挙後も「秘書」として残ってくれている由奈には、「市内をドライブしてくる」とだけ言い残してきたのだが。

夏は海水浴客で賑わうのだろうが、この時期、駐車場に車は一台も停まっていない。片隅にある自販機に歩み寄り、熱い紅茶を買った。飲みたいわけではなく、取り敢えず両手を温めたい……もうダウンが欲しい気温ね、と思った。

スマートフォンが鳴って、紅茶のペットボトルを取り落としそうになる。慌ててボトルをコートの左ポケットに突っこみ、右のポケットに入れてあったスマートフォンを取り出した。表示されているのは見慣れぬ電話番号……ちょっと前までの自分なら無視していたのだが、つい反応して出てしまった。知事選への出馬を表明してから、見知らぬ人から電話がかかってくることも増えたのだ。

「中司さんですか？　安川です」

知事？　涼子は背筋がピンと伸びるのを感じた。どうして知事が私に電話してくるの？

「はい、中司です」

「急ですが、今どちらにいらっしゃいますか？」

「西浜海浜公園です」

「この寒いのに？」

「何となく。気分転換で」

「私も気分転換させていただいてよろしいかな」

「はい？」

「知事公舎は、その公園のすぐ近くなんですよ。十分で着きます」

電話は切れた。何なの……啞然として画面を見ながらも、涼子は反射的に今の電話番号を「安川」として登録した。

車の中で紅茶を飲みながら待っていると、十分も経たずに一台のセダンが駐車場に滑りこんできた。後部座席のドアが開き、すぐに安川が降りてくる。グレーのズボンに濃い茶色のコートという格好である。ジャケットは着ているようだが、ネクタイはしていない。この年代の人間の、休日用の平均的な格好。

このように直接対面するのは、公開討論会の時以来だった。あの時の私は……調子に乗っていたかもしれない。急遽《きゆうきよ》立候補を表明した安川はどこか自信なさげで、圧倒できたと思ったのだが、舐めていた。現職の力がこれほどまでに強いとは、想像もできなかった。

紅茶を持ったまま出て来てしまったことに気づいた。みっともないが、車に戻るのもどうかと思う。仕方なく、ペットボトルを両手で持ったまま安川に向かって頭を下げた。

「いきなりで申し訳ないね」安川も一礼する。

「お忙しいんじゃないですか？」

「今日は珍しく、何もない日曜日でしてね。おかげで朝寝坊できた」

涼子は左腕を持ち上げ、腕時計を確認した。九時半……朝寝坊、と言えるような時刻ではない。七十六歳の日曜日は、もっと早いのだろうか。

「実は今日は、あなたにお願いがあって来ました」

「はい」いったい何だろうか……すぐに頭に浮かんだのは、無給の役職の依頼である。そういうものは知事の裁量で何とでもなるもので、「県スポーツアドバイザー」などの肩書きが想像できた。もしもそうなら、知事も私の力をある程度は認めてくれたことになるわけね。

安川の話は、涼子の想像を軽々と超えた。

「今は、どんな気分ですか？　不躾《ぶしつけ》な質問ということは承知しているが」

「何だかがらんどう、みたいな感じですね」

自分でもこんな風になるとは思ってもいなかった。投開票から二週間……あれから何もしていない。いや、正確にはお世話になった人たちへ挨拶状は書いているのだが、それはあくまで「敗戦処理」という感じだった。義理を欠くわけにはいかないからやっているだけで、新しいことができない。次の知事選を考えることもあったが、具体的な考えは浮かばなかった。気持ちが動かない……大きな壁にぶち当たり、乗り越える術《すべ》が何もない感じだった。

「こういうことを言うと嫌味に聞こえるかもしれないが、私には想像できない」

「一度も選挙で負けてませんからね」つい皮肉が口をついて出た——いや、それは事実か。

「負けを経験していない人間には痛みは分からない、ということでしょう。だいたい今回の選挙でも、私が頑張った訳ではない。組織がぎりぎりで踏ん張っただけだ」

「組織の力は怖いですね」自分が頼った無党派層というのは、どれほど曖昧なものか。涼子はつくづく思い知った。

「もしもの話だが、政友党が自主投票ではなく、あなたの推薦に回っていたら、今回の選挙は分からなかった——いや、私が負けただろうね。衰えたとはいえ、政友党の地方組織はまだ生きている。あなたが無所属にこだわったのも理解できないではないが、本気で勝つつもりなら、政友党と組むべきだった」

「特定の政党の政策を支持している訳ではありません。それは今後も変わらないと思います」

「次の知事選に出るつもりは？　それとも他の選挙を狙っているのかな？」

「知事選には……」唐突に選択肢を突きつけられ、涼子は言葉に詰まった。何も決めていない。何も考えていない。しかし自分の意思とはまったく関係なく、「出ます」と言ってしまった。

「そうか。あなたならそう言うだろうと思った。あれだけの結果を残したのだから、出ないのはもったいない。それで、私の方から一つ、提案があります」

「何ですか？」

「私はあなたを、次期知事候補――私の正式な後継候補として指名しようと思う」

「それは――」涼子は絶句した。気を取り直して何とか言葉を押し出す。「ついこの前まで、選挙を戦っていたんですよ？」

「だから？」安川が涼しい口調で言った。「私は正直、あなたを見くびっていた。あそこまで票を取るとは思っていなかった。しかしあの票数は……あなたの人柄、政策を支持する人が多かった証拠です。私は経験で勝てただけだ」

涼子はうなずいた。うなずくことが失礼に当たったのではないかと思ったが、反射的に頭が下がってしまう。

「今回、私の後継候補を決めるに際しては、ゴタゴタ続きだった。あなたも一部は聞いていると思うが……ああいうことは、二度と繰り返したくない。一つ間違ったら、県政に大きな遅滞が生じていたかもしれないからね。だから次は、信頼できる人間に早めに県政を託したい。正直、私とあなたの公約に大きな違いはなかった。あなたが四年後に、私の後釜として出馬しても、有権者は違和感を抱かないだろう」

「私には違和感はありますが……民自党から推薦を受けるつもりはありません」

「それは、後から考えればいいんじゃないかな。気が変われば推薦を受けてもいいし、変わらなければ無所属を貫いてもいい。いずれにせよ、次の選挙まで四年あります。四年は長い——その間に、私はあなたが県民の前に露出できるようにいろいろ試してみますよ。イベントなどにもぜひお越しいただきたい」

「ピンときません」涼子は正直に打ち明けた。

「今はピンとこなくてもいいんです。取り敢えずは、リハビリの時期でしょう。気持ちがまた盛り上がったら、改めて考えてもらえばいい。私は待ちます——でも、四年しかないと考えた方がいいかもしれませんな。任期途中で私が死ぬ可能性もあるし」

「お元気に見えますよ」

「七十を超えると、いつ何があるか分かりません。覚悟はしておかないとね。それとも、私の後継指名を受けるのは気が進まないかな？」

「正直、よく分かりません。オリンピック招致の公約を下ろすつもりはありませんし……」

「その件ですが、私が打ち上げてもよろしいかな？　そしてあなたに協力してもらう。何らかの役職をつけることも可能ですよ。そうすれば、ああ、今の言葉では何と言ったかな？　そうそう、シームレス。シームレスに招致を進めていけるでしょう」

「どうしてそこまで私を買って下さるんですか？」

「どうも、あなたの年代の男どもは情けなくてね」安川が苦笑した。「女性に賭けてみるのもいいでしょう。時代は変わるんだ。あなたならやれるでしょう」

涼子は口をつぐんだ。これは何かの引っかけなのではないか？　もしかしたら、罠《わな》。

「考えておいて下さい。今日明日に返事をもらいたいというわけではない……でも、できるだけ早く。よければあなたに、帝王学のようなものを伝授してもいい。県庁の役人の中には扱いにくい人間もいますし、県議連中は古狸《ふるだぬき》揃いだ」安川がニヤリと笑った。

「それでもあなたは、上手くやってくれると思いますがね……では」

一礼して、安川がさっさと車に乗りこんだ。走り去る車に向かって頭を下げ、ペットボトルをきつく握り締める。こんなこと――安川の後継指名を受けるということは、次の選挙での当選確率は一気に高くなるだろう。この誘いに安易に乗っていいかどうかは判断できなかった。

海に目をやる。晩秋らしい分厚い雲が少しだけ切れ、明るい空がかすかに見えていた。厳しい冬の始まりは間近だが、冬は必ず終わる。雨はいつかはやむ。

自分はいつも、思い切って攻めてきたではないか。それが無謀だと思えても、チャンスがあると思えばやってみた。ただ、安川の誘いはチャンスと思えない。

安川には何か裏がある。そこに搦め捕られるのは危険な感じがした。自分は、灰色――黒い世界に足を踏み入れてはいけない。政治の世界に入ったからと言って、必ずしも黒いものを許容しなくてもいいはずだ。今まではそれも当たり前だったかもしれないが、政治そのものが変わってもいいはずだ。

即答しなかった自分の判断は正しい、と信じたかった。

解説――「民主主義の学校」は再生するか

松本　創

「地方自治は民主主義の最良の学校である」という有名な格言がある。中学校の公民の教科書では定番であり、新聞の社説やコラムにもよく引用されるこのフレーズは、十九世紀から二十世紀初めのイギリスの政治家・歴史家ジェームズ・ブライスが晩年の著書『近代民主政治』（一九二一）に記した一節だ。なぜ国の政治ではなく、地方自治が「最良の学校」なのか。理由をこう説く。

「住民に対して、共通の課題についての共通の利害意識を持たせ、また、共通の課題が効率的・公正に処理されるよう注意を払うという個人的・公共的義務を自覚させる」。そして「常識、道理、判断力、社交性を育成する」からだ、と。ブライスは大使として赴任したアメリカで、タウンミーティングによる地域の自治を目の当たりにした経験があり、そこから冒頭の格言を導き出したのだという。

ブライスの著書刊行からちょうど一世紀を経た現代は、テレビや新聞が伝える政治家や政党のイメージ、あるいは政治家自身がツイッターなどのＳＮＳで発信した言葉が民意を左右する「メディア政治」の時代になった。その一方、人口減少と過疎・高齢化が著しい日本の地方では、議会が形骸化し、議員のなり手も少なく、地方自治の劣化が指摘されている。「民主主義の学校」は、このまま衰退し、消え去ってしまうのだろうか。

いや、そんな一筋縄では行かないと堂場瞬一氏はおそらく考えている。さまざまな問題や矛盾や因習をはらみながら政治は今も地方に深く根を下ろしている。ブライスが言うところの「共通の利害意識」や「共通の課題」をめぐって人びとは駆け引きや牽制《けんせい》をし合い、陰に日向《ひなた》に動いている。地方政治は仕事や地域の経済、街の開発整備や子供の教育、現下の新型コロナ対策に見られるように医療・福祉など、あらゆる面に直接的な影響を及ぼす。身近な生活に直結するがゆえに、人びとは真剣になるのだ。

そうした地方政治の姿を小説に描く時、堂場氏が設定した舞台が選挙、しかも知事選だったというのは、おおいに納得できる。本作『宴の前』の題名にある通り、選挙はしばしば「宴」や「祭り」に喩《たと》えられる一大イベントであり、なかでも知事選は都道府県という「王国」の為政者、いわば「一国一城の主」の座を賭けた激しい戦いが展開されるからだ。そこには権力をめぐる虚々実々の駆け引きがあり、さまざまな思惑が交錯し、人間の本質がむき出しになるドラマがある。付け加えて言わせてもらうなら、かつて地方紙の記者として、現在はフリーランスのライターとして、さまざまな選挙や住民投票を取材してきた私自身にとって、とりわけ身近な題材である。

自分の仕事柄、そう感じるのかもしれないが、選挙を主題とする小説は決して少なくない。最も名高いのは、本作の題名から想起される三島由紀夫の『宴のあと』だろうか。東京都知事選に出馬した政治家とその妻となった料亭の女将をモデルにした愛憎劇で、日本初のプライバシー侵害訴訟を起こされたことでも知られる。他にも青春小説風やコメディタッチの作品、選挙戦略を取り仕切る参謀やコンサルタントを中心に据えた作品など、さまざまな視点とプロットがある。

私の領域であるノンフィクションで言えば、たとえば東京都知事選に初出馬した石原慎太郎が現職の美濃部亮吉《みのべりようきち》に敗れるまでをルポした沢木耕太郎の短編『シジフォスの四十日』（『馬車は走る』に収録）。最近では、無頼系独立候補（いわゆる泡沫《ほうまつ》候補）の戦いを追った畠山理仁《はたけやまみちよし》『黙殺』、辺境の町村の首長選を全国に訪ね歩いた常井《とこい》健一『地方選』……など、枚挙に暇《いとま》がない。ちなみに、『地方選』に引用されたデータによれば、町村長選における再選率は八四・二%にも上るという。現職が圧倒的に強いのが、地方選挙の現実なのである。

こうした数々の作品と、本作『宴の前』が一線を画しているのは、まず選挙が告示された後の選挙戦ではなく、文字通り、告示「前」に焦点を絞っていること。そして、誰か一人に視点を定めるのではなく、選挙に絡む関係者たちの動きを綿密に描き切った点だろう。堂場氏はその狙いを二〇一八年の単行本刊行時のインタビューでこう語っている。

〈日本の選挙って大体、やる前に結果がわかっていますよね。最近は無党派層の動きが読めなくて不確定な要素も出てきているけれど、ほとんどは立候補者が出そろった時点で結果が読める。それってすごく変だなという思いがあって、今回はその辺をポイントにしながら書いてみたんです〉

そして、先述した三島作品との関係を問われ、こう続ける。

〈それは関係ない。選挙はよくお祭りや宴にたとえられるし、特に地方では盛り上がる。でもその結果は宴の前からわかっている――それがタイトルの意味です。選挙の陰でうごめく人々がいて、それぞれの事情を絡めた群像劇を書きたいという狙いがありました〉

派手なドラマに仕立てやすい選挙戦ではなく、あえて選挙前の駆け引きに着眼する。破天荒なキャラクターを造形したり、特定の立場に偏ったりすることなく、「それぞれの事情」を多面的に描く。この端緒の構想こそが、長らく新聞記者であった堂場氏ならではの視点と問題意識であり、本作が比類なきリアリティを持つことになった重要な要因であろう。

物語を振り返ってみよう。

主人公の一人、現職知事の安川美智夫は、四期十六年の任期満了を間近に控えている。

自治省（現・総務省）の官僚を定年間際に辞めて出身県の副知事となり、前知事の引退に伴う選挙で知事に就任すると手堅く県政を進めてきた。戦前の官選知事をそのまま受け継いだような、典型的な官僚知事だ。任期満了での引退をすでに表明しているものの、後継者を誰にするか決めきれない。総務省から後継者として引っ張ってきた副知事に「ピンとくるものがない」のだ。「優秀だがリーダーシップがない」「結局、知事の器ではないのでは」……そんなふうに結論を先送りしているうちに副知事が急死し、後継選びは混迷を深めてゆく。

そこへ対立候補として現れるのが、もう一人の主人公、中司涼子。「冬季五輪のアルペン競技で日本人女性唯一のメダリスト」の経歴を持ち、県内で知らない者はいない有名人だ。地元紙・民報のインタビューで完全無党派での出馬を宣言して先手を打つと、会見では冬季五輪招致の公約を発表する。唐突な動きに周囲は驚くが、本人は早くから知事選をにらみ、地元の同級生たちのネットワークを築くなど周到に準備を重ねてきた。陣営には、地元でプロスポーツチームを経営する社長や県庁知事室に勤務する職員がおり、さらに「勝率八割」を誇る老練な選挙コーディネーターが加わる。

県選出の国会議員や地元経済界ぐるみの「保守王国」人脈で固められた現職知事サイドと、清新なイメージと若さを強みに無党派層へ向けて県政の刷新をアピールする新人女性候補。現実社会を見渡せば、知事選に限らず、あちらこちらに存在する選挙の構図が、ここに鮮やかに浮かび上がる。

ただし堂場氏の巧みなところは、現職知事の安川を単に権力に執着する老獪《ろうかい》な人物には描かない点だ。彼にも県政を担ってきた自負と県民への責任感があり、愛する家族がおり、家庭の悩みもある。保守王国をつかさどり、自分が後継指名のタイミングを見誤ったことへの後悔もある。保守王国をつかさどり、周囲から仰ぎ見られる権力者も、内面には人間的な弱さや温かさを抱えている。それぞれに事情がある——これは、新聞記者としてさまざまな権力者に接してきた堂場氏の経験から来る視点だろうか。

そう、この選挙群像劇に厚みを与える、もう一つ重要な存在が地元紙の記者たちである。堂場作品にはしばしば重要な役回りとして記者が登場するが——私が初めて読んだ『暗転』では、列車脱線事故に巻き込まれ、真相を追及する週刊誌記者が登場した。『警察回《サツ》りの夏』をはじめとするメディア三部作では、日本新報の南記者を中心に新聞社の内情が描かれる——本作においては、知事と地元紙の関係がカギになる。

地元政界のフィクサーのような立場で情報収集や伝達に動く編集幹部。知事周辺のスキャンダルをコツコツと取材する若手記者。その良き相談相手となっているデスク。政治家が地元紙を利用するのを承知で協力する者もいれば、反発する者もいる。同じ社内であっても、部署や役職によって思惑は異なる。作中のこんなセリフが、地元紙と権力の関係性を極めてリアルに説明している。

〈もちろん、地元紙が常に地元政界と癒着しているとは限らない。距離を置いて、健全に批判をする地元紙も少なくないですよ。ただし、人間関係となると別でね……地元政界のメッセンジャー役というか、太鼓持ちというか、そういう人がいるのは事実です。政治家連中の意を受けて、関係者の間を渡り歩くような人間が。まあ、私はそういう存在を否定しませんがね。物事をスムーズに進めるためには、裏方も必要なんです〉

こうして何人もの思惑と動きが複雑に絡まり合い、知事選という宴は本番へと向かってゆく。結末は書かない。だが、個人的な読後感を記しておけば、フェアな展開にじんわりと爽快感が残った。この作品は、地方政治の現状に対する堂場氏の問題提起であると同時に、希望を失ってはならない、「民主主義の学校」をあきらめて打ち捨ててしまってはいけないというメッセージでもあるのではないか。

実は本稿を書くために本作を精読している時、まさに私の住む県で知事選へ向けた「宴の前」の攻防が活発化していた。旧自治省出身で多選を重ねた現職が、自らの引き際と後継指名のタイミングを誤り、もたついているうちに強力な対立候補が出現した。まるで本作そのままの状況である。このために保守分裂選挙が確実になっている。現実の結末はどうなるか。堂場氏の慧眼《けいがん》にうかがいたいところである。

（まつもと・はじむ　ノンフィクションライター）

本書は、二〇一八年九月、書き下ろし単行本として集英社より刊行されました。

堂場瞬一の本

検証捜査

左遷中の神谷警部補に、連続殺人事件の外部捜査の指令が届く。神奈川県警の捜査ミスを追うチームが組織され、特命の検証捜査を開始。執念の追跡の果てに、驚愕の真相が!

複合捜査

埼玉県内で凶悪事件が頻発。夜間緊急警備班の若林は、放火現場へ急行し初動捜査にあたる。翌日の殺人が、放火と関連があると睨んだ警備班は……。熱い刑事魂を描く書下ろし警察小説。

堂場瞬一の本

共犯捜査

福岡県警捜査一課の皆川慶一朗は、誘拐犯を追い詰め溺死させてしまう。だが共犯者の存在が浮かび、次なる幼児誘拐が発生！　残忍な共犯者たちを追う若き刑事の活躍を描く書下ろし。

時限捜査

大阪で連続爆破事件発生。犯人は大阪駅で人質をとり、現金十億円と逃走用ヘリを要求。梅田署署長島村は早急な解決のため、狙撃を画策し……。巧妙な犯罪に挑む捜査チームの活躍。

堂場瞬一の本

凍結捜査

雪の大沼で射殺体発見！　函館発の連続殺人事件に、北海道警の女性刑事・保井凛は、警視庁の神谷と協力して捜査に挑むが……。重大な国際犯罪を暴く、『検証捜査』の兄弟編！

共謀捜査

リヨンで警察官僚の永井が誘拐された！　同僚刑事の保井は捜査を開始。一方、東京では神谷刑事たちに密命が下り……。執念の刑事チーム最後の死闘、「捜査」ワールドここに完結！

集英社文庫

堂場瞬一の本

解

政治家と小説家という学生時代の夢を叶えた男達。二人の間には、忌まわしい殺人事件の過去が封印され……。彼らの足跡を辿りながら、平成という時代を照射する社会派ミステリー。

警察《サツ》回りの夏

甲府市内で幼児が殺害され、母親が失踪する事件が発生。大手紙の記者・南は警察情報から母親犯人説をスクープ。だが大誤報となり窮地に追い込まれる。やがて、驚愕の真実が判明し……。

集英社文庫

堂場瞬一の本

蛮政の秋

大手ＩＴ企業が与党民自党に違法献金か。新聞記者・南に届いた、政界を揺るがす内容のメール。これが真実なら大スクープだが……。強大な権力と闘う記者の死闘！　傑作事件小説。

社長室の冬

大手新聞社と外資系ＩＴ企業、買収をめぐる思惑と攻防！　社長室付に異動した新聞記者・南は、前代未聞の騒動に巻き込まれて……。報道の意義を問うメディア三部作、完結！

集英社文庫

集英社文庫

宴《うたげ》の前《まえ》

2021年7月20日　第1刷　　定価はカバーに表示してあります。

著　者　堂《どう》場《ば》瞬一《しゅんいち》

発行者　徳永　真

発行所　株式会社 集英社
東京都千代田区一ツ橋2-5-10　〒101-8050
電話【編集部】03-3230-6095
【読者係】03-3230-6080
【販売部】03-3230-6393（書店専用）

印　刷　大日本印刷株式会社

製　本　大日本印刷株式会社

フォーマットデザイン　アリヤマデザインストア　　マークデザイン　居山浩二

4-08-744271-7 C0193